AF269565

Abeja furiosa de su miel

Mercè Ibarz

Abeja furiosa de su miel

Retrato de Mercè Rodoreda

EDITORIAL ANAGRAMA
BARCELONA

Título de la edición original:
Retrat de Mercè Rodoreda
Empúries
Barcelona, 2022

Ilustración: © Mercè López. Diseño de cubierta a partir de la idea original
de Planeta Arte & Diseño

Primera edición: *marzo 2024*

Diseño de la colección: Julio Vivas y Estudio A

© Mercè Ibarz, 2024

© EDITORIAL ANAGRAMA, S. A., 2024
Pau Claris, 172
08037 Barcelona

ISBN: 978-84-339-2254-0
Depósito legal: B. 1171-2024

Printed in Spain

Liberdúplex, S. L. U., ctra. BV 2249, km 7,4 - Polígono Torrentfondo
08791 Sant Llorenç d'Hortons

a Lluís

Aun vencida, quiero ser yo misma,
abeja furiosa de su miel.

MERCÈ RODOREDA

Ella había devenido su propio futuro.

CLARICE LISPECTOR

1. PROVOCACIONES*

Escribe a mano, en francés, en un papel que dejará sin fechar, esta frase del filósofo y escritor existencialista Jean-Paul Sartre: «Los autores también son historias y por eso algunos desean escapar de la historia con un salto a la eternidad». Al lado de otras frases sin referencia, quizás propias, y de un proverbio de origen persa: «Cuanto más negra es la noche, más brillan las estrellas». Los autores son historias y a la vez algunos de ellos necesitan escapar de la historia. Debía ser hacia finales de los años cincuenta, cuando ya estaba instalada en Ginebra. En más de una ocasión diría después a amigos y editores que si no hubiera podido escribir habría enloquecido. La literatura era un horizonte, daba sentido al exilio y, a veces, le hacía olvidar la espesa sensación de «sentirse perdida en medio del mundo». Aca-

* Las traducciones de citas, fragmentos y versos de Mercè Rodoreda a lo largo de estas páginas, así como del resto de los autores catalanes, son mías. Los títulos de las obras de Rodoreda los cito directamente en castellano si hay traducción publicada. Para todas las demás obras en catalán mencionadas a lo largo del libro, indico el título original y añado entre paréntesis la traducción, que figurará en cursiva si hay edición publicada en castellano.

bar una novela podía dejarla exhausta durante semanas y en algunas épocas, cuando no podía escribir, el brazo derecho se le paralizaba. Pero escribir era imprescindible, fuera como fuese la vida. Así que, cuando hace suya la imagen de Sartre, enciende un foco tan potente como un primer plano cinematográfico. Si los autores son historias podemos intentar captar la historia de Mercè Rodoreda y los vuelcos de su misterio. En sus libros, en la manera elíptica, esquiva y a menudo contradictoria de contar su vida en prólogos, esbozos de memorias y entrevistas impresas y filmadas, en sus cartas. La Rodoreda que anota la aparente paradoja del filósofo permite imaginar el valor que daba a su vida –a su historia– a la hora de escribir, cuando pensamiento e individualidad se funden.

Su literatura, de *Aloma* (publicada en 1938 y editada, reescrita, en 1969) a *La muerte y la primavera* (inacabada, edición póstuma de 1986), es también la historia de Mercè Rodoreda: el viaje interior de una muchacha sin sueños que se va de casa de noche, al encuentro con la ciudad moderna, hasta la creación, en el exilio, de un mundo donde la civilización es lejana y el amor es el reflejo en el agua de la cabellera de una adolescente, un destello de luz. Un extremo y otro de su obra son distintos, pero las dos novelas constatan lo mismo: la sociedad es frágil y cruel, los sentimientos asedian, la sinrazón impera, pero hablar nos salva.

Leerla es conocerla: junto a su vida privada, una vida de mujer que la escritora y amiga suya de juventud Anna Murià ha calificado de dolorosa (y gozosa, añade), está la voluntad explícita de Rodoreda de trascenderla, de olvidarla, de escapar. De provocar la memoria y la imaginación a la vez. Probablemente por eso son tan diferentes las primeras y las últimas obras. Pero todas comparten una escritura que explora los caminos del padecimiento mental y del dolor social. Como ella, en gran medida, como en su personalidad, en su obra hay: inocencia y corazón frío, un odio diamantino y una compasión creciente, crueldad y mesura, ironía y absurdo, ternura y singularidad inagotable, autonomía.

Los abismos entre obras no responden a una evolución literaria a través de los años. La primera versión de *La muerte y la primavera* está acabada en septiembre de 1961; es, pues, coetánea de *La plaza del Diamante*. En siete u ocho años, de finales de los cincuenta a mediados de los sesenta, vive en Ginebra una ebullición y descarga creativa. Empieza cuatro novelas casi a la vez, que por orden de edición serán *La plaza del Diamante* (1962), *Jardín junto al mar* (1967), *Espejo roto* (1974) y *La muerte y la primavera* (1986), siendo *Jardín...*, entonces «Una mica d'història» (Algo de historia), la primera novela de posguerra que emprende. Retoma asimismo allí las prosas poéticas «Flores de verdad» (publicadas en 1980), termina los relatos de *Mi Cristina y otros cuentos* (1967), escribe *La calle de las Camelias* (1966) y lleva entre manos la reescritura de *Aloma*. Una lectura de conjunto de novelas, prosas y cuentos produce el efecto de encontrar por todas partes las migas de pan de *La muerte y la primavera* reunidas a lo largo del camino de la vida y de la literatura, como si esta obra inconclusa fuera su motor y su faro. Esta perla negra de la imaginación desolada de la segunda mitad del siglo XX abre las puertas a leer y releer toda Rodoreda con más sentido y reto y a recibir la luminosidad de su oscuro canto a favor del deseo.

Su mente ponía en marcha a la vez novelas y narraciones corales en primera y en tercera personas de muy diversa índole. Neorrealistas, psicológicas, simbolistas, desbocadas, clásicas, de imaginación novecentista y de imaginación fantástica y surreal, antirrealistas, abstractas. En el olvido irrenunciable dejó sus escritos anteriores a la guerra, excepto *Aloma*. Quizá porque las dos guerras que vivió pusieron al descubierto las ilusiones perdidas, uno de sus temas mayores. Biografía y superación de la biografía. Una especie de contrapunto, de compensación. El contrapeso a su vida de mujer catalana.

Escapar, trascender el peso de su historia personal y de la historia de su país, van de la mano en Rodoreda. Se trata de un escapar que no significa escapismo, ni siquiera mitificación. Más bien implica la exigencia de huir de los errores, los propios y los colectivos. Escribir bien, al nivel más alto. Trabajar sin descanso y sin alzar la voz; a gritos no se dicen bien las cosas. O llueven garrotazos. Así le sucedió a ella de joven y así se podría decir que le sucedió a Cataluña cuando ella era joven –fantasmas que no la abandonarían nunca. Hubiera podido ser una buena modista y una pintora seguramente notable, pero creyó que lo esencial era alimentar el caudal y el patrimonio de la literatura catalana.

No fue fácil, porque tenía una necesidad imperiosa de decir sin decir. En su primera novela publicada, en 1932, escribe en el prólogo: «Digo lo que no pienso y pienso lo que no digo. Pero en definitiva digo siempre lo que he pensado, sin pensar en lo que he dicho». Años más tarde, en el cuento «Parálisis», abiertamente biográfico, lo confirma: «No daré nada. Hablaré sin hablar de mí y no daré nada. Parálisis soy yo». Para llegar a decir sin decir hará, parafraseando a Kafka y su deseo de ser piel roja, «escaramuzas de indio sioux que es el más astuto». Escaramuzas, como en la guerra.

Volvamos a la frase de Sartre. «Los autores también son historias y por eso algunos desean escapar de la historia con un salto a la eternidad.» La idea es que los escritores puede que se vean a sí mismos como relatos, pero eso no les incita siempre a trabajar ni les tranquiliza. Bien al contrario, la introspección puede colapsar a un escritor. Hasta el punto de que la única manera de superarlo –de «escapar de la historia»– sea fundirse con el universo y encontrar así la voz de sus personajes, de sus imaginaciones. De esta manera, el escritor –«algunos»– podrá finalmente trabajar. Entre 1939 y 1956, Rodoreda pasó largas temporadas de sequía y a la vez urdía la obra por venir.

«Escapar de la historia» no es tan solo una forma de trascender la propia biografía. Es también una forma de protegerla. Como manera de lograr la creación y no caer en la pura taquigrafía biográfica. Y como mecanismo social. La reserva extrema atribuida a la persona de Rodoreda en Barcelona a partir de los años sesenta quizá se ha de entender sobre todo como forma de protección de un ambiente que le había sido hostil. Las cartas de juventud a Anna Murià no son precisamente secretistas ni reservadas, son de escritura desnuda.

Un núcleo significativo del mundo cultural de los años treinta y cuarenta, en el exilio y en Cataluña, no digirió su independencia de mujer separada de su marido que dejó al hijo con la abuela y el padre y que en el exilio se unió a un hombre que había dejado mujer e hija. En consecuencia, este mismo mundo cultural tampoco digirió ni comprendió pocos años después su independencia de autora. Los libros de memorias y de retratos literarios de su generación la ignoran o la nombran de pasada, como si no fuera una escritora sino una mujer a evitar.

Rodoreda o la provocación. Su risa estridente lo hacía presentir. También sus libros. Cuentos y novelas son un esfuerzo constante para ser leída como «un escritor y no un fabricante de novelas». Se resiste a ser encasillada, y lo hace siguiendo atentamente la actitud de sus lectores. Fueran quienes fueran los lectores: su compañero de exilio Armand Obiols, los jurados de premios, los editores, la crítica, el público. Su exigencia propia –su astucia de indio sioux– pide al lector una atención minuciosa, la misma que a ella le hacía revisar, a veces durante veinte años, cada palabra escrita.

Rodoreda y la exigencia. Entre el proverbio persa y la oración de Sartre, leemos en el mismo papel una descripción de pinta ociosa que a la luz de la exigencia –en el lenguaje, en la escritura, en la lectura– se convierte en esencial: «Un libro se compone de capítulos, los capítulos de párrafos, los párrafos de oraciones, las oraciones de palabras, las palabras de letras». En su obra, ella añade: de letras y de sonidos. La literatura de Rodoreda es musical y casi siempre le va bien la lectura en voz alta, como en los tiempos antiguos. Del lector espera oído fino.

¿Qué provocación y qué exigencia? En *La calle de las Camelias*, novela de la cual se suele decir que persigue repetir el éxito popular de *La plaza del Diamante*, convierte a su celebrada Colometa en una prostituta. Un poco a la manera de Pasolini, que cuando la Iglesia católica le premiaba los filmes evangélicos realizaba después una película de la que el mismo tribunal debía por fuerza abominar. Rodoreda lo hacía igual cuando no la premiaban.

Fue considerada durante años escritora de un solo registro, el soliloquio de personajes en apariencia sin ánimo que hablan consigo mismos. El humor, el absurdo, la ironía y el sarcasmo, la crueldad, pasaban desapercibidos entre tantos lectores y siguen haciéndolo ahora, tantos años después. También creyó siempre que la crítica no divulgó ni quizás comprendió, ni en los años sesenta ni en los ochenta cuando murió, la base de su trabajo lingüístico en *La plaza del Diamante*. Para ella su obra más famosa no es de tono popular sino «una novela grave».

Cuando nadie lo esperaba, sorprendió con una obra bien distinta a los relatos de las vidas menudas de Colometa y Cecília Ce. La sorpresa cayó entonces la mar de bien. *Espejo roto* es una novela coral de corte clásico que a la vez revisa la tradición moderna, es simbolista y también psicológica. Pero no es tan clásica como puede parecer; hace pasar como si nada elementos demasiado sospechosos en una «novela burguesa», tal y como fue considerada por escritores jóvenes en aquellos tiempos de otras probaturas experimentales. El soliloquio de Maria desde la tumba y el capítulo final desde el punto de vista de una rata en la casa abandonada son dos maneras de convocar la memoria demasiado provocadoras para el simbolismo clásico, como también lo es su estructura de collage.

Paso a paso publicaba cuentos gracias a los cuales se había librado de la mudez y la represión literarias debidas a las guerras. La mayoría estaban escritos hacía más de cuarenta años, y en muchos aflora la imaginación fantástica y visionaria que estallará en la Rodoreda última.

El vuelco más radical lo dio en 1980 con dos libros: las prosas antirrealistas y poéticas de *Viajes y flores* y la novela *Cuánta, cuánta guerra*. En estas obras –las únicas que dio por concluidas en Cataluña, siendo la segunda la única de su obra mayor que escribió en el país–, la provocación al lector es máxima. Las «Flores» las había escrito más de veinte años antes en París y Ginebra, los «Viajes» los escribió de una tirada y tres revisiones en Romanyà de la Selva, su último refugio, su única casa en verdad desde el final de la guerra del 36. Las «Flores» son prosas plagadas de humor, a menudo negro, y de guiños literarios, pero tuvo que aguantar –no siempre estoicamente– ser leída como un manual de jardinería victoriana. En perspectiva, son el preludio y su resolución final, el conjunto *Viajes y flores,* la confirmación de una libertad insospechada en la historia de la literatura catalana moderna.

Una libertad creativa resultado de una libertad interior largamente trabajada hasta llegar a la libertad expresiva. *Cuánta, cuánta guerra* es uno de sus libros más emancipados. Que podía hacer una novela alucinada lo había demostrado en *La calle de las Camelias*, pero *Cuánta...* es declarada y decididamente una obra visionaria. Incomprendida hasta hace muy poco, leída mal y poco durante años, no ha encontrado a sus lectores creativos hasta décadas después. Apareció en un contexto histórico adverso. En los inicios del posfranquismo no interesaban demasiado las evocaciones negras y simbólicas de la guerra; Rodoreda escribía a contracorriente. Presentaba una oscura y poética meditación abstracta sobre la guerra del 36 y su alcance alegórico. No interesó entonces ni se puso en relación con sus cuentos del exilio, en los que había adelantado muchos de los temas de la poderosa veta interna de *Cuánta...*, la guerra como aventura hipnótica.

En su obra entera, con contadas excepciones, no hay ningún intelectual ni político como protagonista ni como personaje esencial, son solo pinceladas. En la obra entera que consideró propia, cabe matizar, tras tirar a la desbordada papelera de la intrahistoria sus cuatro primeras novelas de juventud por eso mismo, por dar cabida a personajes convencidos de su importancia. Quizá la única criatura culta es Daniel, el hermano suicida de Aloma, la protagonista de su quinta novela de juventud y la primera de su obra mayor. En su obra hallamos un historiador y un político, significativos pero secundarios; un notario, que no es exactamente un intelectual; un profesor de Geografía, dos pintores. Y basta.

Sus personajes son casi siempre gente común. Tras la guerra opta por convocar a personas humildes, personajes a ras de suelo, de la tierra –del latín *humus*, «tierra»–, y alzarlos con su registro oral. Gente que habla y habla, sola, a sí misma. Soliloquios que nublan la voz autoral, porque el autor ha dejado de ser Dios y no puede escribir –crear el mundo– como si no hubiera pasado nada y continuara teniendo la potestad divina anterior a las guerras modernas. Rodoreda escribe en el *humus,* a ras de tierra, en paralelo a la tradición y al presente de la literatura europea y occidental.

Al final de su vida empieza unas memorias, que detiene a los doce años. «Todos dejamos de vivir a los doce años», escribe en el cuento «Parálisis» y repite en numerosas ocasiones de viva voz. Escribe unos pocos folios. Si las hubiera terminado habría dado otro giro notable, retornar al «salto a la eternidad» que representa *Cuánta, cuánta guerra* para aceptarse de forma declarada como historia, como relato. «Los autores también son historias.» Algo segó el proceso. En agosto de 1981, el año complejo del golpe de Estado en el Congreso de los Diputados y del atentado criminal contra el escritor valenciano Joan Fuster en su casa de Sueca, escribe a su editor Joan Sales que abandona las memorias. «Ahora me da angustia escribirlas. ¿No serían motivo para que algún desgraciado envidioso comenzara a denigrarme? El país tiene muchos locos.»

Durante el mismo agosto de 1981, unos días después, de nuevo, enfadada por un comentario periodístico sobre *La plaza del Diamante*: «Tengo ganas de escribir una novela que no agrade ni a Cristo pero que sea extraordinaria. El mal es que soy un escritor sin futuro. A la porra». Tiene setenta y tres años. Pero se enfrascó en la cosa. Nuevamente la necesidad de provocar. A sus lectores pasivos y a su estímulo para escribir. Ese mismo mes retoma *La muer-*

te y la primavera. La barajó hasta principios de 1983. No la pudo terminar.

La sombría belleza de *La muerte y la primavera* es exigente. Lleva al lector al límite, participa de las corrientes malditas de la historia de la literatura. Cuando la empezó a imaginar, leía a menudo a Antonin Artaud, el escritor francés enloquecido que tanto influyó a los existencialistas de la posguerra y que había contrastado sus imágenes mentales con las de las sociedades primigenias, al igual que Rodoreda en esta novela. Participa también de las zambullidas en la prehistoria de las artes y la literatura occidentales después de la guerra y los crímenes de lesa humanidad del que se había creído el siglo del progreso. Es en todos los casos una novela que extiende el horizonte literario. Un reloj avanzado a su tiempo, como decía Kafka. «El arte es un espejo que "adelanta" como un reloj... a veces.» Pues hay obras que cuando aparecen no pueden todavía dirigirse a ningún público específico, sino que rompen de tal manera las expectativas familiares de los lectores que solo paso a paso pueden formarse un público propio. Un público y un influjo que por suerte ya ha conseguido en este siglo.

Hace treinta años era ya imaginable, solo cabía leer a Rodoreda como una más de las voces europeas y americanas de su tiempo. Las nuevas lecturas están provocadas e inducidas por las atrevidas fantasías y visiones de la autora, tan cercanas a la moderna ciencia ficción filosófica y a la prosa poética que enlaza el arte de la novela con la pintura y el cine del arte de la crueldad. Son lecturas que permiten interpretaciones y miradas múltiples, relaciones e interconexiones de cultura y de vivencias. Una obra semejante tiene una larga vida por delante, es un gozo constatarlo.

Escribió hasta el final. Tenía una mala salud de hierro, pero en realidad se murió en cuatro días en la primavera de 1983. Pasó los últimos meses cuidando su jardín en Romanyà, sin atender al cansancio y trabajando poco o mucho en *La muerte y la primavera*. Esta compleja novela serpenteó en su imaginación durante treinta años. Solo la había alentado su compañero de exilio, lector que comprendía la provocación literaria de Mercè Rodoreda. Pues no basta con querer suscitar una forma de leer y de construir el hecho literario. Hacen falta además interlocutores, que el destello de la provocación luzca.

2. LA AVENTURA

Llega a su último refugio, Romanyà de la Selva, un día del verano de 1972. La acompaña una vieja amiga y se la ve perdida, desenfocada. Todavía piensa en Viena, donde, a causa de una enfermedad fulminante desesperada, un año antes había fallecido Armand Obiols, de nombre familiar Joan Prat, Juan en el entonces obligado registro civil en lengua castellana. A él, con sus iniciales «J. P.», había dedicado *La plaza del Diamante*. Su enfermedad y muerte la habían sorprendido mientras intentaba, otra vez, terminar *Espejo roto*.

Se rompían, se habían roto, tantas cosas. Había dejado de tratar a su familia en Barcelona y tal vez no podría regresar más a Ginebra, donde su exilio se había asentado en un piso a nombre de Prat, como si fuera su esposa. El contrato no estaba a su nombre ni la protegía la legalidad matrimonial. Hacía años que escribía novelas centradas en una casa o buscando una, pero ella no tenía ninguna. La casa propia parecía una quimera. La habitación de París era prestada, el piso de Ginebra no estaba a su nombre, la casa familiar en Barcelona ya no existía, el piso que se había comprado en un ruidoso rincón de la barcelonesa calle Balmes le era insoportable y la ciudad misma le resultaba ajena.

La muerte de Obiols provoca que todo estalle y le retorne en añicos. Entre las trizas brillan su conciencia literaria y el hito de haber escrito novelas y cuentos que dignifican el catalán literario moderno y trascienden sus límites territoriales. *La plaza del Diamante* ya podía ser leída en traducciones importantes, era considerada una de las logradas novelas de la posguerra europea y para algunos lectores, escribió García Márquez a su muerte, la mejor de la posguerra franquista. Ella lo sabe. Sin Prat, el hombre también llamado Obiols, todo es diferente. Queda la literatura. Desde hace tiempo es así, solo que ahora la muerte impone su luz cegadora.

De Armand Obiols-Joan Prat podía hablar con pocos. Con quienes hubiera podido, la gente del mundo republicano con la que había compartido el primer exilio, han desaparecido lazos o ya no están. Podía hablar de él con sus editores, los Sales, siempre desde un punto de vista exclusivamente literario y crítico. Del hombre íntimo, tal vez solo con la amiga que la había llevado aquel día a Romanyà. En Barcelona, buena parte de sus conocidos y el mundo literario de la posguerra habían murmurado a sus espaldas que tal vez sus novelas —tan diferentes a las novelitas de juventud— las había escrito él, a quien nadie se atrevía a nombrar delante de ella. Incluso bastantes años después, muchos más, cuando ella ya no estaba y las mentalidades del exilio y la posguerra se hubieran dicho lejanas, se llegó a escribir que la reescritura de *Aloma*, la única que ella rescató de sus años jóvenes, era obra de él.

Los años han ido pasando y Rodoreda es un clásico indiscutido, una autora consciente de su obra, una escritora de referencia. Pero durante años fue considerada una mujer fatal, arquetipo que tuvo que soportar en vida y que se prolongó después. Madre mía, qué cruz. No es la perspectiva de este relato. Empecé a leer en catalán con ella, nuestro idioma estaba prohibido en la escuela de mis tiempos, y leerla alentó mi paso a la dedicación literaria. Su literatura, entendí un día, es el espejo –a menudo roto– que refleja y venga su vida. Una vida de tantas etapas como su literatura, desde la efervescente Barcelona de los años treinta, famélicos y cosmopolitas a la vez, revolucionarios, hasta la Francia fría y feroz de la guerra y la posguerra, la enigmática Ginebra de los sesenta, la Viena no menos ocultadora, la Barcelona asolada del primer franquismo y la ciudad de los sesenta y setenta que Rodoreda no podía compartir (y a la que yo llegaba), la Cataluña de la ambigua transición posfranquista en la que su fama la convierte en celebridad. Una vida que recorre la historia y la literatura del siglo XX.

En el verano de 1972, en la cima de una montaña de las Gavarres marítimas que en los días claros permite avistar los paisajes cambiantes de Cataluña, volvería a empezar. No lo sabe todavía, solo llega allí. Una mujer y escritora del todo urbana iniciaba en pleno campo y en aquel preciso tiempo lo que poco después diría sin exagerar «la gran aventura de mi vida»: la construcción de una casa propia. Lo fue. Romanyà de la Selva será tras este estío la casa con jardín que no había vuelto a tener desde la adolescencia, la que se construyó allí. La casa libre, sin competir con ningún recuerdo. Todos están borrados en la que ya no es su ciudad, Barcelona. Viven únicamente en sus libros. Aquí, ahora, se afirmaría su voz más emancipada, la de los últimos títulos. *Aloma,* su primera buena novela, de 1938, tan autobiográfica, ya no podía ser muy elocuente; cuando su autora se instala en esta montaña, Aloma y su mundo están enmascarados en la nueva versión de 1969. En la revisión había pasado cuentas con su juventud, sin paliativo alguno. El simbolismo entero de la casa –el hogar, la lengua, la cultura, el país– ha mutado. No queda nada de la casa antigua. La casa nueva, de pasado oculto, abierta al presente, podía comenzar.

«Aun vencida, quiero ser yo misma, / abeja furiosa de su miel», había escrito en uno de sus poemas, en 1948, en París. Con este mismo espíritu había seguido adelante en Ginebra y ahora lo haría aquí.

Así se soñó. Un día del primer año en la casa nueva, en diciembre de 1979, a los setenta y uno, escribe a su editor Joan Sales su exaltación:

> Más de una vez he pensado en el ansia que le causó mi casa tan indefensa, pero no me conoce. Aunque parezca una persona muy quieta –y lo soy– y muy miedosa –y lo soy– también soy alocada como un demonio y valiente y temeraria. [...] Y, sin ser aventurera, he vivido como hay que vivir: o sea, peligrosamente. Me gusta y no sabrá nunca hasta qué punto vivir así, en medio del bosque, guardada por cuatro persianas. Los bichos del bosque corren mayores riesgos. Yo, en esta casa, vivo como el pez en el agua y estoy pasando, en mi vejez, una de las épocas más felices de mi vida. Muchas noches, se lo dije, si voy a dormir tarde, leyendo, antes de meterme en la cama salgo a la explanada y me paseo por ella. Si fuera joven, saltaría y correría a la luz de la luna.

Se acoge al lema del futurista Marinetti, vivir peligrosamente, la proclama del poeta que no dudó de la fascinación de la guerra. Pocos meses después publica *Cuánta, cuánta guerra* y *Viajes y flores*, y otra Rodoreda emerge.

La aventura, la aventura. Palabra, idea, imagen y anhelo que repite una y otra vez, en sus libros, entrevistas, conversaciones, cartas. Es también la perspectiva que nos legó quien fue amiga suya y mía, Anna Murià, la escritora gracias a la cual podemos tener memoria y documento, poética en suma, de la Rodoreda joven.

Una mujer escribe en París, en Limoges, en Burdeos, de nuevo en París y finalmente en Ginebra en una lengua que casi no oye hablar. Lee, cose, pinta, estudia, va al cine, viaja a Barcelona y regresa, espera a un hombre que pronto se irá a Viena, no trata a casi nadie más. Escribe, disputa con la derrota y la nostalgia. De su juventud mantiene el propósito de escribir. Y la aventura. Un amuleto, un talismán. Como una fotografía, recuerdo de lo que ha sido y continúa siendo porque lo incluye todo en sí misma, el pasado y el futuro. Como en la palabra.

La aventura es un indicio de valor, reitera –afirmando o negando. Para tantos del primer tercio del siglo XX, lo fue en extremo. La vemos en imágenes grabadas para la televisión en 1980, podemos advertir el brillo en sus ojos y el orgullo apenas retenido en la sonrisa, la voz y las manos. «Como el Lazarillo de Tormes, puedo decir: "Señor, yo soy de San Gervasio y he visto mucho mundo"», lanza a la cámara. Y así recuerdo a Anna Murià cuando la conocí, cincuenta años mayor que yo: «El exilio... Por nada del mundo nos habríamos quedado aquí, lo habíamos perdido todo, ya no era el país que queríamos sino todo lo contrario. Éramos jóvenes y nos fuimos. Salimos al mundo. A la aventura».

En la pantalla, la Mercè Rodoreda de tres años antes de morir confirma a su amiga de juventud y convoca la aventura. «Hay que vivir peligrosamente», vuelve a decir a la cámara con una sonrisa.

3. TRANSFORMACIONES

Había empezado a escribir como una fuga. «Estaba desesperada», confiesa años después en una conversación distendida y fluida con la realizadora de televisión Mercè Vilaret, con arranques de franqueza. «Necesitaba abrirme una ventana. Estaba muy encerrada.» Sigue un silencio. Continúa: «Era hija única y me había casado muy joven. No tenía otro remedio. No podía ir a la universidad, porque tampoco tenía estudios. Lo único que podía hacer era escribir. Fue una huida». La confidencia es un ejemplo más de la argumentación de Virginia Woolf en Londres entre 1929 y 1931; en los mismos años, Rodoreda advierte que lápiz y papel quizá son los únicos instrumentos públicos que permiten a una mujer joven iniciar una profesión creativa, escribir. Tiene poco más de veinte años, un hijo de meses y un marido catorce años mayor, de quien no sabe cómo separarse; también es el hermano de su madre, y el único con dinero de la familia Rodoreda-Gurguí.

En el barrio de Sant Gervasi de Cassoles, que hasta quince años antes era un municipio independiente de Barcelona, nació un 10 de octubre de 1908, en casa. La ciudad tiene cerca de seiscientos mil habitantes y crece al galope, conservando posos rurales y menestrales junto a los industriales, rastros que la escritora evoca después en cuentos y novelas con palomares y jardines modestos de árboles, flores y animales de consumo doméstico como las gallinas. Mercè será la hija única de Andreu Rodoreda, un contable nacido en Terrassa, y de Montserrat Gurguí, nacida por azar en Bunyol (País Valenciano). Su padre trabaja en una armería de la calle Ferran y lleva además las cuentas de los vecinos del barrio. En sus idas y venidas por las calles de Sant Gervasi, de pequeñas torres ajardinadas, le acompaña a menudo la nena, que le aguarda en el jardín.

El matrimonio vive en la torre del padre de Montserrat, en la calle hoy llamada de Manuel Angelon. El abuelo Pere Gurguí, originario de Premià de Mar, era amigo del poeta Verdaguer, a quien había alzado un monumento en el jardín. En la casa no había dinero a menudo, pero sí un piano, pinturas, novelas decimonónicas, poesías, un jardín y muchas flores. El abuelo había regentado un negocio de antigüedades en la calle de la Palla y, cuando se separó de su socio y se repartieron las piezas, las antiguallas llenaron la torre de Sant Gervasi.

Mercè lo recordará de mayor siempre en el jardín de casa o por las calles del barrio cuando iba a dar consejos burocráticos a sus vecinos y regresaba pagado con dinero o en especies, y ayudaba así a la inconsistente economía familiar. Lleva a pensar en el señor Jaume que recoge la Cecília acabada de nacer en *La calle de las Camelias*. De sus padres hablará con una mezcla de ternura y desprecio. En sus breves memorias de infancia escritas a los setenta años, el padre y la madre son más bien figuras inquietantes. «Me habían engañado. Y durante unas semanas, ¿o meses?, me cobijé en mi abuelo porque tenía a mis padres aborrecidos», dice a propósito de sus celos cuando los padres salían a bailar. En sus obras psicológicas y de inspiración realista, de *Aloma* a *Espejo roto*, las protagonistas centrales son casi todas huérfanas cuando cuentan o es contada su historia, y en muchos casos de la madre ni se habla. En sus últimas novelas, los padres son figuras ausentes y mitificadas, y las madres, figuras perturbadoras.

Aseguraba haber escuchado los versos al completo del poeta Verdaguer y todas las narraciones y novelas del escritor modernista Joaquim Ruyra, autor capital de la prosa catalana moderna, sentada en la falda de su padre. A este hombre soñador le gustaba leer en voz alta a la hora de la cena. Y hacer teatro con su mujer, incluso cuando más resentida estaba la economía familiar. Tiene algo que tendrá también el hombre al que se unirá Rodoreda en el exilio: inmerso en un libro, a menudo abúlico, un poco sin saber estar con las mujeres, a veces mucho. Ni siquiera su muerte puede decirse en pocas palabras. Andreu Rodoreda murió en 1939 como consecuencia del gran bombardeo final de Barcelona, no a causa de las bombas sino del susto. Al igual que el padre de Natàlia-Colometa en *La plaza del Diamante*.

La madre. Montserrat Gurguí es una mujer risueña, vestida con escote en verano y en invierno, enjoyada cuando puede, comediante en el mundo rico y variado de los aficionados, simpática y decidida hasta el punto de parecer irreflexiva. Mercè es como ella en tantos aspectos, sobre todo en su risa, distintivo que conservará siempre, sea cual sea su aspecto cambiante. La risa de Rodoreda, su marca, su carcajada estridente. A su vez, se apartará del modelo de mujer de su madre, aunque tal vez sea más acertado decir que, con la modernidad, la joven hace reales sueños a los que la madre no se opondrá. Como ser artista. No de teatro sino escritora (que también escribirá teatro). Su hija hablaba poco de ella.

Cuando Montserrat muere, en 1964, Rodoreda le dedicará una de sus novelas más intensas y mal leídas durante años, *La calle de las Camelias*, desierto emocional de una chica perdida en su tránsito casa por casa por la Barcelona de la posguerra. Cual fantasma temido, la muerte de la madre acabaría de forjar en la ciudad natal la soledad de la hija, que pronto romperá con sus descendientes. Únicamente su madre había conseguido en verdad sostener la casa original.

La torre de Sant Gervasi era pequeña y oscura, encajada entre las de los vecinos a uno y otro lado. En Barcelona, cualquier casa con jardín recibe el nombre de «torre». La palabra evoca la luz del día y la calma de la noche, el espacio, muros protectores, una cierta comodidad. Pero la torre de la calle entonces llamada de Sant Antoni, hoy Manuel Angelon, era un lugar de espacios sombríos. Así eran, así son la mayoría de las pocas torres que quedan en estas calles. Añadamos escaleras, pasillos y rincones. Una casa dotada para alimentar una imaginación literaria autodidacta.

«Jardinets amb gabietes d'ocellets» (Jardincillos con jaulitas de pajarillos), en descripción, que ella gustaba de repetir, del poeta Josep Carner, el «príncipe de la poesía» del efervescente escenario de los años jóvenes rodoredianos. La vivienda respiraba por el jardín, donde el abuelo enseñaba a la nieta los secretos de la vida vegetal. Torre y jardín desaparecieron en los años sesenta, y ahora son un aparcamiento. En la memoria de los vecinos la casa original ha quedado como el contenedor de un ambiente enrarecido. Unos testimonios me recordaban que toda la familia era bastante sorda, de manera que se entendían por un código de gritos y silbidos contundentes. Otros visitantes han retenido la imagen de una casa encerrada, un punto tenebrosa. En esta torre de una calle breve nació y se crió. Sin apenas salir, hasta que se casó a los veinte años.

Irá a la escuela de los siete a los doce, cuando ya sabe escribir y leer. Su madre la saca del primer colegio, en el bastante cercano barrio de Sarrià, «porque le parecía demasiado lejos y perdía demasiado tiempo acompañándome y yendo a buscarme». Fue después a un colegio al lado de casa, en el cruce de las calles Pàdua y Vallirana. La enseñanza es toda en lengua española. La sacan de allí porque el abuelo ha caído enfermo y la economía familiar se resiente, según unas versiones, porque «esta niña lo aprende todo demasiado deprisa», según otras. La experiencia escolar de estos pocos años no fue en conjunto cordial ni demasiado sociable: «Nunca había tenido amigas. Todas las niñas me parecían tontas, consentidas, algunas con demasiadas ganas de aparentar. Siempre las unas más importantes que las otras, con los padres más ricos que los de las demás. Eso me molestaba y me apartaba. Ni les hablaba casi».

En casa están unos días de obras y la nena ronda por dentro y por fuera. A la hora del almuerzo los albañiles conversan, la nena los escucha atentamente y copia sus diálogos con fiel aplicación. La familia no le hacía ningún caso; ni la reñía ni la alentaba. Literariamente se forma «como Dios quiso». Anhelaba escapar «del ambiente demasiado cerrado de mi casa: la torre, el jardín, los prejuicios de la época, el culto a Verdaguer, todo demasiado limitado y hermético para una chica como yo, que ansiaba traspasar los límites, tratar a la gente, conocer el mundo, vivir, vivir». Tras la muerte del abuelo se encierra en el palomar del terrado, entonces ya vacío, y lee y escribe. Sigue sin amistades, ni para hablar ni para salir, no conoce a ningún otro niño de su edad más que al vecino Felip, el Felipet de sus memorias de infancia y del cuento «El baño».

Una imagen: la niña Rodoreda sacude los huevos de las palomas en el palomar, los sacude y sacude. Así lo hará después Colometa.

En este código de espacio y sonido –reunión de poesía, silbidos, teatro, gritos, diálogos de albañiles y de vecinos, rincones, sombras, pasillos, un jardín, un palomar y escondites– empieza a escribir.

Cuando en 1978 compra un piso en Barcelona, estará ante lo que había sido el jardín de su infancia. Saldrá del piso de la calle Balmes y lo primero que verá será lo que nunca volvería a estar allí ante ella. Cuando regrese desde el centro de la ciudad, pasará por delante. No creo que comprara el apartamento en esta precisa ubicación por nostalgia, sino como recordatorio lúcido de lo que ya no existía ni existiría nunca jamás. Tal vez para vivir cerca. Del no-lugar, del lugar que ya no es.

La familia vive al día. A veces llega un chorro de dinero y el abuelo renueva el jardín o Montserrat luce pulsera nueva.

Encerrada en casa, recibe la instrucción dictaminada por la época para las hijas únicas: coser y cocinar. La costura le será muy útil. Con los años le permitirá sobrevivir en el exilio en Francia, durante la guerra y en la posguerra. Más tarde, cuando ya se gana la vida en Ginebra con sus libros, continuará haciendo su propia ropa en ocasiones. Tenía arte e imaginación, y a veces había pensado en abrir una tienda de moda en París. Anna Murià recordaba bien los vestidos que hacía: «hubiera podido ser una buena diseñadora de moda». La ropa, la última casa del exiliado.

En aquellos años algunas adolescentes eran encaminadas hacia la primera gran profesión femenina moderna, el secretariado. Pero no era así en aquella casa de menestrales letraheridos que no pensaban en hacer de la niña una moderna. Sabido es que las modernas se hacen solas. Algunas criaturas no quieren ir a la escuela, un rechazo que va a menudo ligado a una inteligencia despierta. Sin hermanos, le tocó la suerte ambigua de quedarse en casa durante los primeros años de la infancia, ser una nena libre, lo mismo en la adolescencia, y al tiempo no tener amigas ni casi ningún amigo, crecer sola. Para su futuro, no el previsto sino el que llegaría, esta infancia y adolescencia no serían un obstáculo, al contrario. Es la época, la epopeya, autodidacta. La educación pública casi no existía y se montaron otras alternativas. Charlas, conferencias y mítines, clases, cursos y reuniones por doquier, que después evocaría, mordaz, el obrero de los *Diálogos de exiliados* de Brecht: en ateneos, sindicatos, organizaciones de todo tipo, grupos de mujeres, clubes de teatro, revistas, editoriales, radios y periódicos. Actividades nuevas que no exigían estudios sino ganas, necesidad de aprender y practicar, ya fuera la oratoria, la escritura, la revolución, las técnicas de la cosmética, la cámara de cine o de foto, el periodismo escrito y el radiado. Rodoreda aprendió de todo eso.

Aprendió de la cultura popular de su tiempo, la incipiente cultura de masas, a la par que de la alta cultura, que en aquellos años se atrevió de nuevo a manifestarse, renovada con editoriales, traducciones literarias de obras recientes y el idioma modernizado. Lo hacían tantos en Europa y en América. Tras la abominable guerra del 14 que puso en quite la noción de progreso, se lanzan a los nuevos me-

dios, el periodismo, la fotografía, el cine, a todo lo que no
carga con el lastre del pasado, que emerge sin imágenes
heredadas. Ser autodidacta tampoco será un peso en el
exilio. Sabe aprender sola. Una herencia de la casa extravagante y un poco alocada en que se crió entre silbidos y
gritos.

Así es: en casa nadie le impide leer cualquier cosa que
le llegue a las manos de cualquier manera. Y, si lo hacen,
lee a escondidas. En el prólogo de su novela después rechazada *Crim* (Crimen), de 1936, anterior al inicio de la
Guerra Civil, da una lista indicativa de sus lecturas de infancia y adolescencia:

> Una vez supo leer, se entusiasmó con *En Patufet* [re-
> vista infantil y juvenil en lengua catalana nacida en
> 1904], *El hombre que ríe*, *La pradera tenebrosa*, *Rafles*,
> *Sherlock Holmes*, *Aventuras de Louis de Rougemont* mez-
> clados con algún libro de Suderman, *El pecado del abate
> Mouret* de Zola, *Hamlet* y *Las dos niñas de París*. ¡Ah!, y
> *El hombre perdido en un tubo cilíndrico*.

Una trayectoria autodidacta de alta y baja cultura, re-
dondeada después con el cine, que junto con la lectura de
libros y de prensa es el instrumento capital de los aprendi-
zajes solitarios. En la generación del cine, el séptimo y sin-
tético arte sería una afición y una influencia decisivas. En
la literatura rodorediana las cosas cruciales pasan en pocos
segundos, los pensamientos y las sensaciones del personaje
que habla se yuxtaponen y se entrecruzan cual montaje cinematográfico, las frases son sintéticas.

Mientras Mercè crece, Barcelona se multiplica. En 1920
tiene ya más de setecientos mil habitantes y, en 1930, un

millón. Pero la vida de hija única sigue siendo estricta. Las mujeres no contaban para nada en la vida diaria de sus maridos –lo reflejará con crudeza en *La plaza del Diamante*– y las niñas-chicas eran dirigidas desde el principio a la repetición del sempiterno modelo femenino. No eran mayores de edad hasta los veinticinco años; los chicos lo eran a los veintidós. De mayor, Mercè dirá que no tuvo propiamente juventud. En un relato de 1946 escrito en México y publicado dentro de *Via de l'est* (Vía del este), hoy disponible en el volumen *Sota la pluja* (Bajo la lluvia), Anna Murià hará una semblanza de Mercè como «la mujer que no fue nunca una chica». A los catorce, es una mocita «a la que mis padres prohibían bailar, tenía unas ganas desesperadas de hacerlo e iba como un alma en pena por las calles engalanadas», escribió en recuerdo de las fiestas mayores del barrio de Gràcia que dan comienzo a *La plaza del Diamante*.

Bailar, bailar; imagen del cuerpo enlazado a otro cuerpo en la plaza pública.

Montserrat Gurguí tiene a su hermano pequeño en Argentina. Cuando la madre murió, el padre se había vuelto a casar y la nueva esposa no veía con buenos ojos la estrecha relación de los hermanos Montserrat y Joan. El chico, adolescente, fue enviado a Buenos Aires a buscarse la vida, una práctica común a finales del XIX. Al llegar, Joan solo contaba con la dirección de unos amigos de su padre y una carta para ellos. Pero no había nadie con aquel nombre en aquellas señas. Con quince años, Joan Gurguí tuvo que espabilar. Lo hizo. A los treinta no había llegado a indiano, pero sí a sumar caudal suficiente para regresar a Barcelona a hacer negocios. Encontraremos algunos rasgos suyos en el protagonista de *Aloma*, Robert, y en el señor Bellom y Eugeni, personajes decisivos en *Jardín junto al mar*.

Enviaba dinero a su hermana para que se lo guardara y a la vuelta pudiera poner los cimientos de una casa propia. Pero, cuando Joan regresa, el dinero se había fundido en la vida de bohemia de la familia y las fantasías de Montserrat. En lugar de cimientos, un agujero de deudas. Joan Gurguí se instala entonces en casa de su hermana, deshipoteca la torre y se convierte en corredor de fincas. Los lectores de *Aloma* pueden reconocer el escenario general de lo que está a punto de suceder. Corría la segunda mitad de los años veinte cuando Mercè y Joan se vieron por vez primera; ella tenía dieciséis años. El mismo día en que cumpliría los veinte se casaría con él, hermano de su madre, su tío. Había sido requerida y concedida la habitual dispensa papal en estos casos por consanguinidad, y adelante. Van de viaje de bodas a París.

La relación marca a sangre a aquella muchacha tímida y reservada, cosedora y regordeta, gran lectora, que ha empezado a escribir a ratos perdidos y sin vocación definida. La llegada del tío, a quien la familia ha recibido con esperanza y cierta ansiedad, había sido un acontecimiento. La huella dejada por este amor y el matrimonio con Joan Gurguí será fatal, porque el error se le hizo evidente apenas casarse y vivir solos. Con el tiempo, verá este error como una especie de pecado original, el incesto, una culpa imposible de borrar. Un tabú que se había atrevido a tocar y que se vengaba de ella en el hijo común, en su enfermedad mental, declarada bien crecido ya. Volcó parte de aquella experiencia grave en *Aloma*, que reescribiría de arriba abajo, con el padre de su hijo muerto. Se había separado en tiempos republicanos, pero para el franquismo él siguió siendo su esposo. No para ella, nunca más.

La atracción entre tío y sobrina fue recíproca, contó. Hubo cama y la pareja tardó un tiempo en comunicar el anuncio de boda a los parientes. La transmutación literaria paralela es entre Aloma y el hermano de su cuñada, una estilización notable, ya que la madre de Mercè era también su cuñada. En la novela es una atracción buscada por él y compartida por ella. Se casó porque quiso, me decía su editor, Joan Sales, perplejo ante mis posibles dudas. «Le aseguro», prosiguió, «que ella hacía siempre lo que quería, nadie podía hacerle cambiar de parecer. No me la puedo imaginar haciendo nada en contra de su voluntad, ni siquiera entonces.»

Se casa cumpliendo años, veinte, y es madre al año siguiente, en 1929, con el fondo de la exposición internacional en la cima de Montjuïc, colina que cierra Barcelona desde el mar. La ciudad moderna y sus contradicciones y fragilidades florecen mientras ella, en un piso cercano a la torre familiar, en la calle de Saragossa, empieza a desesperar de su matrimonio. Su marido y tío está metido en negocios turbios y no es nada moderno, sino un avaro descomunal que solo habla de dinero y un padre indiferente. Ha salido de la torre familiar, sí, pero está más asfixiada todavía. «El amor me da asco», dice la primera frase de *Aloma*, que, en la época, quiere decir: «El sexo me da asco». En su literatura, amor y sexo se confunden, con muy escasas excepciones, en vivencias frustrantes, a menudo ridículas, otras violentas. Y la maternidad, representada en exclusiva por el embarazo y el parto, es angustiante. Por lo menos, un mal trago «que no se puede explicar».

El hijo, Jordi. Por las cartas que desde el exilio le dirigirá su madre, las únicas que se conservan de esta correspondencia, debemos imaginarlo siempre pendiente, mientras que ella le escribe con el tono de un familiar mayor que procura aconsejarlo y sobre todo no inquietarlo. Él no tendrá bastante con eso, de ninguna de las maneras, pero

así eran las cosas. Tenía diez años cuando su madre partió
al exilio, veinte cuando la volvió a ver al regresar ella por
vez primera a Barcelona tras la guerra. Diez años sin verla.
Cuando de pequeño su madre escribía cuentos infantiles
en un diario, ella se los debía leer, jugando, tal vez cantan-
do. Pero desde que el niño tiene dos años su madre se ha
lanzado a la aventura de escribir, al periodismo, a estar al
corriente de la vida cultural de la ciudad. Anna Murià,
que la conoció ya, sin intimar, durante la guerra, cuando
las dos trabajaban en el Comisariado de Propaganda de la
Generalitat de Cataluña, el gobierno autónomo, me decía
que en la joven de Sant Gervasi su escaso sentimiento ma-
ternal era palmario, por no decir que nulo. Se ocupaba de
él, lo mentaba, y basta. En las confidencias del exilio le diría más, que años después Anna explicará así en uno de
sus textos sobre Rodoreda:

> Decepcionada de un matrimonio prematuro, madre
> sin haberlo deseado. Un amor de adolescente imaginati-
> va y sensual por el tío llegado de América, región un
> poco legendaria entonces todavía, derivó en relación se-
> xual, me contó [...]. En cuanto a la maternidad no que-
> rida –una causa más de amargura, supongo–, también
> supe por ella que la aparición del hijo no había sido mo-
> tivo de ninguna emoción tierna, sino de contrariedad,
> de disgusto, de rechazo.

> Difícil vida, la del hijo.

Lo que cuenta para esta madre joven es la trampa del
matrimonio, urge librarse de él. La vida, si no, será solo un
folletín desaforado, del XIX, con sus tintes locales y ultra-
marinos. Un folletín viejo, como los de los primeros pe-

riódicos en que la gente proyectaba sus vidas en la lectura de estos relatos interminables que los mitos y la literatura oral habían adoptado, la forma narrativa premoderna del imaginario colectivo. ¡El folletín! Pero como buen relato popular, capaz de ser a la vez un fresco histórico, aquella vida en Sant Gervasi podía cambiar por completo y de repente. Puede ser vida moderna.

La proclamación de la República modifica los puntos cardinales de Barcelona. El aireado ambiente de aquel día de abril que atrae a la gente a la calle es también un revulsivo en la vida desconcertada de Mercè, madre joven sin ganas. Los momentos decisivos de su vida coinciden con los de la vida política del país. Desde su boda en 1928 y el estallido republicano en 1931 en que empieza su primera novela, se sucede un tiempo en que se dirían de ella misma las palabras que años después pondrá en boca de Cecília Ce, la protagonista de *La calle de las Camelias*: «Pude aguantar más de dos años y cuando ya estaba casi acostumbrada empecé a desesperarme de estar acostumbrada». La verdad de su vida de casada. Y, con el empuje republicano que la sacó de casa, se libró.

Encerrada y desesperada, pues. Como tantos, pero ella con ganas de salir adelante. En *Aloma* define la ciudad como el lugar donde «las chicas plantan cara a la vida, sin sueños». Soporta tan poco la situación que empieza a ir más a menudo a casa de sus padres, a la torre cercana, para escribir en el palomar. Su habitación propia. El palomar, ahora vacío, está pintado de azul. El mismo color que dará al significativo y altamente simbólico de *La plaza del Diamante*. Le llega a veces el zureo obsesivo del palomar vecino como cuando era pequeña, arrullos y gruñidos en los que también se inspirará.

Empieza a escribir con la máxima exigencia, lo que significa aprender a escribir su lengua propia y hacerlo en la forma moderna, la fabriana, la normativa establecida por Pompeu Fabra entre 1913 y 1918. Sigue clases en la academia que en aquellos años abre el pedagogo y lingüista Delfí Dalmau, con quien después colaborará con intensidad como periodista. Está viva la polémica iniciada en 1925 por el poeta Carles Riba y su autoridad cultural a propósito de la falta de novelas en catalán. Mercè atiende a los debates en las revistas literarias y suplementos de periódicos que propugnan el alejamiento del sentimentalismo. Lo comparte, quiere hacer novela moderna y ser ella misma una joven bien moderna. Nada de ruralismo, ahora es preciso novela urbana. Le gusta el estilo caricaturesco de un escritor unos años mayor que da que hablar, Francesc Trabal, autor de la sorprendente e irritable *L'home que es va perdre* (*El hombre que se perdió*, 1929) y de *Judita* (1930), admirador y seguidor en su narrativa de Buster Keaton. Otro estímulo es la obra ganadora del reputado Premi Crexells de 1930, *Laura a la ciutat dels sants* (*Laura en la ciudad de los santos*), novela contra las convenciones de la moral familiar.

La muchacha tímida de Sant Gervasi experimenta una transformación física imponente cuando le empiezan a publicar los primeros escritos: algunos versos, una comedia teatral de la que no ha quedado rastro, una novela y colaboraciones periodísticas. Estamos entre 1929 y 1932. El matrimonio y la maternidad no gozados la están ayudando en su revuelta, hacen surgir su personalidad más escondida.

Incluso cuando ya peinaba bastantes canas, durante la guerra, Mercè pareció siempre más joven. La chica malcasada adelgazó, cambió su forma de vestir y se construyó una imagen verosímil de la nueva mujer, desenvuelta y atrevida. La que veía en las pantallas de cine. Ella misma se hace la ropa según el dictado de las revistas y del cine, se muere por las medias y, con toda la paciencia del mundo, se depila el cuerpo entero porque su piel le parece demasiado velluda. No se tiñe, no lo hará nunca, aunque, eso sí, en el nacimiento del pelo en la frente, en el punto medio exacto, se pinta una sutil y efectiva punta de lanza negra. Anna Murià recordaba de pe a pa cada gesto.

Aquella mujer moderna que la prensa de Barcelona de los años veinte y treinta potencia para incitarla a consumir los nuevos productos que anuncia en sus páginas es, no obstante, el coco (escaso) de las redacciones. Los hombres sueltan pestes de las mujeres modernas de carne y hueso. Le atribuyen flirts con cualquiera de los personajes masculinos que entrevista, me explicaba el escritor republicano Avel·lí Artís-Gener, Tísner, a su vuelta del exilio, el dibujante en los años republicanos de los cuentos infantiles de Mercè. Ella reía a su provocadora manera y, cuando el interlocutor no le interesaba o la asustaba, era bien capaz de no mover ni un músculo de la cara y darse la vuelta sin dar ni los buenos días. A sus espaldas, alguien murmura: «Sí, parece muy joven pero no lo es tanto. Tiene un hijo. Un hijo que también es su primo...». La madeja se iba liando.

Publica la primera novela en 1932, en la editorial Catalonia, la casa que ese mismo año saca el *Diccionari General de la Llengua Catalana* (Diccionario General de la Lengua Catalana) de Fabra, culminación de su colosal empresa de modernización del idioma ante los incipientes medios de comunicación de masas y la industria editorial moderna. Catalonia también es la librería que tanto atrae a Barcelona a García Lorca, donde lee su poesía y publicita su teatro. Rodoreda paga la edición, algo habitual en la época entre los escritores que se alejan de la muy frecuentada novela popular y de quiosco. Editores y público siguen prefiriendo la poesía, género que consideran más apto para el catalanismo de raíz romántica vigente desde la Renaixença, el movimiento cultural y literario iniciado a mediados del siglo XIX cuyos constructores fueron los poetas Verdaguer, Maragall y Aribau.

Edición pagada por ella quiere decir edición pagada por su marido. Editar una novela costaba entonces una suma ridícula, en comparación y proporción incluso con una entrada de cine. Joan Gurguí debió hacer una concesión a las aficiones de su mujer para tenerla contenta. Mercè no era fácil de contentar; lo reconocerá al hablar de su primera comunión: «Hay que decir que no estaba contenta, nunca tenía lo que quería». Pero a los veinticuatro años se ha equivocado lo suficiente para darse cuenta de que es preciso plantar cara a la situación. Hacer lo que sea para obtener lo que quiere: escribir, publicar.

Las novelas que admira le proponen tener un amante. Ella buscaba otra forma de certeza personal. Quería ser escritora, y si podía escribir también podía acceder al periodismo, tener una profesión. Está decidida. En aquellos años, para ser periodista solo hacían falta saber escribir y ganas, ningún título. Un buen grupo de mujeres lo estaba haciendo desde comienzos del siglo, de Dolors Monserdà y Carme Karr a Irene Polo, Rosa M. Arquimbau, Anna Murià, Maria Lluïsa Algarra y Llucieta Canyà entre las más leídas en lengua catalana. Asume la desfachatez necesaria para que una chica sin apenas estudios ni mucho menos amigos profesionales, casada y con un hijo pueda llegar a publicar en una sociedad eminentemente patriarcal y cotilla. Ser valiente y entrar pisando fuerte, ponerse la máscara cuando convenga. Ni que fuera haciéndose la tonta, recurso del que se servirá a menudo en periodismo. Su primer título de novela es gritón y autoparódico: *Sóc una dona honrada?* (¿Soy una mujer honrada?). Da la vuelta a su comentada por unos y otros entre bastidores reputación íntima y, desde luego, da en el clavo, se hace leer.

Esta primera obra está llena de juegos de palabras y de equívocos, el ritmo nervioso del artificio. Denota ya un grado elevado de desconfianza en las bondades de la vida. La estructuran dos diarios íntimos, de la protagonista, Teresa, y de un hombre llamado Ell (Él). La relación está destinada al fracaso desde el principio. La posibilidad del adulterio es lo único que sucede, y no se consuma. Ell es quien más claro se expresa, en el tono prototípico de tanta novela europea ligera y descarada del momento: «Yo me siento materialista, no pienso casarme, porque no creo en las mujeres; fuera de la cama no me interesan y cuando te casas huyen de la cama». La misma idea, en un tono mucho más grave, será conservada y en gran medida guiará *Aloma*.

Para presentarse ante la sociedad literaria de 1932, Rodoreda escribe un prólogo a esta primera novela, en el que dice cosas tan jugosas e irónicas como que el libro no le ha salido bien, y que por supuesto que las mujeres también pueden hacer novelas.

Haremos un arreglo bien arregladito. Eso es cosa de mujeres, ¿no? Pero yo, que he de arreglar tantas cosas, no sé a quién dedicárselo [la autora juega en el original con el polisémico sentido en catalán de la palabra *endreça*, que es tanto «arreglar» como «asearse» y «dedicatoria»] [...]

el libro ya se ha escrito: cortito y fresquito, y puestos a adjetivar diminutivamente, diremos también, desvergonzadito [...]. Solo oyes: «No se escriben libros, las mujeres no escriben libros; todas tienen pereza»; y eso me ha dolido, y he querido demostrar que yo escribía un libro, y por tanto daba una prueba irrefutable de mi diligencia y de mi falta de pereza [...]. Y aquí lo tenéis; yo os lo quisiera presentar en bandeja pero os daría todavía más la impresión de un churro [...]. Digo lo que pienso y pienso lo que no digo. Pero en resumidas cuentas siempre digo lo que he pensado sin pensar en lo que he dicho.

Pues eso.

Obtiene algunos votos en el Premi Crexells de 1933, pero en general pasa sin pena ni gloria. Comienza después una breve e interesante etapa, que de mayor no le merecerá tampoco ni media nostalgia, ni una brizna de memoria. El periodismo la ocupa de forma intensa entre octubre de 1933 y junio de 1934 en particular, cuando con Delfí Dalmau edita y dirige la revista semanal *Clarisme*.

Subtitulada «Periòdic de Joventut, Art i Literatura», *Clarisme* era una especie de hermano pequeño, celoso y chillón, de *Mirador* y *El Be Negre*, dos calificadas revistas del momento catalanista, *Mirador* como núcleo de la cultura moderna y *El Be Negre* como foco satírico temible. Tiene solo cuatro páginas, pero se envanece de decir las cosas más claras que los otros dos en materia catalanista y, en especial, de difundir al pie de la letra la normativa modernizadora de Fabra, que costaba de arraigar. Además de editar la revista, Mercè empieza pronto a escribir en sus páginas. El primer artículo, que firma con iniciales, es un dinámico y ácido comentario sobre la persistencia de las representaciones del *Tenorio* por Todos los Santos:

Hoy, que el motor gruñón de los aviones casi no nos hace alzar la cabeza; hoy, que las grandes velocidades no nos sorprenden; hoy, que nos son familiares la «browning» y los «gangsters» y la bomba bajo el más inofensivo de los asientos del tranvía, en plena locura de los primeros planos angulosos del cine –ejercicio para ensanchar hasta los horizontes más vastos el intelecto y esclarecer las potencias iluminándolas por donde mejor le parece– todavía vuelven a saltar a los más variados escenarios, a los más indiferentes espectadores, los versos aquellos... Qué pocas, hoy, nos dejaríamos arrancar el «corazón» por el pobrecito *Tenorio* que es la negación más absoluta del ideal de las mujeres con cuatro dedos de frente.

Ah, el cine, qué gran maestro.

Va por libre y con ganas de hacerse leer. Hará las entrevistas literarias que no hace nadie: autores que no han ganado el Crexells aquel año u otro (Sebastià Juan Arbó, Agustí Esclasans, Cèsar A. Jordana), escritores quejosos con la novela y la crítica catalanas (muchos de los entrevistados, en especial Miquel Llor y Alfons Maseras), anticonvencionales (Llor), que se interrogan sobre el porqué de escribir (Maria Teresa Vernet), injustamente apartados (Apel·les Mestres), autores de obras mal vistas (Plàcid Vidal) y escritores de tanto prestigio (Carles Soldevila) o tan presentes en los diarios con sus colaboraciones (Tomàs Roig) o de tanta fama reciente (Llucieta Canyà) que nadie les pregunta nada. El estilo es nervioso y atolondrado. Se sitúa repetidamente en la perspectiva del lector y se introduce desde la primera línea como personaje aturdido que, así, resalta a los entrevistados. Basa los apuntes psicológicos en la gestualidad de los interlocutores y representa el papel de la periodista moderna y extremada, de la nueva mujer que opina de todo.

Empieza con C. A. Jordana, autor de *Una mena d'amor* (*Una especie de amor*) y con los años suegro del escritor Juan Benet; su novela había levantado polvareda por sus apuntes eróticos (es la que Aloma comprará y leerá a escondidas). Pero el primer interviú publicado es el de Sebastià Juan Arbó, autor de *Terres de l'Ebre* (*Tierras del Ebro*), hombre solitario, sin capillita en Barcelona, formado por su cuenta en Amposta. En esta primera entrevista, Rodoreda explica la razón de la serie:

> Aquí, en Cataluña, nos encontramos con que, de gente que escribe por el mero hecho de escribir, ya no se dice ni pío. Interviús con intelectuales y literatos, casi no las hay. Las capillitas hacen que, quien escribe, es como si en vida se hubiera tirado a un pozo. Y ni unos ni otros pueden concebir que nadie los saque de allí: sería darles demasiada importancia y relieve y no lo aceptan, puesto que cada cuadrilla se cree superior a la vecina, y, si por azar a algún miembro de la contraria se le ocurre hacer una interviú, los compañeros se lo sacan de la cabeza. «No te la concederá –le dicen–, es orgulloso, es estirado, es esto y aquello... no sabe escribir.» Nosotros, que respetamos y admiramos a la gente de letras –por el mero hecho de serlo–, queremos iniciar una serie de interviús, no como quisiéramos, pero sí como podremos. Las interviús deberían ser el reflejo bien profundizado del temperamento de los interviuados; un estudio psicológico de su personalidad; pero eso es difícil de buenas a primeras y con personas que solo conoces de nombre y a las que más bien disgusta que las vayas a buscar.

En las ediciones Clarisme publica en 1934 la segunda novela, *Del que hom no pot fugir* (De lo que no se puede huir), otro título paródico, ahora de los melodramas rurales, y, a su manera, homenaje a Víctor Català y su novela *Solitud* (*Soledad*). La protagonista es una huérfana y gran lectora que deja Barcelona y se refugia en la montaña para olvidar el amor por su tutor, amigo de su padre muerto y hombre casado. En su registro ironista, una chica urbana ya no se podía reconocer en modelos rurales y tremendistas, y menos todavía una autora joven. De Caterina Albert, Víctor Català de nombre de pluma, retendrá la afirmación de la soledad como vía de liberación y retomará la visión profunda de las situaciones que pueden pesar sobre las mujeres como una condena: el matrimonio y la maternidad. Al igual que ella, elevará al altar literario la lengua oral.

Ese mismo año, la reputada Edicions Proa, en la colección «A tot vent», le publica la tercera novela, *Un dia en la vida d'un home* (Un día en la vida de un hombre), de título extraído de Stefan Zweig y que ella misma reconoce inspirada en *Hi ha homes que ploren perquè el sol es pon* (Hay hombres que lloran porque el sol se pone), novela del año anterior de Trabal, del Grup de Sabadell, el narrador más original entonces. En aquellos años, la vida privada de Mercè ya está en cuarentena. Trabaja a destajo, alterna novelas y periodismo con capacidad y rapidez, en casa para poco. También en 1934 publica en las ediciones Clarisme el peculiar opúsculo *Polèmica*, con su compañero Delfí Dalmau. Pero la revista cierra y ella empezará a colaborar en otras publicaciones.

Su vida profesional se encarrila entonces como narradora. En revistas y diarios, continuará haciendo alguna entrevista, pero sobre todo publicará cuentos. Escribe en *Mirador* –la chica autodidacta de Sant Gervasi se debía sentir más segura aún: escribía en el gran semanario cultural del momento. Dedica uno de sus escritos de cine, delicioso, bien informado, a las vampiresas.

Colabora con frecuencia en la página dominical del diario *La Publicitat* dedicada al mundo infantil, «Una estona amb els infants» (Un rato con los niños), ilustrada, como decía antes, por Tísner, que a menudo iba a Sant Gervasi a recoger el cuento semanal cuando ella se atrasaba. Estos cuentos muestran ya un dominio nuevo de la narración, en el que el dispositivo retórico practicado en las novelas y entrevistas acierta el tono de los anhelos, miedos y fantasías infantiles. Publica dieciséis, más de la mitad en dos partes semanales. Algunos están hoy editados. En vida no lo hizo; lo pensó y se lo dijo a su editor, pero lo descartó, seguramente porque habría querido reescribirlos y finalmente no tendría ganas de hacerlo. Volver a revivir aquel mundo, derribado, podía ser duro, muy duro; ya lo había experimentado durante los cuatro años que le había llevado, en el exilio, la revisión y reescritura de *Aloma*. No, no lo haría más.

En estos cuentos infantiles vive enérgica, luminosa, preparada. Se nota que ha trabajado a partir de lecturas a fondo de autores europeos entonces recién traducidos al catalán, como Andersen y Wilde, a quien cita de manera indirecta. No son cuentos *patufetistes*, de la amable revista *Patufet*, la corriente entonces dominante en Cataluña. Algunos ya elaboran simbólicamente los temas que serán luego centrales en su obra, como la crueldad, la violencia y la guerra de sexos. Se dirige a las criaturas con inteligencia y sin sensiblería, con el ritmo pegadizo que la caracteriza entonces y que culminará con *Aloma* y la guerra, las guerras. Permiten ver, más aún, que la Rodoreda que pronto se irá al exilio es una escritora consciente de los modelos literarios europeos de su tiempo, así como de la tradición y de las fuentes que quiere seguir. Una autodidacta que ha leído mucho, lo ha absorbido y hecho suyo, y que está trabajando a fondo los inicios de su estilo y visión del mundo.

A principios de 1936, año que será fatídico, saca la cuarta novela, *Crim*, ya citada, una suerte de esperpento de las novelas policíacas de inspiración británica que entonces hacían furor en Barcelona. Pero la guerra arranca. Pronto será el turno de *Aloma*. Quedará así cerrado un ciclo de aprendizaje que, en perspectiva, aparece como el característico del momento, del tono esforzadamente cosmopolita de la valiente en tantos sentidos Cataluña del primer tercio del siglo. «El mundo de antes de la guerra me parecía irreal», dirá años después. Pero fue, existió, es, un mundo que fue verdad, en expresión de Anna Murià en su novela *Aquest serà el principi* (Este será el principio), que incluye un personaje inspirado en Mercè.

Repito que esta etapa de aprendizaje y realizaciones será después ignorada por ella. Pero es elocuente y colorida; el periodismo, las novelas y los cuentos infantiles son destellos de sus marcas estilísticas futuras, el control del «barranco del sentimentalismo» y la osadía. Un dominio de equilibrista de los registros extremos de la sensibilidad que desafía el abismo de lo cursi y se salva de él gracias a la veracidad expresiva y su estilización. El dominio artístico tardará en llegar, pero a partir de ahora, con la guerra a las puertas, los caminos de la creación ya se han abierto y un día recordará el consejo de uno de sus directores de diario: «Primero viva, ya escribirá después». Mercè lo aplicará al pie de la letra.

4. REVOLUCIÓN

Siempre se referirá a los años 1936-1939 así, «cuando llegó la revolución». Después le tocaría, en Francia, bajo bombardeos nazis y aliados, vivir una guerra más larga y ver más cadáveres. Quizá por eso, la guerra de los tres años, la revolución en la retaguardia de Barcelona casi hasta el final, no era la guerra y nada más. Aquella había sido una revolución en más de un aspecto, con componentes importantes de revolución social y de una cierta revolución de las costumbres pero, al mismo tiempo, de escasa influencia en la moral familiar y en las ideas sobre la mujer del grupo con el que Rodoreda compartirá los primeros tiempos del exilio en Roissy-en-Brie. Para su educación sentimental fue un tiempo decisivo. La revolución es la resistencia en Barcelona a la reacción franquista contra aquel «tiempo que fue verdad». No era militante de ningún partido pero sí política, una de tantas personas que confiaban en la modernidad y en una sociedad menos desigual y más decente.

Conjuro el espejo de aquellos años puros y turbios y me digo que sigue siendo difícil mirar atrás con ironía. Pero es en vano no intentarlo, temer la ingenuidad. Y más del lado de Mercè Rodoreda, cuya obra, en el exilio, es toda ella un esfuerzo despiadado por evitar las falsas ilusiones sobre la inocencia, sobre lo impune de la modernidad y sus espejismos.

Aunque en sus prólogos de madurez apele una y otra vez a la inocencia de sus personajes, como escritora basa su obra en lo mismo que la novela existencialista francesa de aquellos años y que la novela negra norteamericana había advertido ya en los años treinta: la inocencia puede estar muy cerca del mal. Su intensidad incluye sus perversiones. La inocencia, pongamos, del atolondrado republicano Quimet, el primer marido de Natàlia-Colometa en *La plaza del Diamante*, capaz de dejar que las palomas se coman la casa mientras la revolución y la guerra se alzan ante él. O la inocencia de los hermanos incestuosos de *Espejo roto*. Unos y otros no saben lo que hacen, pero Quimet morirá en la guerra y los dos niños causarán la muerte de su hermano. Ni el uno ni los otros pierden un gramo de inocencia ante un juez, pero su inocencia da pánico.

Pero antes de que estas destilaciones éticas y literarias surjan de su máquina de escribir, tras su matrimonio y la proclamación de la República que la conduciría al periodismo y a la literatura, a un oficio propio, tendrá ocasión de vivir la inocencia. Fue una madre joven que pudo encontrar un lugar en la vida intelectual y literaria, lograr ser una mujer nueva y, con la guerra, una joven autonomista y republicana tenaz en la supervivencia de estas formas de vida colectiva y de democracia. Una Rodoreda política que, como tantos de su generación, cubrirá de mayor esta etapa de olvido. Pero existió.

La relación con Andreu Nin tal vez fuera decisiva en este sentido, pero a mi entender lo fue más el carácter liberador que los breves años republicanos significaron para tantos jóvenes. Desde Barcelona, para los autonomistas y los libertarios que propugnaban estructuras federales para España, el tiempo de la Generalitat republicana originó aperturas al mundo espléndidas e interclasistas, por más radicalizadas y separadas que estuvieran las clases sociales en las generaciones previas. No fue tanto que los sueños se cumplieran (algunos sí), sino que, como tantos testimonios y memorias describen, creer fue posible. La creencia, el deseo, la fe fueron posibles.

El choque sería brutal. Reproduzco las palabras de Rodoreda en la carta, tras un año largo de destierro, a Carles Pi i Sunyer, último *conseller* (ministro) de Cultura de la Generalitat y uno de los hombres, científico de profesión, que más supo unir a su alrededor en el primer exilio la energía devastada por la derrota. El 29 de marzo de 1940 le escribe:

> Todos, nadie que tenga un mínimo de sensibilidad se libra de esta marca de tragedia que dos años y medio de guerra nos han infligido. Ya procuramos reaccionar, ya nos esforzamos en sustraernos a los recuerdos lejanos o próximos más penosos, ya lo conseguimos algún rato, un día; pero es inútil. Por nada llega una caída —es doloroso confesarlo porque nos mostramos desnudos, con nuestra debilidad entera— y hemos de convenir que en nuestros deseos, en nuestras ilusiones, en los múltiples sueños, impera una tristeza tan pegajosa que todos los esfuerzos para deshacernos de ella —hablo por mí— se redoblan con más fuerza.

Prosigue hablando como intelectual, inscripción que después rechazará de lleno para situarse en exclusiva como escritora.

> Estamos lejos, ahora, del intelectual encaramado torturándose con dudas quiméricas e inquietudes inte-

riores. No somos el señor que *au dessus de la mêlée* [por encima], cómodamente instalado, aburguesado, se inquieta, mientras merienda, por problemas eternos; no, a nosotros, quieras que no, nos han puesto cara a cara con una realidad tan dura y palpitante, tan desgarradora, que es como si nos hubieran lanzado encima el peso enorme de miles de años. Que no se nos pida una reacción inmediata, que no se nos exija lo que ahora no podemos dar, que no se nos inculpe una falta de presencia cuando estamos tan heridos. Una cosa nos queda y de ella habrán de salir los días buenos futuros: la serenidad.

Retengamos este «peso enorme de miles de años», que proporciona una guía clave para sus obras más irrealistas y simbólicas: *Viajes y flores*, *Cuánta, cuánta guerra* y *La muerte y la primavera*.

Todo había fluido y a la vez se había interrumpido. Justo antes de la revolución, entre las centellas del estallido insurreccional de octubre de 1934 contra el reaccionario gobierno central republicano del bienio negro que conduciría a la guerra, ella vivía su revolución personal, íntima. Una sacudida interior que se traduciría en una novela vivida profundamente, *Aloma*, y que, durante la contienda, tomaría forma en la ruptura definitiva de su matrimonio. «La vida puede cambiar, se dijo, y quién sabe si tendré suerte», escribe. Para Rodoreda puede decirse que la guerra fue su propia revolución, y la huida de Cataluña una aventura vital ineludible. Al final de la guerra era una mujer separada y emancipada que el franquismo no habría reconocido como tal, una catalanista que habría sido represaliada o denunciada si se hubiera quedado, una escritora que no habría podido publicar.

Nin. Andreu Nin. De los secretos rodoredianos, este es uno de los más bien guardados por los duendes de la historia. ¿Cómo se debieron conocer? Nin ha sido recordado como un hombre discreto en su vida personal, y no se conoce ningún rastro suyo de una relación que hoy sabemos fue decisiva para ella y de la cual ignoramos qué función cumplió en la vida de él. Que la relación con Andreu Nin, ni carnal ni erótica, jugó un papel primordial en la vida de Mercè Rodoreda se lo explicó ella misma a Anna Murià en el exilio de Roissy-en-Brie, en la primavera de 1939.

No hace falta espectacularizar el encuentro, solo encajar algunas piezas íntimas rodoredianas. Las dos amigas no hablaron de cómo Mercè y Andreu se habían encontrado. Debían empezar a tratarse cuando ella estaba tomando fuerzas para separarse del marido. Ella conoce el mundo familiar de él; en 1935 publica en *La Publicitat* uno de sus cuentos infantiles, «La noieta daurada» (La chiquilla dorada), dedicado a una hija de él, Ira Nin. Tal vez se conocieron hacia 1934, cuando ella publica la ya citada *Un dia en la vida d'un home* en Edicions Proa, con la que él colaboraba y para la que traducía del ruso. Aunque la sede editorial estaba en Badalona, Proa tenía oficina cerca del Ateneu Barcelonès, donde ella escribía a menudo sus artículos y se codeaba con la profesión. El año anterior Nin había publicado su versión de *Anna Karènina*, una obra en cuatro volúmenes que había causado sensación en el mundo literario y que Mercè leyó. Por vez primera Tolstói era traducido directamente del ruso y la novela, también por vez primera, era editada en España de forma íntegra. La versión castellana había pasado por la traducción francesa y había sido notablemente abreviada. *Anna Karènina* será el referente al que acudirá para crear y explicar sus propias heroínas, y es la primera alusión de *Aloma*. El lema que abre la novela proviene de la de Tolstói: «Y bien, todo se me aparece de la forma más grosera, más repugnante». Cuando *Aloma* se publica, en 1938, Nin ya ha desaparecido y ha sido asesinado, está muerto.

Al inicio de la guerra, Nin fue por un tiempo breve *conseller* de Justicia de la Generalitat en tanto que dirigente del POUM (Partido Obrero de Unificación Marxista), pequeño y radical partido al que le correspondió ser el contrapeso trotskista de la dura pugna de las izquierdas y el estalinismo contra la CNT en los Hechos de Mayo de 1937. El POUM era el único aliado de los anarcosindicalistas, y si a su originalidad política, del todo refractaria al dirigismo soviético, no le hubiera tocado pasar la prueba de la revolución en Cataluña y en España, habría sido un grupo político tal vez sin relieve; o quizá no, si las cosas hubieran sido distintas. Pero en los años treinta en la península se jugaba el futuro del mundo y todos los medios fueron pocos para desprestigiar y borrar del mapa, hasta el asesinato, a aquel revolucionario conocido por obreros, campesinos e intelectuales de Europa, de la URSS a Andalucía. Un mes después de los Hechos de Mayo, en junio de 1937, Nin fue secuestrado, encarcelado, torturado y asesinado, en un complot que entonces propagó sospechas sobre él y que mucho más tarde se supo que había sido orquestado por agentes soviéticos. Nin era un sindicalista y un revolucionario internacionalista. Había llegado a formar parte del sóviet de Moscú y ocupado la secretaría de la Internacional Sindical Roja, y era miembro del comité ejecutivo de la III Internacional. Su desaparición fue el escándalo político más sonado de la República española y una de las conmociones más notorias en las izquierdas europeas.

Cuando Anna Murià, confidente del amor de Mercè por Nin, me hablaba de la eliminación de él, sesenta años después, aún le dolía el silencio claudicante que siguió en la fogosa Barcelona de entonces. Ella misma, periodista y escritora radicalizada en diversos frentes, sí que escribió entonces sobre Nin en su periódico, pero, y todavía le pesaba, solo como traductor, sin atreverse a más. Tanta era la sordidez, la laceración el descrédito moral que el estalinismo acababa de introducir entre las izquierdas europeas y que en buena medida arranca de aquí, del asesinato de Andreu Nin.

Mercè era dieciséis años más joven. En el invierno de 1936 tienen ella veintiocho y él cuarenta y tres. Desde el fulgor republicano de 1931 ella se mira en el espejo de los medios; desde dentro como redactora-editora, entrevistadora o cuentista, desde fuera como autora que empieza a darse a conocer gracias a las cuatro novelas publicadas. Es percibida como una mujer audaz, atractiva y decidida, que llama la atención y escribe novelas atrevidas. Tiene aura de modernidad, en aquellos años de avance del catalanismo cultural. Andreu Nin también es audaz. Representa un cierto aspecto complementario de las aspiraciones de la modernidad catalanista: la revolución radical y culta. Cómo conectaron aquellas dos sensibilidades, repito que sus fantasmas lo saben. Solo sé lo que me contó Anna cuando preparaba mi primer retrato de Rodoreda, que ella misma dejaría escrito después: en el equipaje de urgencia hacia el exilio Mercè lleva, bien guardada, una carta de Andreu Nin.

La carta está hecha pedazos. La había roto el marido, cuando Mercè, en el trastorno de la desaparición de Nin, le exigió la separación (no dio, en cambio, ningún paso para obtener el divorcio entonces posible, que, de todas maneras, no habría sido reconocido después por la dictadura, como no lo fue su separación). En tiempos de traiciones creyó necesario decir la verdad. Se negó a enterrar a Nin con el silencio y lo alzó como bandera en su piso de casada. Una carta de él. Su marido la rompe, ella recoge los trozos, él se lanza a sus pies y los besa —un motivo del que Rodoreda se servirá en *Espejo roto*.

A la mañana siguiente, deja el piso y se traslada con el niño a la torre de su madre. El matrimonio se separa ese verano. Ella llevará encima durante dos años la carta rota. La acompaña en sus actividades políticas y literarias emprendidas con la revolución. Y con la carta se va al exilio, a la aventura.

Nadie más que su marido lo supo. Aquel «Y bien, todo se me aparece de la forma más grosera, más repugnante» de la traducción de Nin, en sus palabras en suma, que abre *Aloma*, lo engloba todo: la infancia y la adolescencia, el matrimonio, la revolución y la guerra, el asesinato de Nin, aquella pasión oculta.

De la pérdida del mundo conocido Rodoreda no se recobrará. La experiencia de la pérdida, el trastorno de la ingenuidad amorosa y la derrota de la guerra minan su imaginación; también en el sentido de que le procuran una mina creativa. A partir de ahora, su obra se moverá entre dos polos, los marasmos del olvido y la fascinación por lo que brota y mana de la guerra. A la escucha de la poesía que vive en el corazón de la catástrofe humana.

Aloma resulta significativa porque es su única obra al alcance que permite hoy vislumbrar la hondura de la Rodoreda antes de la revolución. La autora de veintisiete-veintiocho años que escribe esta novela es una mujer joven desencantada de la vida. Sus personajes son amargos, los adolescentes y los niños sufren (su hermano se suicida a los dieciocho y el sobrino de Aloma muere de niño). Los niños desgraciados pueblan su obra y serán, más y más, el exponente literario de una compasión hacia criaturas y adolescentes, que arranca de esta obra grave, bien distinta a sus novelas previas, que nunca más reeditaría. Al lado de la experiencia de iniciación al sexo de una chica, formula uno de sus temas mayores: la mujer y la ciudad moderna. Y el tono de su arte: alusivo y contenido. Algo colectivo importante está sucediendo cuando Aloma, al comienzo de su historia, cuando llega a la Rambla desde Sant Gervasi, se topa con una manifestación no definida en el texto bajo ningún signo, si acaso algún grito, excepto que estamos cerca del día de Sant Jordi, mediados de abril, claro que es el mismo 14 de abril de 1931. Así será siempre el estilo rodorediano en materia histórica, que nunca deja de lado: casi sin contexto explícito y, con todo, tremendamente preciso.

La mitificación de su infancia que exhibirá de mayor en prólogos y entrevistas es a menudo un caparazón y uno de sus rasgos públicos mayores: esconderse tras una ironía expresada de tal forma que el interlocutor la cree al pie de la letra.

Me gusta leer esta novela en la versión primera de 1936-1938. Rodoreda la rehízo treinta años después, de cabo a rabo. La *Aloma* definitiva puede que esté mejor acabada, denota más oficio y es aún más alusiva y contenida. Es un artefacto literario mejor, sin duda, pero ha perdido la vivacidad y la ligereza que quiero evocar en estas páginas. Claro que la inocencia se perdió. Pero sabe mal que no quede de ella ni el recuerdo. No queda nada en la versión definitiva de la Aloma alegre que visita a un escritor, reflejo claro de Trabal, que desaparece aquí, un humorista que la distrae con una muñeca Joséphine Baker citada por su nombre.

No. Rodoreda constataba treinta años después que a sus años de juventud les había sido robado todo, que no había posibilidad de recuerdo ni de nostalgia, que en la Barcelona de después de la guerra no quedaba nada de todo aquello.

Tan solo el exilio y el deseo: escribir. Esta fue su revolución, y tal vez por eso utilizó siempre esta palabra.

Aloma es asimismo la revolución en Rodoreda por su confrontación con la tradición literaria propia y con la modernidad que en aquellos años contaba ya con buenas traducciones de la literatura europea del momento, un hecho clave en la historia cultural catalana. Cada capítulo de la novela tiene por lema una cita de obras recientes o clásicas y el conjunto es indicativo de los intereses literarios de la Rodoreda joven, así como de la voluntad de escribir en términos de madurez emocional, sin sentimentalismos.

Cito algunos de sus lemas. El del primer capítulo es, repito, de *Anna Karenina* de Tolstói, una frase-espejo en la que Rodoreda reúne su propia historia y la de su país entonces.

La referencia principal en la novela es *Adolfo*, del filósofo y escritor de los tiempos de la Revolución francesa Benjamin Constant, de la que escoge cuatro ideas: «Los sentimientos del hombre son confusos y desordenados», «Pensaba que era muy dulce saberse amado», «Maldito sea quien, en los primeros momentos de una unión amorosa, no crea que esta unión ha de ser eterna» y «Y me rebelo contra la vida como si no se me hubiera de acabar nunca». Otros lemas son de Proust («¿No lo ven? Es tan bonita que vienen ganas de clavarle los dientes»), Stendhal, Goethe, Dostoievski («Tenía ganas de irme lejos, cuanto más lejos mejor, allá donde nace el mal tiempo») y Thomas Hardy

(«Ella estaba a la vera y las demás no estaban en ninguna parte»). De Llull, de quien ha tomado el nombre de Aloma, escoge estas bellas imágenes del *Llibre d'amic i amat* (*Libro del amigo y del amado*): «–Di, loco, ¿tienes dinero? Respuesta: –He amado. –¿Tienes villas, castillos, ciudades, condados y ducados? Respuesta: –Tengo amores, pensamientos, flores, deseos, trabajos, languideces, que son mejores que imperios y reinados». Las novelas de ideas de Aldous Huxley parecen haberla conmovido y escoge esta cita para uno de los capítulos: «No había nada en ella tan profundamente enraizado que no se pudiera arrancar casi fácilmente». Termina, en el capítulo en que Aloma deja su casa de noche y embarazada, con una obra de Margaret Kennedy, *La ninfa constante*, de la que escoge una frase no sin ironía escenográfica: «El telón, lento y silencioso como un destino que se aproximara, cayó sobre el amor». Hará muchos cambios en la versión de 1969, pero no tocará ningún lema de los autores europeos que de joven la habían ayudado a escribir *Aloma*.

La primera versión ya tomaba distancias con la frivolidad y el escondite de sus novelas previas. Rodoreda madura a medida que la convulsión social avanza hacia la revolución, la guerra, la destrucción. Termina *Aloma* en abril de 1936, precisamente. La guarda en un cajón un año más porque, diría poco antes de morir: «Me daba miedo enseñarla. Tenía la sensación de que al darla a leer me descubría demasiado yo. La escribí muy deprisa». Durante la guerra, cuando es una de las secretarias de la Institució de les Lletres Catalanes, recién creada, hace amigos nuevos que la animan a optar al Premi Crexells. Quien más la animó fue Francesc Trabal, ganador del premio el año anterior con la innovadora *Vals*, excelente constructor de plataformas culturales y dinamizador de una sensibilidad literaria nueva.

Pero estamos viviendo en la revolución. Y, cuando una revolución estalla, la aventura desgarra límites y costuras. También para ella. Afiliada a la Agrupació d'Escriptors Catalans (de la UGT), pronto formó parte de los organismos culturales creados por la Generalitat para reunir a los escritores que apoyaban la autonomía y la República, que no huían. No es una militante, pero sí que participa en las emisiones de propaganda radiada de la Institució de les Lletres.

Por las mañanas trabaja de correctora en el Comisariado de Propaganda y por las tardes, en la Institució de les Lletres. En esta entidad, los escritores que por edad o por género no iban al frente organizan un proceso de resistencia que procura obras magníficas y servicios culturales de urgencia, como el bibliobús del frente y otras iniciativas inspiradas. Fue fundada en 1937 por el dramaturgo, novelista y periodista Josep Pous i Pagès. Carles Riba era el vicepresidente y Francesc Trabal, su secretario.

Los literatos más activos, tanto los sindicados como los adheridos a la Institució de les Lletres y al Pen Club, eran los arrojados componentes del Grup de Sabadell: Joan Oliver (Pere Quart en poesía y teatro), Francesc Trabal y Armand Obiols (Joan Prat). Presentémoslos. Nacidos los dos primeros en el cambio de siglo (1899) y el tercero un poco después (1905), eran la generación precedente de los jóvenes escritores que deberían alzar su obra en el exilio, entonces soldados –los hombres– en el frente. Pere Calders, el gran escritor de cuentos, manifestó siempre su deuda entusiasta con aquella peña de amigos, vanguardistas, autodidactas alguno (Armand Obiols lo era), de buena cuna la mayoría, que se propusieron «eliminar el divorcio absurdo entre la lengua literaria y la coloquial». Entre los jóvenes, la aparición en 1934 del primer libro de poemas de Joan Oliver, *Les decapitacions* (Las decapitaciones), «causó un gran impacto. Abría una gran ventana. Salíamos del drama rural y del tremendismo literario, en el que casi todo es inventado». La propuesta radical del Grup de Sabadell la frustró la guerra. La suya era una convocatoria a los más jóvenes a escribir «una novela abierta de cara al mundo, ciudadana, con ironía. Hasta entonces la palabra *intelectual* se escribía con mayúscula y con una suerte de respeto reverencial. Vosotros nos desintoxicasteis. La generación de escritores anterior a la vuestra constituía una especie de vacas sagradas a las que no podíamos ni acercarnos. Vosotros hicisteis una propuesta de libertad», le decía Calders a Joan Oliver-Pere Quart en una conversación de 1984.

El periodista, novelista y traductor Domènec Guansé nos ha dejado un retrato conjunto:

> Con cualidades diferentes, los unía el sentido del humor y un concepto deportivo de la literatura y del patriotismo. Trabal era la imaginación fértil, en movimiento constante, el impulsor del grupo. De él eran las ideas constantes, el huevo de la larva. Obiols era el teorizador, la inteligencia brillante y estática. Oliver, el más gris en apariencia, era el lento y parsimonioso ejecutor que hacía viables las ideas insólitas de uno y las teorías estabuladas del otro.

Ella sigue de cerca a estos profetas, estrechamente relacionados también con el periodismo. Oliver y Trabal escriben en *Mirador*, Obiols publica comentarios políticos y crítica literaria en *La Publicitat* entre tantos otros periódicos. En Sabadell, su ciudad, de larga tradición industrial, han fundado la editorial La Mirada y en Barcelona están vinculados a Edicions Proa y su sección de novela, dirigida por el escritor Joan Puig i Ferreter, que ha pedido una novela a Rodoreda, *Un dia en la vida d'un home*, ya citada. En el contexto de la guerra algunas relaciones se estrechan. Con Trabal, en el caso de Mercè.

Él no es únicamente un iconoclasta de la novela catalana en la línea de los nuevos escritores y humoristas aquí y allá, es también un dandi de humor corrosivo y provocador, un seductor con clase, de frescura pegadiza. Escribe Guansé:

> Pelo ondulado, mejillas purpurinas, ojos parpadeantes, irónicos, infantiles, camisa de seda, corbatín, tan delgado que parecía hecho con una cinta de atar pasteles —y que, en realidad, era un cordón de zapato—, pipa inglesa, más que para exhalar el humo, por la diestra elegancia del gesto. Aquel Trabal, simpático y desenvuelto, causaba bastante impresión y conseguía todo lo que se proponía.

Mercè le da a leer el original de *Aloma* que no se atrevía a enseñar ni publicar. Trabal le insiste en que la presente al Crexells y hará todo lo posible para que lo gane, convencido de su valor. Gana el premio. Estamos en 1937. El libro será publicado al año siguiente por la Institució de les Lletres Catalanes.

Asisten los dos al congreso del Pen Club del 38 en Praga, delegados por la filial catalana, una de las primeras, de 1921. Intiman.

Están unidos por una comunión de intereses creativos, políticos y profesionales tanto o más que por la atracción erótica. Los dos habían adoptado los aires de la provocación y del exhibicionismo en sus novelas y colaboraciones periodísticas. Para Trabal la literatura es una huida de su aburrido oficio de procurador de tribunales. En la primera versión de *Aloma*, el gato que le aconseja leer y no casarse «tenía cara de procurador de tribunales». También aparece un escritor moderno, Joaquim, que se caracteriza por «cumplir con el humor», como él, y flirtea con gracia y elegancia culta con ella; es el único capítulo que transmite aire fresco y una sonrisa. Suprimió después las referencias al procurador de tribunales y al humor de Joaquim. Las supresiones puede que respondieran a lo que había pasado en el exilio de Roissy −pero literariamente saben mal.

Al morir él en el exilio de Chile, escribe desde Ginebra a un amigo: «la muerte de Trabal me afectó mucho. Por unas cuantas razones; entre ellas porque, probablemente, le había amargado la vida y porque había estado un poco enamorado de mí. Es uno de aquellos secretos que diría que sabe todo el mundo. Que descanse en paz. Sé que más de una vez pensaré en él con pena y con ternura».

Ese mismo 1938, la Institució de les Lletres toma otra decisión: volver a editar la *Revista de Catalunya*. Este mensual, de crítica, ensayo y creación, se había ido publicando, a intervalos, desde 1924. Es el paralelo histórico de *La Nouvelle Revue Française* en París y de la *Revista de Occidente* en Madrid. En guerra, llega a los tres mil ejemplares, dirigida por un comité de redacción formado por los historiadores Antoni Rovira i Virgili y Ferran Soldevila y el filósofo Jaume Serra-Hunter, pero la nueva etapa durará poco; publica el último número en diciembre de ese mismo año. La edición, irreprochable, estaba a cargo de un redactor jefe que no consta en los créditos, Armand Obiols, Obiols a secas para todos, Joan Prat de nombre civil. Rodoreda y Obiols, que después compartirán exilio, se cruzan entonces.

Tísner los recordaba ya de los tiempos de *La Publicitat*. Los chismes ya los asociaban como amantes, pero insistía en que también debían decirlo de él porque hacían juntos la página infantil e iba a casa de ella a recoger sus cuentos semanales. Ella atraía y le gustaba gustar.

Anna explicaba que «se había hecho tomar una fotografía con una blusa de organdí blanco (aquella ropa rígida, transparente), mirando de lado por encima de la manga corta hinchada. La fotografía se publicó y causó sensación, incluso recibió alguna declaración de amor, por carta, de un desconocido». El filósofo de lo sorprendente Francesc Pujols le escribió una carta pública en el *Diari de Catalunya*, divertida y aguda. Ella «estaba satisfecha por ello», continúa recordando Murià, «los éxitos como mujer sexy le agradaban. Una vez tenía que ir, en una comisión de la Institució de les Lletres, a ver a [el presidente] Companys, y estudió mucho cómo se vestiría y se calzaría, se compró incluso unos guantes que casaran con el paramento completo. La ilusionaba gustar como mujer a personajes importantes».

Activismo por radio, como sus compañeros de letras. Dos de sus conferencias revelan la huella de aquellos días en Rodoreda para siempre. En el otoño de 1938 habló de «La dona i la revolució» (La mujer y la revolución).

Constata de entrada que la guerra moderna es la del cine: «El cinema nos trajo la realidad de la guerra y es donde hemos sentido toda su crueldad». Todos los soldados nacen de mujer, la guerra es odiosa porque causa destrucción, muerte y hambre, de todo ello han hablado los libros, de «el grito de todas las madres». No a la guerra, pues. Pero ¿qué sucede ahora, cuando «nos vemos arrastrados a una guerra por un gesto violento y opresivo que no sabríamos cómo calificar»? Si bien una miliciana con fusil o con un diario en mano la exalta, el lugar de la mujer no está en el frente. No adopta consignas, no lo hará jamás. Además de cuidar la retaguardia, de hacer que todo funcione, como lo habían hecho las europeas de la guerra del 14, ante una guerra civil propone otro objetivo a las mujeres:

> Humanizar la guerra. Por piedad y por nobleza. Hemos de hacer que prevalezca la razón y solo así lo conseguiremos. No hemos de querer una guerra de represalias y debemos procurar que el mundo lo vea. No que tengamos que ceder. Contra las armas, las armas, y contra el vencido, piedad y respeto [...]. Si propugnamos una sociedad mejor, una mayor equidad, hemos de demostrarlo y hemos de huir de equipararnos a los que quieren hacer nuestro su sistema y alzar bandera en contra. Un factor es invencible: la fuerza moral. No debemos perderla.

El sentido otorgado a la mujer en la guerra enlazará después con sus heroínas: mujeres que no son heroicas pero a las que corresponde levantar la fuerza moral, sea cual sea su signo, quizá cruel. Si algún día recordó esta conferencia, puede que se riera como una hiena, a la manera de la madrastra del libro que llevó consigo tantos años, *La muerte y la primavera*. Aunque, en verdad, sobre «la fuerza moral» fue de lo que escribió en su última novela publicada, *Cuánta, cuanta guerra*.

Más allá de la retórica de la propaganda y de levantar los ánimos de la retaguardia en Barcelona, que había conocido luchas fratricidas entre las izquierdas y entre su gobierno autónomo y el central, en estas locuciones radiadas aparecen cenizas y diamantes de la juventud colectiva de Rodoreda, su paisaje durante la batalla. Los muertos que en *La plaza del Diamante* aparecen ante Natàlia-Colometa en una misa alucinante, los muertos que salen a pasear en *Viajes y flores*, tantos y tantos muertos en sus páginas.

La segunda y última locución, «Jardins» (Jardines), es de comienzos de 1939, cuando la derrota es ya inminente y el exilio también. Evoca su viaje a Praga, invadida por los nazis el año anterior. Obvia la destrucción, a la que opone el recuerdo. Reproduzco los dos últimos párrafos, que tendrán prolongación en su obra:

Ahora, mientras escribo, pasan ante mis ojos los jardines que vi este verano, mientras los aviones, aquí, arrasaban los naranjales de levante. Pasan con sus sombras y sus claros, pasan las rosas y los árboles iluminados por las farolas, y unas cuantas nubes luminosas sin densidad suficiente para ahogar el claro de luna. Pasa el río que miré apoyada en un puente con historia, y con *algo de historia* [la cursiva es mía] que añadí yo.

Quisiera encerrar dentro de mi recuerdo, aunque en el recuerdo haya mentiras, todas las flores de todos estos jardines, y apretarlas contra mí, sin flores, solo con las que, de lejos, ponga mi pensamiento.

Hablan aquí ya sus «Flores de verdad», prosas poéticas y antropológicas del exilio que no publicaría hasta el regreso definitivo a Cataluña, en el volumen de rara composición y belleza antes comentado, *Viajes y flores*. Habla también *Jardín junto al mar*, la primera novela que escribe en el exilio, en Ginebra, cuyo primer título fue «Una mica d'història».

El tiempo de la revolución está a punto de terminar, y terminará mal. Pesar de una autora que apenas ha podido comprobar su brío literario, que con voluntad y estímulos ha aprendido a cambiar la vida.

Aloma fue el más solicitado en lengua catalana del Día del Libro de 1938 y se habló de él bastante en aquella ciudad en guerra de resistencia. Fue propuesta para ser traducida al castellano, lo que no sucedió. Sí que se tradujeron, al francés, dos de sus cuentos de guerra, en la revista *Marianne*, «Els carrers blaus» (Las calles azules) y «En una nit obscura» (En una noche oscura). El primero sale en la revista *Companya*, vinculada a los comunistas, y el segundo en la *Revista de Catalunya*. Rescataría luego este último, reescrito en el exilio en su depurado estilo final; no recuperó, en cambio, el primero, un paseo por la ciudad en guerra a la luz de las farolas cubiertas de azul para protegerla de los bombardeos.

El filósofo y agitador cultural ya citado, Francesc Pujols, personaje eminente entonces, que era, de lejos, el animador más inspirado del dinámico Ateneu Barcelonès, aclama *Aloma*. La Unió de Dones homenajea la novela y a su autora. Trabal, premiado el año anterior por *Vals*, es entusiasta:

Estábamos lejos de repente de aquella «suite» de prosistas que se entretenían escribiendo en prosa para matar el tiempo o para hacer filigranas que como un zahorí [Trabal escribe *cerca-pous*, «busca-pozos», una de sus palabras imagen inventadas] tenían que buscar argumentos, temas, estilo y fantasía. De repente, en el centro de la plaza de los novelistas catalanes, llegaba uno de ellos que sin pedir la palabra se plantificaba encima de una mesa y «se arrancaba» con una furia y un reguero tan fuertes que todos los demás quedaban encantados y con la boca abierta por sentirse estallar tan cerca de un viento hasta entonces ignorado. Había llegado Mercè Rodoreda. [...] *Aloma* no es solo el Premi Crexells del 37. Es, por sí misma, la justificación y el premio de haber creado el Premi Crexells. No es una novela más, ni menos todavía una novela de una novelista mujer. Es, y confieso mi alegría de poderlo proclamar bien alto, la primera novela catalana por la cual si hiciera falta me daría de tortazos con quien quisiera discutirla. Es la novela que nos hace quedar mejor a todos y que sitúa nuestra producción cultural actual en un plano honorable al lado de las otras literaturas.

Con la revolución emerge la Mercè Rodoreda escritora. Su estilo y su mundo literario centellean y germinan mientras el mundo visible se desmorona.

5. ROISSY

El 24 de enero de 1939, dos días antes de la entrada de las tropas fascistas en Barcelona, un grupo humano sale en camión desde la Conselleria de Cultura, en lo alto del paseo de Gràcia (en el actual Palau Robert, en el cruce con la Diagonal). El vehículo le ha sido facilitado a su responsable, Carles Pi i Sunyer, por la Institució de les Lletres, que también tiene aquí su sede. Son las seis de la mañana. Son doce, entre ellos Anna Murià y familia, el también escritor Alfons Maseras, el geógrafo Pau Vila y el crítico de arte Sebastià Gasch. En la Girona trastornada por el gentío en las calles que huye hacia la frontera encontrarán el bibliobús de la Institució, que había salido el día antes con los escritores Mercè Rodoreda, Francesc Trabal, Lluís Montanyà, Armand Obiols, Joan Oliver, C. A. Jordana y algunos familiares. Dirigirá el convoy de los dos vehículos el rector de la Universitat Autònoma de Barcelona, el arqueólogo e historiador Pere Bosch i Gimpera. El grupo entero pasará ocho días en el pueblo fronterizo de Agullana. Su relación con Trabal era muy discreta, nadie sabía nada. Mercè, sola, y Anna, que no tenía buena relación con sus padres, empiezan a tratarse a fondo.

Pasan la frontera sin problemas, dejando atrás, en la misma raya, a tantas personas que no pueden pasar y sufren dificultades de todo tipo. Después de dos noches en Perpiñán, el grupo sale hacia Toulouse, donde ya opera un comité universitario de ayuda a intelectuales españoles. Llegan a ser unas doscientas personas. De catalanes, una amplia representación de la vida cultural y social: escritores, juristas, pedagogos, funcionarios, catedráticos, médicos, artistas y críticos de arte, lingüistas, maestros de escuela, autores teatrales, historiadores, periodistas, dibujantes, profesores, filósofos, algún político, actrices y actores, geógrafos y galeristas de arte. Confían todos en regresar pronto, no viven aún la guerra como una pérdida completa e irreparable.

Cunde poco a poco un ambiente de desconfianza y burla fácil entre ellos. Lo debían necesitar, se desfogaban, la tensión de la huida emergía. Las comidas colectivas en la Maison des Étudiants se convertían en ocasiones en escenarios de esgrima verbal sobre las cosas más triviales o más privadas. La mayoría de las veces no eran discusiones políticas o ideológicas entre perdedores; en cualquier caso no son estas las pullas recordadas. A menudo la cosa era rígidamente familiar y clasista. Las escenas evocadas en voz baja a lo largo de los años contrastan fuertemente con los recuerdos de la misma época de los refugiados en los campos de la costa francesa, en los que se amontonaban los no privilegiados. Las amistades son bien diferentes de las que se llegan a construir en aquellos campos, instrumentos macabros donde, no obstante, podía florecer la fraternidad duradera. El grupo se queda en Toulouse hasta primeros de abril de 1939, en un cuartel de bomberos distribuido en apartamentos y habitaciones.

Mercè y Anna van por libre y en ocasiones parecen protagonizar una película de *vamps,* jugando en aquellos tiempos ambiguos con su presencia entre franceses con una desesperación travestida de humor loco. Pasan las horas en un café que «era el exponente más refinado del provincianismo», escribe Anna en su carnet de notas.

El decorado era elegante y moderno. Las señoras y señoritas tolosanas iban allí con sus maridos o con los papás con aquel aire de estar convencidas de entrar en el lugar más chic de la ciudad. Los buenos burgueses de tripa y papada jugaban a las cartas. También jugaban los grupos de jóvenes de manera mucho más ruidosa. Y en la cabecera de las mesas puestas en línea como en una fonda, en lugares fijos que los habituales del café ya respetaban, de cara a la calle y ante un café con leche, las cinco o seis *poules* [prostitutas] que tenían allí su parada. Nosotras dos, en el escozor de la reciente desgarradura de nuestra vida, sentíamos una suerte de placer, no sé si irónico, agresivo, suicida o de embriaguez, de ponernos allí en medio a aparentar unas *poules* exóticas y excéntricas que llamaban la atención de los buenos burgueses viejos y de los jóvenes tolosanos.

Mientras tanto, Trabal continúa siendo el excelente organizador que había demostrado ser antes y durante la guerra. Desde Perpiñán se va a París, donde vive la familia de su esposa, francesa. Contacta de inmediato con los comités de ayuda que facilitan la salida de Europa a los refugiados. Debía obtener un permiso para Mercè, que también pasa el mes de marzo en París. El grupo tiene un único pasaporte, colectivo; cada movimiento personal necesita un permiso. Antes del viaje, Mercè espabila para encontrar materiales y se teje un jersey de color naranja que complementa con el bordado de unas margaritas.

Desde París escribe a Anna con una mezcla de frivolidad y temor: «Hay días en que el mundo es pequeño para mis pies y otros en los que una mota que pase me hace caer de culo». Pasa tantas noches como puede en la Casa Internacional del Pen Club, refugio temporal de tantos escritores en aquellos años. De la ciudad, donde después siempre mantendrá una buhardilla, escribe este mes de marzo de 1939:

> No. París no acaba de satisfacerme; y eso que llevo un sombrero con un velo que me llega hasta los talones y que tengo una gran demanda entre el elemento *au bord du tombeau* [a punto de palmar]. Quisiera saber por qué. ¿Os dijo Roure que hice un moro? Iba en un coche que llegaba de la place de l'Étoile a la place Clemenceau. Pero nada. Dicen que dejan a las mujeres extenuadas. Nada. De vez en cuando no almuerzo o no ceno y voy a un café *ultrachic* en el que hay unos maravillosos *tzigans* [gitanos]. Tengo una inconfesable y morbosa pasión por la rapsodia húngara.

Los modelos para simular fortaleza continúan siendo los de sus primeras novelas, el humor caricaturesco y la Marlene Dietrich y las *vamp* que había glosado entonces y que habían servido de pauta a las dos amigas en Toulouse.

Se queda en París mientras está Trabal. Él hace gestiones con Josep Maria Trias Peitx –dirigente democristiano que en esos años ayuda a millares de refugiados españoles encerrados en los campos por las autoridades francesas como recibimiento al pasar la frontera– y la periodista Clara Candiani. Este matrimonio ha conseguido que el castillo de Roissy-en-Brie se convierta en residencia de escritores e intelectuales refugiados de la guerra española. Con la ayuda de la pareja y también, entre otros, de Picasso, se acogerá allí también a unos cuantos catalanes. Trabal decide quién. Rodoreda se traslada allí desde París. Llega el mismo día que el grupo escogido de Toulouse, el 3 de abril de 1939. Dispondrán del desván y de las habitaciones de servicio. Comen en los comedores comunitarios, y hasta la declaración de la guerra europea tienen cocinero y dos muchachas les sirven la mesa. Los reunidos son: Mercè; Anna, su hermano Jordi y sus padres, el padre pionero cinematográfico; Joan Oliver y esposa; Armand Obiols; Francesc Trabal y su esposa, su hermano y su cuñada; Cèsar August Jordana, su esposa y sus dos hijos (una de los cuales, Núria, se casaría con el escritor Juan Benet); los críticos Lluís Montanyà y Sebastià Gasch, los escritores Xavier Benguerel y Pere Calders y sus familias, y Domènec Guansé, más el dibujante Enric Cluselles. Si no se conocen personalmente con cierta amistad, hombres y mujeres se tratan de *vós* (forma casi arcaica hoy en catalán del *usted*). Estarán allí cerca de un año. Tiempo de gracia en esta larga época de refugiados maltratados en los campos franceses. Roissy o el privilegio.

Anna es cuatro años mayor, había mantenido una intensa actividad nacionalista y de izquierda, publicado dos novelas y un panfleto sobre la revolución moral y la prostitución, y había sido una combativa periodista y oradora política; al comienzo de la guerra tenía treinta y dos años y era una mujer atractiva, de formas llenas, soltera, poco convencional. La intimidad con Mercè se cuece ahora. Eran las dos únicas mujeres sin pareja del grupo. Las dos compartían una experiencia de escritoras autodidactas y muchas ganas de aprender y de vivir. Al separarse, en enero de 1940, cada una ha encontrado a su compañero de vida. Las dos habían sido observadas y criticadas por «buscar al hombre», sobre todo Mercè. Anna había dejado Cataluña con su familia, Mercè se había ido sola. En Roissy, comparten habitación y se hacen confidencias.

También se hacen vestidos; en la maleta, Anna llevaba

tela para un vestido de verano, de un color amarillo pastel. Ella ideó un patrón, me lo cortó, probó, cosió –solo ayudé en lo más sencillo, dirigida por ella. Me hizo comprar un retal de un verde botella apropiado para el amarillo y me hizo una torera sin mangas para llevar encima del vestido, que era muy sencillo, pero tuvo además la idea de bordar en amarillo todo el contorno de la torera y en verde el cinturón del vestido. Pidió a Cluselles que hiciera el dibujo del bordado: una cenefa de letras árabes que ni el dibujante sabía qué decían. Quién sabe si lucí un versículo del Corán o una frase de la Torá. Ninguno de los judíos de Roissy supo descifrar más que alguna letra... Su arte para coser, bordar, hacer vestidos, era notable. Le gustaba diseñar, inventar. Habría podido ser una creadora de moda.

Cuida mucho su aspecto; cada noche se va a la cama con la cara limpia y protegida por cremas, los labios coloreados.

El castillo, entonces albergue juvenil, tiene un parque de medio kilómetro alrededor en el que además de bosque hay pistas de tenis, de baloncesto, de petanca, de cróquet y de voleibol, y una piscina. La vida parece más o menos fácil allí durante la primavera de 1939. Los refugiados no se consideran todavía exiliados, están convencidos de que en cuestión de meses podrán volver a casa de alguna manera. Los alberguistas franceses, muchos de ellos judíos comunistas, dan vida al castillo los fines de semana y, en verano, llenan el parque con sus tiendas de campaña. Murià ha escrito sobre «la atmósfera erótica del *château* de Roissy». Anna aprendía a coser y a tejer. Mercè daba un repaso a su vida y se olvidaba de Trabal. Su risa estridente resonaba a menudo por el castillo y el parque.

El ambiente incita a Mercè a destacar su diferencia. A veces caza una mosca, se la pone en la copa de vino y se traga el vino y la mosca; después ríe con ganas y deja boquiabiertos al resto de comensales. Llama más la atención si cabe en pantalones, entonces una prenda que las mujeres decentes no gastan. Pantalones los llevan las estrellas de cine y las milicianas, pocas mujeres más, ninguna más en aquel grupo. Ella los viste casi siempre.

Pueden pasear por el bosque y moverse por todo el término municipal. En junio, Anna y Mercè consiguen el permiso especial para ir a París, a ver a Picasso. Anna tenía a su otro hermano preso por los franquistas y la vana pretensión de que el artista podría hacer algo. Encontraron a Picasso que salía del taller donde había pintado el *Guernica*, en el 7 de la rue Grands-Augustins del barrio de Saint-Germain-des-Prés. Dieron una vuelta por la ciudad y regresaron al castillo. Poco después, Mercè está enamorada de Obiols. De una manera completamente nueva para ella, confiesa a la amiga.

La personalidad de Joan Prat, nombre civil de Armand Obiols, está envuelta en nieblas. Un hombre rodeado de la atracción que a menudo despiertan las personas preparadas y capaces que acaban no haciendo lo que pueden y se espera que hagan. Un «autor sin obra», un autodidacta que había llegado a ser —y fue— muy respetado, uno de aquellos intelectuales de entreguerras que contribuían a la formación de opinión política y cultural más con la conversación y la información sobre otras lenguas y culturas que con su propia obra. Cierto es que publicó un notable número de escritos periodísticos, de política y de crítica literaria, y bastantes cartas, pero no creo que él mismo los considerara como obra; era, en cuestiones de creación, intransigente sin remedio. Solo se le conocen unos cuantos poemas, que dividen a sus comentaristas: para unos son de un novecentismo perfecto, para otros se limitan a seguir a Carles Riba sin demasiada convicción expresiva. Su calidad de motor intelectual del Grup de Sabadell es indiscutible, pero solo ha dejado rastro en la gente que lo trató. En los años cincuenta cortó casi radicalmente el contacto personal con Cataluña, a excepción de tal vez un solo amigo. Mirada en perspectiva, su figura tiene las características del mito de «antes de la guerra». En aquellos años, rememora Guansé, «recordaba a un retrato de Papini: rostro de color aceituno, cabellos ondulados, erizados en ocasiones, mirada rara, tras unos cristales gruesos, movilidad inquietante, felina. A veces, una carcajada insólita como si no fuera suya» –y su risa nos lo acerca a Mercè.

Para unos fue un promotor cultural frustrado por la pérdida de la guerra; para otros, un temperamento abúlico que de ninguna manera hubiera dejado obra de creación. Para unos, Obiols es básico en la biografía de Rodoreda; para otros, yo misma, ella es básica en la de él. No negó nunca el rastro de Obiols en la confección de su obra, simplemente añadía: «Mis novelas son novelas de mujer». En una carta a Anna de 1948, que se lo había advertido, reconoce que él le tiene «una especie de celos muy complejos y muy curiosos». Sus después editores Joan Sales y Núria Folch no lo conocían personalmente pero seguían de cerca sus opiniones literarias, que Mercè exhibía con satisfacción para defender su trabajo ante Sales, que podía ser un editor muy intervencionista. Obiols tomaba entonces la forma de un gran lector, intelectual hipercrítico y excelente editor de textos «que encontró un genio intuitivo y muy creativo, y se volcó en él», escribe Guansé. Anna Murià, en 1947, lo retrata con sarcasmo en *Via de l'est* como un «triunfador»; no se equivoca nunca y no pierde nunca porque en realidad no actúa nunca, y en 1991 afina sus impresiones así:

> No sabría dar un nombre a la manera de comportarse de Armand Obiols, el escritor que no escribía, el hombre que no tomaba decisiones, o que tomaba la decisión de no tomarlas y nadie lo podía disuadir. Es fácil decir abulia, es lo primero que se piensa. Pero... ¿realmente le faltaba fuerza de voluntad? Se precisa fuerza para abstenerse [...] era un crítico sabio, agudo, fino, preciso, acertado, convincente [...]. Ciertamente sus consejos y sus comentarios ayudaron mucho a Mercè Rodoreda en el trabajo creador, pero no dejaron marca de influencia. Entre ellos dos había una diferencia decisiva: Mercè tenía genio y él no, y la explicación de su supuesta abulia es quizá que él lo sabía.

Añado una reflexión que en su día me procuró una compañera de trabajo de Obiols en Viena, Esther Singer Calvino, que no lo consideraba abúlico, como finalmente tampoco lo hace Anna, sino que, simplemente, «carecía de capullo, de ego». Nieblas de Obiols.

Se había casado con Montserrat Trabal, con quien mantenía conversaciones literarias y a la que guiaba en sus lecturas, instigado por su gran amigo Francesc, hermano de la joven. En Roissy se enamora de manera absoluta de Mercè, no ha sentido nunca pasión igual.

Fueron amores sonados. Obiols era cuñado de Trabal, y Trabal había sido amante de Mercè hasta entonces. Quizá todo hubiera podido quedar así, como un triángulo y una cuestión entre amigos que la discreción habría decidido de alguna manera a favor de la nueva pareja, si no hubiera intervenido el espíritu de clan del Grupo de Sabadell. El poeta de *Les decapitacions*, el temible satírico Joan Oliver, llamó a Mercè al orden: «Piensa que en esta residencia convivimos con una parte de la familia Trabal: Francesc, su hermano y su madre. Obiols, como bien sabes, está casado con una hermana de Trabal, que se ha quedado en Cataluña con su hija. Tenlo en cuenta». Las cosas van de tal manera que el grupo es dividido por los responsables del castillo en dos bandos: los contrarios a la pareja y los que la toleran y la defienden en alguna ocasión especialmente dura. Los bandos incluyen procedencias y actitudes sociales, de clase, patriarcales. Un cierto rastro puede seguirse en la novela de Xavier Benguerel *Els vençuts* (Los vencidos). Con los años, Oliver recordará aquel tiempo con frases en las que no falta una cierta disculpa y pena: «Aquello fue una especie de falansterio de personas –hombres y mujeres– forzosamente desocupadas... Pero ya sabemos los males que los moralistas atribuyen a la ociosidad...». «La novela de Roissy la tendremos que hacer nosotras», escribe Mercè a Anna.

Anna lo haría en unos capítulos de *Aquest serà el principi* y en un relato de *Via de l'est*. Narra la noche en que atravesó a oscuras el bosque del castillo para avisar a los enamorados. También Rodoreda lo evoca en una carta. Los esperaban en la puerta de la residencia para avergonzarlos. ¿Qué debía pensar Trabal, un hombre activo y moderno, de humor cínico, resolutivo y lleno de ironía? La situación era en verdad irónica, de vodevil, por no decir sarcástica; tras una guerra, alzando los sagrados valores de la familia, la pareja era acusada en nombre de la esposa de él, hermana del amante clandestino que ella dejaba atrás. Las cosas no se resolvieron con humor, para nada. El comité francés de ayuda a los refugiados tomó una decisión salomónica para apaciguar a aquel grupo tan irritable. En agosto, el grupo es dividido. Los Trabal, los Oliver, los Benguerel y Lluís Montanyà se irán al castillo de Saint-Cyr-sur-Morin, con los refugiados centroeuropeos; el resto se quedará. Siguieron tres semanas de tranquilidad, hasta que se declara de nuevo la guerra.

Tuvieron todos que replanteárselo todo de nuevo. Tal vez esta otra guerra acabaría con la dictadura franquista, pero no enseguida, y Francia dejaba de ser un lugar seguro. El ejército francés necesitaba los castillos, y los refugiados que no lo habían hecho todavía embarcan. Los Trabal, los Oliver, los Jordana y los Benguerel salen hacia Chile.

Obiols ve partir como enemigos personales a sus dos grandes amigos de juventud, Oliver y Trabal, que no volverá a ver. Un momento decisivo, una fractura cultural, una herida sin cicatriz.

Mientras esperan pasaje, Mercè, Obiols, Anna, el poeta Agustí Bartra (que había llegado desde el campo de refugiados de Adge a Roissy cuando Calders se fue a México en julio del 39), Jordi Murià y Enric Cluselles pasan unas semanas en una casa cedida a los Murià por una familia de Roissy huida de la guerra, Villa Rosset. Mercè y Obiols encuentran ahí un poco de paz. Pasan horas leyendo y escribiendo. De vez en cuando se oye a Obiols leyendo en voz alta. Cuando toca el piano, Mercè se suma a veces y canta canciones en catalán, castellano, francés.

No cuento ningún chisme ni fabulo nada si escribo aquí que en todo este tiempo la pareja no ha consumado el acto sexual; lo explica Anna por boca de Mercè en uno de sus escritos. Obiols no osa, no puede, tiene demasiado presentes a la esposa y la hija que ha dejado atrás, no se aclara, parece creer que si penetra a Mercè la hace cómplice, alega que no quiere el coito porque la respeta demasiado. Cómo lo vive ella, imaginémoslo.

Harán gestiones para ir a México con Anna y Bartra, que se han casado, pero ya no hay plazas. Anna insiste y consigue pasajes para la República Dominicana, pero «un país de negros» echa atrás a la otra pareja. Se quedan en Francia cuando sus amigos embarcan en enero de 1940 hacia Santo Domingo.

Estarán en Villa Rosset hasta la invasión nazi, no siempre en armonía. Su plenitud inicial se marchita. Tres meses después, Mercè escribe a Anna que han pasado dos meses terribles y es «menos feliz que nunca». Sabe ya que la relación con Obiols es, y puede que lo sea siempre, desigual. No quiere que él escriba tanto a su mujer. Ya en este momento, primavera de 1940, evoca casi en pasado los tiempos en el castillo: «Roissy ha sido revivir una juventud sin juventud».

La amistad Rodoreda-Murià, que encontramos a menudo en estas páginas, es un ángulo extraordinario para la observación de un microcosmos hoy en exceso olvidado, el primer exilio de una parte de la comunidad republicana. Rodoreda escribe cartas a la amiga entre 1939 y 1956, y revive en carne y hueso la humanidad de las élites culturales forzadas a abandonar el país. Resurgen con sus contradicciones, las de ella también. Puede ser muy frívola y como de vuelta de todo, y luego desamparada como una criatura. Tanto en los momentos exaltados como en los abatidos, denota siempre dinamismo. Su forma de contar es rápida y precisa. Conocemos sobre todo las cartas de ella, escritas cuando la mayoría de los protagonistas están en América. No guardó las cartas de Anna. Escribirá desde París, Roissy-en-Brie, Limoges, Burdeos, París de nuevo y Ginebra. Habla sin rodeos ni tapujos, de sus problemas con Obiols sobre todo. Anna es todavía una confidente, pero desde México transmite una felicidad ideal en su matrimonio, mientras que Mercè está sufriendo otra guerra y una complicada situación sentimental. Sus respuestas se alargan y la comunicación se corta en 1956.

Estas cartas no constatan únicamente intimidades, confidencias y chismes, sino también su trabajo literario constante, por más que a menudo diga que no puede escribir ni nada. No paró nunca de trabajar, estudiando, formándose, leyendo, escribiendo.

Creer que el fondo negro de las imágenes y visiones de la obra mayor de Rodoreda corresponde en exclusiva a sus circunstancias íntimas tiene una significación bien relativa. Es más pertinente decir que es histórico y colectivo e íntimo. Primero en tanto que joven, después como perdedora de una guerra, como exiliada, siempre como escritora catalana y más aún como escritora del siglo XX. Las cartas a Murià revelan con sutileza el tejido entre lo íntimo y lo histórico.

Veamos algunos fragmentos en continuidad. A principios de abril de 1940 escribe desde Roissy:

Antes, si no era feliz, me consolaba pensando que en verdad la felicidad no existía. Hoy, que me considero menos feliz que nunca, no tengo ni aquel consuelo. Porque existe, Anna, ha existido unos cuantos meses y una felicidad que tú sabes cómo no me dejaban que fuera completa. Anna, ¿por qué es tan difícil encontrar personas que sean iguales o parecidas a ti? Y que al encontrarlas no *quieran* [la cursiva es suya] –pienso que si las cosas se quieren de verdad...– [...]. Y, de tanto llorar, los días en que no estoy sola, ya ni lástima me doy, sino asco. No sé encontrar la manera de reaccionar. Antes me sabía refugiar en el odio y en una cierta especie de cinismo. Ahora ni eso [...]. Lo desesperante es pensar que hay hombres por el mundo, tantos, que sin haberse enamorado, ni amado, no volverán nunca a casa.

El exilio, el amor, las imposibilidades.

Desde Limoges: «He hecho blusas de confección a nueve francos y he pasado mucha hambre. He conocido gente muy interesante y el abrigo que llevo es herencia de una rusa judía que se suicidó con veronal». Al cabo de poco, desde Burdeos, no sin dureza: «No esperes confidencias de orden sentimental ni quejas por un destino más oscuro que claro». Febrero de 1945:

¿Confidencias sentimentales? Mercè, Mercè, cómo te has vuelto. Aspiro como suprema felicidad a poseer un vestido de gasa negra con estrellas bordadas, *pailletées* [de purpurina], un brazalete bonito y muchos zapatos exquisitos. ¿El amor? No lo quiero ni en minúscula ni en mayúscula. Es un juego que, a mí, me decepciona. No sé nunca si gano o pierdo.

París, comienzos de 1948:

Ni empecé las gestiones para irme ni la familia [de él] vino. No pienses que lo conseguí por las buenas, pero lo conseguí. Veremos ahora qué pasa esta primavera o este verano que todavía está lejos pero que ya me atormenta. Pero pienso jugarme el todo por el todo y salir de este pozo pestilente donde Obiols se complace en hundirme. No estamos faltos ni de pintoresco ni de patético. [...] Exteriormente damos la sensación de una pareja feliz, en pleno acuerdo común. Y quizá lo somos. O quizá terminaremos en un duelo a la americana persiguiéndonos por un bosque, con un revólver en la mano [ironiza sobre sí misma, vibrante y honesta].

Finales de verano de ese mismo 1948, las últimas confidencias —la correspondencia con la amiga se interrumpirá a partir de esta carta y solo se retomará una vez en 1956, cuando Rodoreda y Obiols están ya en Ginebra— cuentan:

Joan, sin decir nada, [...] tiene tantas ganas de ir a México [adonde su madre quiere que vaya para conseguir la reconciliación con su esposa, que había decidido expatriarse a Chile con su hija tras calibrar la relación de su marido con Mercè] como yo de meterme en un volcán en erupción, y vamos tirando por París, donde, ya te lo he dicho, el oro es escaso y la vida cara. En fin, ni muy opaco ni muy brillante el río de la historia pasa, y nos conserva en una especie de baño maría: chup-chup, chup-chup.

No se escribirán más; alguna carta le fue devuelta a Anna y otra no llegó a enviársela. Tampoco se volvieron a ver en el retorno a Cataluña. Rodoreda no volvería a tratar prácticamente a nadie de los tiempos de Roissy. Un día de

Sant Jordi en que por azar encuentra a Tísner en la plaza de Catalunya, en 1981, se lamentó del vacío cultural que todavía siente en la clase intelectual de su juventud. Le dirá que su éxito es popular pero no cultural, y con disgusto le confesará que muchos la juzgan superficialmente cuando sale en televisión luciendo alguna joya. A propósito de sus joyas: el año anterior a esta conversación con su viejo compañero periodístico no lució ninguna, ni reloj de pulsera, cuando recogió, en pantalones y camisa holgada, el Premi d'Honor de les Lletres Catalanes que finalmente le dieron, ni cuando ese mismo año fue la pregonera de las fiestas de la Mercè en Barcelona.

Pero, ciertamente, tampoco ella hizo ningún gesto de aproximación a los viejos amigos y conocidos que no la habían atacado nunca e incluso, como Anna Murià y Agustí Bartra, la habían ayudado. Una carta a Joan Oliver en 1962, que encontraremos después, y poca cosa más. Es un indicio más de la interiorización extrema que necesitó hacer de los tiempos de la guerra y el primer exilio, los años del naufragio colectivo e íntimo, para alzar su obra. Una ruptura profunda que sería la matriz del trabajo literario por el que hoy la admiramos al leerla.

El exilio es inevitable y puede que la única oportunidad de afrontar la vida de escritor: vivir para sentir, comprender y contar. Roissy, un episodio irrenunciable: el amor loco correspondido. Qué se puede decir de esta pareja, Rodoreda-Obiols. Si sus relaciones son tormentosas en el dominio íntimo, también están llenas de vida. Alimentan la autonomía personal de Rodoreda y la aceptación de la vida como aventura, como riesgo. Iluminan más su vocación y disciplina literarias, le permiten conocer el amor adulto y cómo escribir sobre él. Encuentra un compañero de lecturas, un crítico culto revisor y tenaz, un interlocutor. En la personalidad literaria de Rodoreda brilla el hecho de que así encuentra mayor impulso, incluso competencia, para crecer como artista. Se lanzó y ganó, decidida a escribir y a publicar. Él tiene el mérito de comprender que ella sí que tiene voluntad de obra (él no) y que la realizará. Por mis años de lectura y mi propia experiencia literaria, he llegado a la misma conclusión que Anna: sus buenos consejos no han dejado en la obra rodorediana marca de influencia; el consejero no es el autor.

Si el autor, un buen autor, considera alguna observación, la hace tan suya como irreconocible, transmutada en la alquimia de la creación. Así en Rodoreda: sus originales (se conservan pocos) lo muestran al cotejarlos con los argumentos de Obiols. No, el consejero no es el autor.

Insisto en este aspecto y en el proceso de su trabajo porque, hasta muy recientemente, el aura creativa de Rodoreda no se ha desprendido de la sombra de Obiols en Cataluña, cuya élite cultural pensante y dominante del cotarro, si es que todavía podemos hablar de élites, ha sido –y sigue siendo– tan misógina como las demás, mucho menos moderna de lo que dice ser, y se ha cebado a menudo en Rodoreda. Por suerte, las cosas van cambiando; aunque, lo veremos más tarde, otra sombra de Obiols, ahora por sus años en el ocupado Burdeos, la ronda sin contemplaciones y, a menudo, con la malevolencia de quien no sabe porque le da pereza y prefiere no saber, para no renunciar a titulares. Mundo del espectáculo, a fe.

Será la continuadora de la semilla plantada por Trabal en la novela moderna catalana. Pero si Trabal debe sufrir que su humor se diluya en Chile en un silencio finalmente glacial o, quizá, calla para dejar que su humor de antes de la guerra sea el testimonio de la Cataluña que existió, el humor de la Rodoreda joven se transformará en un manar de palabras para decir el dolor y la violencia contra el deseo a través de las guerras y el poder, y así, desde la palabra, vislumbrar a veces otros mundos.

El legado de sus experiencias será el carácter alienado del universo emotivo de sus personajes, a menudo extraviados por calles y carreteras. El retablo más intensamente pintado que emergerá en su obra será el de la rabia y la desolación por la pérdida de un mundo histórico, de una civilización destruida por la mutación del futuro en destierro y exilio, campos de concentración y bombas atómicas. Un mundo histórico europeo que le tocará constatar. Tendrá que ser muy buena para poder trascender los límites de su lengua. Lo consiguió. La desolación personal e histórica que su obra transmite es grande, sí, pero también está llena de ansia y anhelo de sentir. Se adelanta al mundo punk, que dirá que no hay futuro sino solo la tenaz constatación. De este agujero negro extrae destellos, la luz de la literatura, el mundo que la palabra alza y mantiene vivo. Como el sol que sale cada día al final de *Cuánta, cuánta guerra*, la última novela que publicará en vida.

De Roissy surge, de nuevo, otra Rodoreda. Desde allí había escrito en marzo de 1940 a Carles Pi i Sunyer, quien fuera *conseller* de Cultura:

He escogido un camino y haré todos mis esfuerzos para no salirme de él. Si tanta amargura, si toda la crueldad alrededor, si mi capacidad sobre el conocimiento del corazón humano, si mis limitaciones incluso me conducen a lugares pasados por alto por quienes me preceden —hablo como hija de un país pequeño en extensión, con una escasa tradición literaria– y un día sale de mí una obra que por su calidad pese tanto como exige mi querer, daré por liquidadas todas las deudas que aún reclamo a la vida.

Así de claro, así de firme, así.

6. BOMBAS Y CUENTOS

La llegada de los nazis a Roissy en junio de 1940 deshace los planes de conformidad y trabajo. Comienza entonces el terror, otro terror, más espantoso y largo que el vivido en Barcelona. Se van de allí, llevan consigo parte de la biblioteca de Villa Rosset además de la propia. Llegan a París y habrán de salir pitando. El 12 de junio de 1940, Rodoreda y Obiols inician otra huida, mucho más dura que la de año y medio atrás. La descripción de Mercè en carta a Anna, el 29 de agosto, desde Limoges, es detallada y fría, escalofriante. La reproduzco entera:

Dejamos París con un gran pesar... Marchábamos a pie, empujando una *poussette* [cochecito] con los equipajes. Éramos cinco: Sbert y Maria Antònia, Bertahud —ya veo que he puesto la *h* en mal lugar—, Obiols y yo. Pasamos los primeros días de viaje metidos en un tren que encontramos por casualidad, lleno de soldados en retirada y al cabo de tres días dejamos el tren porque casi no nos habíamos movido del sitio. Ya íbamos sucios y estábamos cansados. Al cabo de un rato tomamos otro tren cargado de aviones y, este nos hizo la misma broma. De este pasamos a un tercero cargado de explosivos y por la tarde nos lo bombardearon tres veces. Después nos lo ametrallaron. En una de las múltiples carreras para convencernos de que hacíamos algo para alejarnos del peligro, M. A. cayó y se desgració las rodillas. Mientras tanto los alemanes avanzaban y nosotros decidíamos de manera rotunda prescindir de los trenes que no llevaban a ninguna parte porque toda la línea, hasta Orleans, era un rosario y los vagones sus cuentas. ¿Te gusta? Unos soldados encontraron a B. sospechoso y lo querían fusilar. Aquella noche, tras mucho caminar por carreteras al lado de una avalancha de fugitivos cabizbajos y silenciosos dormimos en un cobertizo, sobre la paja y a dos kilómetros del ejército alemán. Por los pueblos que pasábamos dejábamos cuatro soldados muertos de asco y un cañón, que no tiraba y parte de nuestro equipaje del cual nos íbamos deshaciendo. Era preciso, como fuera, cruzar el Loire. Allá, decíamos, la Francia que todavía quedaba a los franceses será defendida bravamente.

Atravesamos Meung en ruinas. Por tierra, obstruyendo el paso, había carreteras en cenizas y caballos muertos y los ojos comidos de moscas rodeados de un charco de sangre. Ante nosotros, toda vestida de negro y con las manos blancas y entumecidas sobre la falda había una vieja muerta. Nadie se atrevía ni a acercársele. Añade a todo esto el ruido obsesionante de las carretas, muchas de las cuales venían de l'Aisne y de la Somme, el jadeo asqueroso de los caballos y los soldados rendidos sin moral y con la única esperanza de volver a casa; añade el hambre, la sed, los pies ardientes de tanto caminar llenos de ampollas y los aviones que no olvidaban *rendre visite* [hacer una visita]. Cuando nos faltaban dos horas para llegar a Orleans nos hicieron desviar de camino, los puentes sobre el río ya no existían y la ciudad ardía por los cuatro costados. Sin poder avanzar ni un paso más, yo cuando me tumbaba en los márgenes para reposar no podía ni levantarme, entramos en una casa reventando la ventana. Es la cosa más siniestra que te puedas imaginar. Al día siguiente por la tarde pasábamos el Loire convencidos de que habíamos dejado el *no man's land* [tierra de nadie]. Estábamos reventados pero ilusamente contentos. Veíamos soldados con armas y unas cuantas defensas antiaéreas. No hacía ni cinco minutos que reposábamos tendidos como cadáveres en un terraplén y ya venían los aviones. Bajos en formación de tres salían de las nubes, enfilaban directos el puente, lleno, desbordado de gente y carretas. Volaban lentos, los tres a la vez lanzaban las bombas, se veía caer un hilo de motas pequeñas, alargadas –de inmediato se oían las explosiones–. Se alzaban columnas de tierra y humo por todo nuestro alrededor, se nos llenaba la nariz y la boca de pólvora. Así, dos horas. Y adelante. Los alemanes, al día siguiente, pasaban el río y nosotros solo avanzábamos intentando esquivarlos. Nos alcanzaron finalmente y nos refugiamos en una *ferme* [granja] donde pasamos doce días sin noticias; mientras tanto se firmaba el armisticio. Cuando nos cansamos de ver soldados alemanes –los pueblitos cercanos estaban llenos– pasamos a la zona no ocupada con los pies rehechos y el corazón prieto.

Pensará mucho en ello, evaluará el horror como enseñanza decisiva. Con los años confiesa más de una vez en entrevistas el deslumbramiento de vivirlo: «Era apocalíptico. Pero le diré una cosa, era exaltador. Yo era joven, y todo aquello era una aventura tan enorme que… No me ha sabido mal nunca. Era horroroso, pero al mismo tiempo excitante. Siempre tuve la sensación de vivir un capítulo importante de la historia, y me gustaba vivirlo».

La temporada en el infierno durará. Será una mezcla de la dureza de la guerra bajo los bombardeos nazis sobre Limoges y los bombardeos aliados sobre Burdeos, la difícil supervivencia, la aspereza de la relación con Obiols al tiempo que la preocupación por él como trabajador forzado primero y luego contratado por los nazis.

Habían pensado en ir a Toulouse, pero llegaron a Limoges. Poco después, Obiols debe irse, detenido por los nazis. Le obligan a trabajar en una cantera, entre los pueblos de Saillat y Chancelade, como resultado del trabajo forzado que el régimen petainista consiente a los ocupantes. Ella se queda en Limoges. Las cartas de él, y no todas, se han conservado. En la primera, del 10 de junio de 1941, él se limita a decir: «Saillat es un pueblo un poco más grande que Roissy. No me escribas ni me mandes nada de momento. Pienso mucho en ti. Tal vez el domingo podremos vernos». No se sabe bien por qué lo han detenido los alemanes. El subsidio de los refugiados que procuraban las instituciones española y catalana hace tiempo que no llega y por diversas razones ella no lo tenía.

Vive sola un año y medio, cae enferma, le extirpan un ovario. Desde entonces su salud física se resentirá, pero a menudo las razones del malestar son anímicas, enfermedades del alma. Si no puede escribir, se forma: estudia latín, aprende a leer en inglés. Volver a escribir será la prueba interior. No deja de hacerlo nunca, aunque solo imagine historias y no publique con normalidad en veinte años, de 1938 a 1958.

Y, así, en Limoges empieza a coser para ganarse la vida, la de los dos; lo que él gana en la cantera no da para mucho, ella aporta el dinero; a veces él la visita y trae patatas, escasas entonces.

Por indicación de Obiols («es el hombre más humano que conocemos») escribe para pedir ayuda al poeta Carles Riba, que seguirá de cerca sus dificultades, lo aprecia y lo valora mucho:

No se puede imaginar todo lo que Obiols representa para mí de profundo. Ya sé que no lo debería decir porque aunque le conozca a usted de hace tiempo y le tenga estima no hay bastante confianza para llegar a las confidencias, cosa que, además, detesto hacer. Pero le escribo en un momento en que estoy simplemente desesperada. Y no tengo a nadie a quien decirle hasta qué punto lo estoy. Perdóneme si todo esto que le escribo le violenta.

Desespera y empieza a escribir, ya en Burdeos, donde está Obiols y adonde ella se ha trasladado en 1943. Cuentos, los primeros de una envergadura y de un alcance tales que retratan el exilio europeo, cualquier exilio en verdad. Ahora, entre una camisa y un camisón, lo que ha vivido bajo las bombas al huir de París y en el ambiente de refugiados en el que vive desde entonces pide ser conjurado. Pone en marcha sus recuerdos, le escribe a Anna, con versos de Valéry, en «Le temps d'un sein nu / entre deux chemises» (El tiempo de un seno desnudo / entre dos camisas). «Cambio de angustias como de vestido y de la azul paso a la amarilla que todavía es peor.» «He pasado penas y miserias, viví sola un año y medio, he vivido mucho y he producido poco.» En Burdeos los nazis habían construido, luego veremos cómo, una base submarina, y cuando Mercè ya está en la ciudad los aliados la bombardean repetidamente. Los alemanes se retiran de Burdeos en el verano de 1944, pero la pareja sigue en la ciudad.

Desde que los alemanes ya no están, es decir, desde que siento una sensación de seguridad a mi alrededor, me ha dado la fiebre de escribir. El drama es que no puedo. Trabajo hasta el embrutecimiento para malvivir. Hago camisones y combinaciones para unos almacenes de lujo. Eso sí, lo hago magistralmente. Tengo una máquina y un maniquí y mi deseo más ferviente es verlo todo en llamas.

Dice que no puede escribir (febrero de 1945), pero año y medio después ya tiene bastantes cuentos escritos. Estos primeros cuentos de posguerra, ideados algunos en Limoges y escritos en Burdeos, son de una energía admirable por el ritmo sostenido y la afinación de la voz interior, tenaz y precisa, que pone en marcha su estilo de madurez. Los temas, sin tapujos, tratados con alta sutileza, son el exilio y la guerra. Relatos sobre este grave momento que se cuentan entre los primeros de Europa. Le ha dicho a Anna que quiere hacer cincuenta y que ya tiene la mitad (julio de 1946), y cuarenta y nueve son los que hoy forman el volumen *Cuentos completos*. Poca broma con Rodoreda. Sabía bien qué hacía.

Pensaba entonces en un libro de cuentos entrelazados, el proyecto «Carnaval», a partir de un primer relato alrededor del cual girarían todos los demás. Lo describe en una carta a Anna con un sentido de la estructura que no habría desagradado a las tendencias narrativas que se impondrían poco a poco, ya fuera en Cortázar o en el cine de Jarmusch y del primer Tarantino: seis historias que suceden la noche de carnaval, y cuando las tuviera escritas, explica, las seccionaría y mezclaría «a pedazos —todos los cuentos. Hará rodar la cabeza, pero ¡será un buen carnaval!».

Informa además en otra carta, para darse ánimos, de que piensa en una colección de cuentos de exilio, «Adéus»

(Adioses), y que los enviará a Murià y Bartra para la revista *Lletres* de México, que desearía fueran ilustrados por el pintor Emili Grau Sala (marido de la pintora Ángeles Santos). La recopilación no prospera, pero tiene en cartera unos cuantos cuentos que serán extraordinarios cuando finalmente los termine: «Muerte de Lisa Sperling», «Viernes 8 de junio», «Aguja enhebrada», «Ada Liz», «Noche y niebla», «Orleans, 3 kilómetros». El suicidio de una judía rusa, una joven madre que ahoga a su bebé, una niña, cuando no puede más, una modista atrapada en una relación execrable, una prostituta de un barrio marinero, un prisionero en un campo nazi de exterminio, la huida bajo las bombas nazis. Vidas de sus vecinos en Limoges y en Burdeos, experiencias personales, el tapiz de la guerra y su bestialidad, visiones y premoniciones, lo que no se puede contar en cartas, todo esto está en estos cuentos. No se conoce ninguna carta suya que hable de los campos de exterminio y de los ataques contra los judíos, pero ella lo constata en cuentos sin hacer de ello un documento –aunque también–, sino literatura sobrecogedora que debe ser interpretada, pues el fuera de campo está ahí de manera acerba. Seguramente redondeó algunos en París tras la guerra, pero su génesis está en Limoges y en Burdeos.

En este agujero negro saltan chispas y destellos de luz y de labor. Inaugura una escritura que no es solamente producto de la memoria sino sobre todo de la inmersión en lo más hondo y extremo del psiquismo humano.

No solo sufría de amor. Escribía.

7. COSER

La Rodoreda que cose, la Rodoreda modista. Sabemos ya que hubiera podido ser una diseñadora de ropa, y en una carta a Anna fabula con la idea de serlo, de poner juntas en París una casa de moda. Que cosía muy bien se ve en la blusa que hizo, toda a mano, para Nicole Florensa, grabadora y esposa del escultor Apel·les Fenosa, dos amigos de París que lo son también de Picasso y tantos otros artistas; él, de personalidades como Coco Chanel, una relación íntima que él mismo rompió por los tratos de la gran modista con los nazis en el París ocupado.

La blusa está en la Fundació Fenosa, en El Vendrell. Delante, detrás, las puntadas son finísimas. Las tablillas delanteras, los puños, las sisas, las costuras que dan forma a la espalda, todo muestra el mismo sentido de la composición que esta mujer practica en todo cuanto hace –aquí cuando cose–, la misma concentración.

Así la podemos imaginar en la tarea, como en este cuento aterrador, «Aguja enhebrada», recogido en el primer volumen que publicó en la posguerra, *Veintidós cuentos*. Estamos en Burdeos: la place Tourny, el cours Clemenceau. Muy cerca de donde ella vive, en aquel barrio entonces portuario cerca del cementerio donde está el mo-

numento a Goya, otro desterrado en la ciudad, y, por el
otro lado, cerca de la piscina Judaica. Escribe:

... enhebró la aguja de coser, rompió el hilo con los dientes, lo anudó y se clavó la aguja enhebrada en la bata, sobre el pecho [...] con las manos al aire desplegó la camisa. Había un ramo de encaje, a la izquierda, que hacía
bolsas: «Parece que lo hagan expresamente para hacer-
me perder tiempo». Puso la camisa sobre el maniquí,
deshilvanó el ramo y lo fijó con alfileres. Trabajaba un
poco absorta con la boca medio abierta y con la punta
de la lengua entre los labios. Calculaba el tiempo que
pasaría para coser el encaje. Sin dormirse, treinta y seis
horas. Al taller les diría cuarenta y dos. Al fin y al cabo,
si era diligente en el trabajo, no tenía por qué regalárse-
lo. Seis horas por cada guirnalda. Tenía que reseguir el dibujo hoja a hoja y flor por flor; después recortaría el
tul, lo «haría saltar». Era un trabajo fino que reclamaba
habilidad y paciencia. Cuarenta y dos horas a dieciocho
francos.

Sacó la camisa del maniquí, se puso el dedal y co-
gió la aguja. Amaba su oficio por muchas razones, pero
sobre todo porque le permitía entrever un universo de
lujo y porque, mientras las manos le hacían solas el trabajo, podía soñar. Por eso prefería trabajar en casa y de
noche. Cuando llegaba del taller con tarea nueva, des-
hacía el paquete poco a poco y acariciaba las sedas y los
encajes. Si una vecina subía a admirar aquellos delicados trabajos, se los enseñaba con orgullo, como si las
muselinas y los crespones fueran para ella. Los azules y
los rosas y algún lila de vez en cuando le endulzaban el
corazón [...].

Cosía deprisa. Clavaba la aguja con gran seguridad
y daba estiradas bruscas al hilo. De tanto en tanto reco-

gía la ropa que se escurría hacia el suelo y con un gesto preciso se la volvía a poner sobre la falda.

Cose y cose, bastante tiempo, durante toda la guerra europea y los primeros tiempos de la posguerra en París. Cuando deja de hacerlo como ganapán, continúa cosiendo para sí misma, se hace a menudo la ropa, también en Ginebra.

Ahora cose en Limoges y en Burdeos. Ejercita una paciencia que puede ser aplicada a la escritura, el hilo trabajado con cuidado hasta que del hilo sale la pieza.

8. BURDEOS, NOCHE Y NIEBLA

Burdeos. La base submarina. Ciudad del exilio republicano, Burdeos. Ocupada por los nazis el 26 de junio de 1940 hasta que se retiran el 28 de agosto de 1944, tres días después de la liberación de París. Un cálculo no suficientemente estudiado cifra en cerca de treinta mil los republicanos españoles que allí llegan. Para los nazis Burdeos es decisiva para levantar el Muro Atlántico, del que la base submarina que aquí ordenan construir a exiliados españoles es testigo de aquella línea costera de fortificaciones bunkerizadas. Algunos de los republicanos buscan en Burdeos una salida marítima. La gran mayoría será la mano de obra de la base, cautivos, enterrados unos cuantos en sus cimientos. Otros, como Obiols, ocuparán puestos de gestión en el campo nazi de trabajo de la ciudad.

Cuando la tienes delante, la enorme base, de 41.000 metros cuadrados, se impone sobre cualquier paisaje rodorediano de estos años. Quizá su par sea el triángulo de París que pronto veremos en este relato, que se nutre, también, de pasear e investigar por los lugares en los que vivió y trabajó Rodoreda. Pero si el triángulo rodorediano en la capital francesa está maquillado –la prisión de Cherche-Midi ya no existe–, la base submarina bordelesa es el recuerdo imperecedero de la ocupación nazi, incluso hoy que acoge en un extremo un centro cultural, y de todo aquello que Francia todavía no quiere recordar, ni conocer ni investigar con exactitud y rigor.

Es la más importante de las cinco bases submarinas construidas por los nazis a lo largo de 1.287 kilómetros de la costa atlántica francesa, el Muro Atlántico, para albergar y proteger a los submarinos alemanes e italianos. La construcción, que enriqueció a tantas empresas francesas, duró veintidós meses, de septiembre de 1941 a junio de 1943. Trabajaron para hacerla más de dos mil exiliados españoles. Las condiciones fueron inclementes: jornadas de doce horas, seis días a la semana, en turnos de día y de noche, en medio de incontables accidentes, algunos mortales. Un trabajo duro de las seis de la mañana a las seis de la tarde, un trato de esclavos, una alimentación pésima, condiciones higiénicas inexistentes. Un monumento anónimo y sin fecha, solo con una bandera republicana y en lengua española, recuerda hoy ante ella a los exiliados españoles sometidos por el trabajo forzado e informa de sesenta y ocho muertos durante la construcción, puede que fueran más. Cuando Mercè llega a la ciudad, todavía la están construyendo.

Los exiliados obligados a trabajos forzados provienen del cuartel Niel, cuyos restos también siguen visibles en la ciudad, objetivo de las bombas aliadas como no lo fue la base submarina. Según fuentes policiales francesas de la época, los españoles sometidos a trabajo forzado inscritos en el Niel son seis mil, la mitad de los cuales viven allí internos. El director es José María Otto Warncke, uno de esos ambiguos individuos de las revoluciones y de las guerras que prosperarán en esta otra ambigüedad oficial, la de la ocupación nazi y la colaboración francesa. De origen alemán, se había establecido en Cataluña en los años diez. Lucha en la guerra con los anarquistas. Ahora, con la ocupación nazi, es enlace entre la Organización Todt y los exiliados españoles que llegan a Burdeos forzados a trabajar en la ciudad. La Todt, que contratará a Obiols como uno de los gestores del campo Lindemann –de *séjour surveillé* (estancia supervisada) según la rica y variada tipología francesa de los campos–, es el organismo nazi encargado de la ingeniería y las infraestructuras militares. Lleva el nombre del ingeniero y militar que la funda en 1933 con la llegada nazi al poder en Alemania.

Según datos de la policía francesa, los mejores trabajos y contratos en el Niel los ocupan los exiliados españoles por preparación y oficio: contables, secretarios, cocineros, peluqueros... Se libran así de construir la base submarina. Al igual que estos refugiados, el políglota Obiols, conocedor de la lengua alemana, es contratado por la Todt para ocupar un cargo de gestión en el campo Lindemann. Las cifras de la policía francesa informan de que en julio de 1943 el campo encierra mil trabajadores españoles, setecientos franceses y seiscientos entre belgas, checoslovacos y soviéticos. Así pues, si la base submarina la levantaron más de dos mil refugiados españoles, a la mitad de ellos los hicieron venir de otros lugares de la Francia ocupada.

Burdeos ha conservado la base y los restos del cuartel Niel y les ha dado usos nuevos; un activo centro cultural ocupa, como decía, una parte de la base, cuyos pasadizos subterráneos pueden ser visitados, y el esqueleto del Niel se alza en un barrio de moda de tapas y vinos. En cambio, la ciudad se ha encargado de hacer desaparecer las trazas del campo Lindemann. Se encontraba en el camino de Boutaut, cerca de las lagunas y el puerto fluvial del barrio de Bacalan.

Mientras escribo estas líneas es todavía difícil y complejo fijar y dar cuenta de la trayectoria en Burdeos de Armand Obiols, a causa de la opaca red de la documentación, hasta hoy mismo, en esta ciudad puntal y columna básica de la ocupación nazi, a la que se entregó su gran burguesía de riqueza inmemorial. El imperio entre 1942 y 1944 del furibundo y aterrador colaboracionista Maurice Papon, alto funcionario del régimen de Vichy (y posterior ministro gaullista), que sería juzgado y condenado como criminal de guerra en 1998 gracias a las investigaciones del semanario *Le Canard Enchaîné* sobre la persecución y exterminio de ciudadanos judíos de Burdeos y sus niños. Temible Burdeos. Temible silencio.

Después del trabajo forzado en la cantera del pueblo de Saillat, de donde los nazis extraen materiales para sus construcciones de guerra, Obiols llega a Burdeos. Reside primero en el barrio español, el espacio urbano tradicional de la emigración española y, entonces, de exiliados republicanos que, esperando la suerte, confiaban en huir de la nueva guerra embarcando hacia alguna parte desde el puerto bordelés. Se instala en la rue Kléber, la principal arteria del barrio, cerca de la rue Francisco Giner de los Ríos, hombre de consenso y rectitud republicana, un nombre y una trayectoria que podían unir a aquellos perdedores que a menudo seguían culpándose unos a otros: anarcosindicalistas, socialistas, comunistas, autonomistas... Rues Kléber hay por toda Francia, en recuerdo de un destacado general de la Revolución francesa y sus guerras, y en esta del barrio español se asienta unos días Obiols. También habían vivido en la misma calle Carles Riba y su familia, que ya no están en Burdeos. Al poco, Obiols es detenido, no se sabe hasta ahora cómo ni por qué, y encarcelado en el Fort du Hâ, temible y siniestra prisión del barrio alemán. Intenta fugarse pero la cosa no sale bien. Lo encontramos después en el equipo gestor del campo de trabajo y *séjour surveillé* Lindemann, en «als Vorstand des Ausländerbüro», la oficina de inmigración o de extranjeros, en la burocrática y opaca lengua del Reich.

No es un campo de concentración ni de exterminio sino de «internement administratif» (reclusión administrativa) civil, sin procedimiento judicial, una detención provisional que puede durar tanto días como meses; la categoría, institucionalizada, data de 1939 para controlar a «peligrosos para la defensa o la seguridad pública», de izquierdas en suma, en aquellos años rojos franceses. El régimen colaboracionista de Vichy la agrava: permite a los militares ocupantes llevarse a detenidos y fusilarlos si quieren, o deportarlos a sus campos de exterminio si les place; los nazis se hacen así dueños en la práctica de estos campos. La categoría *séjour surveillé* se mantuvo con el gobierno provisional de 1944-1945 y no fue cancelada hasta 1946 (se retomaría un poco después, restringida primero a Argelia y a partir de 1958 extendida a toda Francia). Por su régimen de vigilancia, que incluía a civiles y gendarmes, un campo tal no es asimilable a un campo de concentración, pero ya vemos que eso no arredró a los nazis. Poco más se puede decir (aún), con pruebas documentales, del papel de Obiols en Lindemann. El documento no lo es todo pero es básico en esto. Los nazis se llevaron en su retirada de Burdeos –sin batalla ni combates– sus detallados archivos, y las redes de la colaboración y el destino posterior de estos archivos siguen siendo todavía confusos. Si de trabajar para los nazis habláramos, los colaboracionistas franceses se contarían por millones, y hasta cabe preguntarse y responder con sensatez si los sometidos a cualquier dictadura serían sus colaboradores. Me quedo con los criterios de los experimentados archiveros de Burdeos, que cuando los visité en 2019 poco sabían todavía del campo Lindemann; solo una prueba documental de firme adhesión a un régimen certifica una cierta verdad, me advirtieron y repitieron.

Rodoreda se traslada a Burdeos en 1943, desde la otra zona. El tránsito entre las dos zonas, la ocupada y la de Vichy, no era nada extraño, sino cuestión de suerte y de contactos. Limoges, que contaba con una de las comunidades judías más organizadas de Francia, estaba conociendo, aquel año en que Mercè se va de la ciudad, temibles batidas de la Gestapo. En Burdeos seguirá la pareja hasta 1946 y luego regresa a París.

¿Por qué después de la retirada nazi no dejan Burdeos si París ya ha sido liberada, por qué siguen allí un año más tras el armisticio de 1945? Por algo relativo a los aliados y a la noción de *séjour surveillé*, quizá, ya que estos campos no fueron clausurados precisamente hasta 1946, año en que Rodoreda y su pareja dejan Burdeos.

Podemos imaginarlo, tratar de ver. En los archivos departamentales de la Gironde me insisten en que es aún difícil establecer quién fue colaborador de los nazis, en que eso solo se puede afirmar con algún documento que lo asegure, por ejemplo, por cargos y filiaciones políticas expresas. La palabra no debe usarse a la ligera, repiten mis interlocutores, archiveros que se interesan a fondo por el caso que me lleva allí; este Juan (nombre de pila oficial) Prat tiene, por lo que les voy informando, una trayectoria más o menos clara, lo que no puede decirse de tantos trabajadores e internos de Lindemann, de los que saben bien poco. Es asimismo complejo, indescifrable para ellos en tantos casos, añaden, saber qué sucedió con los trabajadores e internos de los campos cuando los nazis se retiraron en el 44. Sin combate, repito, largándose y basta; Burdeos no fue liberada ni examinada por los vencedores. Una avalancha de silencio cubrió de inmediato a la ciudad francesa que más había colaborado con los ocupantes. Unas cuantas familias se habían hecho ricas, mucho más ricas, con la construcción de la base submarina. Y todas callaron, callan.

Los archivos nazis eran (son) de descripción minuciosa y rigor extremo en lo esencial y en los detalles. «Si encontráramos la ficha de Juan Prat», prosigue ahora la archivera más veterana y experimentada entre todos los que me atienden, «seguramente constaría hasta el nombre de la calle donde nació... y sin duda el nombre de su ciudad natal, ¿Sabadell, dice usted? Pues eso, Sabadell.» Claro que el campo Lindemann fue «liberado» cuando se fueron los nazis, pero entonces los aliados, en este caso los soviéticos, querían saber cuántos comunistas había entre los internos y quiénes eran. Para esclarecerlo, y eso es lo único que los archiveros sabían con alguna certeza cuando hablé con ellos, se abrió un proceso que duró meses y meses. Muchos de los internos no eran liberados hasta que se pudiera constatar su trayectoria anterior. Era otra forma de detención, concluye mi interlocutora; el campo devino una prisión para muchos. Este fue al parecer el único interés de los vencedores, dónde estaban los suyos. Imaginemos a Obiols entrando y saliendo de dependencias oficiales de los victoriosos de mayor o menor rango, sin futuro abierto.

Obiols tenía conocimientos de la lengua alemana, lo que, como decía, facilitó ser contratado en la oficina de gestión de Lindemann. ¿Qué vio, qué vivió allí? Es difícil, como decía antes, aseverar nada; fabular, indecente.

Por las cartas que se conservan parece un trabajo administrativo y basta. Cuando le comunica a Carles Riba que está trabajando en Lindemann transmite contento, pues

«hace un año, descargaba cada noche una cantidad consi-
derable de vagones de arena [...]. Estoy bien, ahora; casi
podría decir que muy bien, sobre todo si se tiene en cuenta
el grado de bienestar que la historia en acción tolera»; pero,
en las cartas a Mercè conservadas, de tanto en tanto se es-
capan rastros de los internos que eran trasladados a..., no
lo dice. Unos eran los famélicos esclavos de la base submarina, que dormían en Lindemann; los levantaban a las cinco de la mañana y regresaban, devastados, hacia las siete de
la tarde. Seguro que vio más que papeles burocráticos. En
el tiempo que estuvo allí, a menudo se encontraba enfermo,
con fuertes dolores de cabeza, quizá tuberculoso.

En el mundo del exilio en América y entre los resistentes que se habían quedado en Barcelona o que se aña-
dirían a la oposición antifranquista y catalanista, las tareas
de Obiols en el campo Lindemann y luego en los organismos internacionales de posguerra eran vistas más que
sospechosas, me reconoció hace años, pero no dijo nada más,
el crítico e historiador de la literatura catalana Joan Triadú, buen amigo de Rodoreda. No creo que hablaran nunca de eso. La Guerra Fría no tardó y cabe convenir que
Obiols –el hombre doble, que en Viena sería el hombre
triple, llamado Juan Prat por sus colegas– suele conseguir
trabajo. Tiene constantes valedores de la Generalitat en
los primeros tiempos del exilio, se valoran alto sus muchas
capacidades de edición y crítica. También conoce tiempos
difíciles, lo hemos visto, pero en conjunto Obiols se de-
senvuelve. Al terminar la guerra, en París promueve con
personalidades del exilio español manifiestos y actividades
antifranquistas. Se ocupa de las publicaciones del gobierno catalán. Pronto lo encontraremos como jefe de los traductores al español en la Unesco de Ginebra, sede de los

nuevos organismos internacionales de la posguerra, y luego en Viena, capital del espionaje de la Guerra Fría y de la Agencia Atómica, donde trabajará asimismo como jefe de sección. Llegó a Ginebra tildado de «rojo», como tantos otros republicanos, tanto si eran comunistas como si no; él había militado en Acció Catalana Republicana (partido creado en 1931, surgido de una primera escisión de izquierdas de la burguesa Lliga Regionalista cuando Francesc Cambó aceptó en 1922 entrar en el gobierno de España de un Antonio Maura derechista y poco sensible a la pluralidad española, sin verdaderos intereses sociales ni culturales), pero en Ginebra y en Viena lo tendrán por marxista. Ciertamente, rompe con su pasado político militante y hasta personal al final de la guerra europea. Muchos de sus amigos en Cataluña no lo localizarán por más que lo intenten. Su hija Anna Maria, que crece en Chile, donde llegará a ser una reputada investigadora científica y tecnológica, lo conoce a los veinte años, cuando decide por su cuenta visitarle en Ginebra, sin avisarle. Ni siquiera sabía que ya vivía en Viena, y la acogió Rodoreda. Colegas que lo trataron y apreciaron en París, Ginebra y Viena, con quienes he podido hablar, Aurora Bernárdez y Esther Calvino entre otros, no sabían nada de su juventud intelectual y política como hombre de letras de notoriedad pública, pero en absoluto lo creían sospechoso de nada. Joan Prat-Armand Obiols-Juan Prat es un enigma, si no un fantasma. En buena medida cabe decir que el misterio que a menudo envuelve a Rodoreda es el misterio de él, que sigue ahí.

En los años bordeleses la pareja ocupa un habitáculo minúsculo, de ocho metros cuadrados, en el 43 de la rue Chauffour. Estos cuchitriles no eran extraños en Francia y no lo han sido hasta hace bien poco, pero me impresiona imaginarlos ahí, en ese cubículo, alzado junto a otros tres más, en el patio que tengo delante, transformado y limpio, sin más memoria que la que aporta la imaginación de saber algo de las dificultades de quienes aquí pasaron tres años, Rodoreda y, cuando podía salir del campo, Obiols. El barrio es entonces de marcado carácter portuario y arrabalero, allí viven gentes de pobres recursos, tantos judíos, prostitutas, trabajadores del puerto, vecinos de la escritora que serán protagonistas de sus cuentos. Es también el barrio de la piscina Judaica, maravilloso edificio art déco, al lado de su casa. Terminada en 1935, la ocupación nazi la respeta a pesar del nombre, con el propósito y arma de guerra de crear el efecto de una ocupación respetuosa con la cultura francesa, y de negar incluso el racismo del Reich, cabe pensar. Va a menudo. Nadar la calma, un poco. Se gana la vida cosiendo para una reconocida marca de lencería de la ciudad y cuando puede, entre camisola y camisón, escribe cuentos.

Vierte en los cuentos las imágenes proporcionadas por la guerra, una simiente que hará crecer y florecer en toda su obra posterior. «Noche y niebla», relato alucinado en un campo de exterminio, es más que notable, dado que la autora no es judía ni ha estado en un campo, ni de concentración ni menos aún de exterminio. Su tiempo de escritura coincide con el de autores que conocieron campos de exterminio, como Primo Levi y, en catalán, Joaquim Amat-Piniella, autor de *K.L. Reich*, relato escrito entre 1945 y 1946 y publicado en 1963. Se avanza al filme de Alain Resnais del mismo título (*Nuit et brouillard*, 1955). Puede que lo empiece a escribir en Burdeos, ha apuntado la historiadora literaria Maria Campillo, a partir de la experiencia de Pierre-Louis Berthaud, periodista y destacado occitanista bordelés, uno de sus compañeros de viaje en la huida de París, que, detenido por la Gestapo en el 44, fue encerrado en Dachau durante once meses y había regresado a su ciudad natal entonces. Aunque diría que lo redondeó y acabó en París, cuando el alcance de los campos nazis empieza a ser conocido y ella vive, como veremos, al lado de lugares significados tanto de los horrores durante la guerra como del retorno de los supervivientes de los campos. «Noche y niebla» se publica en junio de 1947 en *La Nova Revista* de México, el mismo año que *Si esto es un hombre*, de Primo Levi.

Para ganar algún dinero y para alimentar la vida literaria catalana del exilio europeo, se presenta a los Jocs Florals de Montpellier con un cuento extraído de un suceso, «Viernes 8 de junio». Los escritores felibres provenzales convocantes, muy conservadores, le cuenta Mercè a Anna, «lo vetaron de tan espeluznados como quedaron». Una joven madre exiliada, enloquecida por la guerra, va por un camino a la orilla de la base submarina, ahoga en la laguna a su bebé de meses, que no dejaba de llorar, y se suicida. Un cuento del exilio como mundo sin piedad ni perspectiva, tan presente ayer como hoy.

Lee a Katherine Mansfield y a Antón Chéjov, dos maestros de la contención expresiva, del realismo conciso basado en la economía del lenguaje y en narradores que no opinan. La estimulan Faulkner, Dorothy Parker, Katherine Anne Porter, Virginia Woolf, Steinbeck. También lecturas clásicas: al amigo Pi i Sunyer le comenta otras lecturas que la ayudan a resistir: «Leo. Me he encarado con Molière y Racine. En el exilio me acompañan Fedra e Ifigenia: la trágica esposa de Teseo y la incomparable hija de Agamenón». Leerá con frecuencia la Biblia, san Agustín, Cervantes. Batalla por liquidar «el barranco del sentimentalismo».

Acostumbra a pasear por el cementerio de la Chartreuse, que tiene al lado de casa, y se acerca al monumento a Goya, pintor que tendrá siempre presente y que puede rastrearse en sus libros de «desastres de la guerra», muerto en el exilio en Burdeos por razones y heridas igualmente históricas. Va cuando puede a la librería Mollat, hoy la más grande de Francia. Tras la retirada de los nazis, en la galería del Museo de Bellas Artes ve con Obiols una exposición de pinturas de guerra de criaturas inglesas. En el Gran Teatro de Burdeos, el gobierno republicano organiza en marzo de 1946 un homenaje a Goya en su bicentenario, en el que participa Pau Casals, su último concierto durante años de resistencia contra Franco.

Son tiempos decisivos en la obra que ha empezado y en la que hará cuando regrese a París: más cuentos, poesía, prosa poética, pintura, indicios de novela. Burdeos quedará clavada en su ser más íntimo y en su obra, cual agujero negro irrevocable. No hablará de ella casi nunca.

9. EN LA PRISIÓN DEL AIRE

Está perdida, no sabe qué hacer, si volver a París o a Barcelona. Pero la dictadura ha cerrado la frontera. Las dificultades con Obiols se han intensificado: Montserrat Trabal se había presentado en Burdeos y él alquiló una habitación y pasó una semana con ella. Mercè vio temblar su mundo. Él ni negaba ni afirmaba. La esposa se irá a Chile un tiempo después, pero Rodoreda ha pasado por esta nueva prueba del dejar hacer de él, y finalmente se va a París. Al llegar, en septiembre de 1946, a veces piensa en acabar con todo. «He estado a punto de hacer una barbaridad», escribe a Anna en diciembre. Y cuando al cabo de los años, ya en Romanyà, evoca París en unas páginas escritas para un programa de televisión, revive aquel tiempo con el recuerdo de la primera vez que ve, en un *bouquiniste*, librería de lance a orillas del Sena, «la máscara de una chica que se ahogó en el río. Uno de los rostros más bonitos y más serenos, como si la chica que se había suicidado a los dieciocho hubiera visto mientras moría todos los cielos del mundo».

Él la seguirá a París.

Vivirán juntos de nuevo en una *chambre de bonne*, los habitáculos reservados a las criadas de los barrios bien, una buhardilla de un piso propiedad de la familia del político Lluís Nicolau d'Olwer, reputado erudito que había sido gobernador del Banco de España tras ser ministro de Economía del primer gobierno republicano de Alcalá Zamora, y entonces miembro del consejo de redacción de la *Revista de Catalunya* en el exilio. Presidente de Acció Catalana Republicana, el partido de Obiols, es asimismo presidente en Francia de la Junta de Auxilio a los Republicanos Españoles (JARE).

Una habitación «menuda como un puño» en la rue Cherche-Midi, en la que Djuna Barnes —quién sabe si la había leído o lo haría— sitúa a las protagonistas de *El bosque de la noche*. Quizá las dos se cruzaron alguna vez por esta calle tan larga, pienso a ratos.

Los inviernos crudos y helados de la posguerra parisina corresponden a los de su vida íntima, pensamientos de volver a casa. «Yo no tengo una rival, Anna, lo que verdaderamente tengo es un enemigo. Y el enemigo es el hombre que amo.» Síntomas de agotamiento y de neurosis. El brazo derecho se le paraliza a menudo. La mano no puede aguantar la pluma, con un dedo empieza a teclear la máquina de escribir que le prestan. Habrá que ver cómo se las apaña.

Ha dejado de trabajar en el proceso de edición de la *Revista de Catalunya* retomada en París bajo el compás de Obiols, porque, escribe a Anna, «al principio intervenía pero me di cuenta de que molestaba, que Obi [Obiols], como informabas en una carta, me tiene una especie de celos muy complejos y muy curiosos». Una puerta cerrada.

Asustada, sin norte, reconoce a Anna que le sabe mal no haber ido a América: «me habría sentido más acompañada». Ahora ni siquiera puede regresar a Barcelona; la dictadura ha cerrado la frontera en marzo del 46 y así continuará hasta finales de febrero del 48. Con énfasis desesperado escribe a la amiga: «Todavía daré mucho juego: no con cartas precisamente. Y, sobre todo, quiero escribir, necesito escribir; nada me ha dado más placer, desde que estoy en el mundo, que un libro mío acabado de editar y con olor de tinta fresca». Si hubiera ido a América, «habría trabajado, me duelen todos estos años inútiles, desmoralizadores, pero me vengaré. Los haré útiles, estimulantes, que mis enemigos tiemblen. A la menor ocasión volveré a hacer una entrada de caballo siciliano. No habrá quien me detenga». Criatura sola y aturdida, levanta la voz y grita para darse fuerzas, recordándose a ella misma la «entrada de caballo siciliano» literaria que había protagonizado en Barcelona con *Aloma* diez años antes.

Tiempos de encontronazos entre exiliados e instituciones, heridas y malestares. El mismo Pompeu Fabra, hombre bueno en todos los sentidos, se ve envuelto por los duros mecanismos de la supervivencia de los expatriados. Las penurias que ahora lo enlazan con Obiols y Rodoreda informan de algunas fracturas del destierro. Antes de la guerra, antes del exilio, habría sido imposible imaginar que un día abusarían de Fabra.

Artífice en solitario de la modernización de la lengua catalana en el siglo XX, autor de la primera gramática, la primera ortografía y el primer diccionario general, Fabra sobrevive gracias a los derechos de autor del manual de gramática francesa que elaboró ya en el destierro, uno de los primeros manuales en este idioma. Obiols y Rodoreda eran los encargados de cobrar los derechos y enviarlos a Prada de Conflent, la población fronteriza donde Fabra, que no podía siquiera pagar el billete de tren a París, pasaba el exilio con su familia. Un día, el dinero dejó de llegar. Su esposa le urgió a reaccionar, a hacerle saber a la pareja de París que le estaban robando el pan. «Dejémoslo correr», zanjó aquel hombre bueno, «ellos también pasan hambre.»

Un día encuentra por la calle a Josep Carner, que le sugiere escribir poesía. Una puerta se abre. Si le sale bien podría participar en los Jocs Florals en el exilio y ganar quizá algún premio y así algo de dinero. Basta de contar penas. Termina el tiempo de las confidencias que hacen del epistolario con la amiga Murià un documento imborrable, elocuente y desnudo, tal vez demasiado para la Rodoreda que ha dejado atrás los cuarenta y ya no está para las monsergas de felicidad conyugal que Anna transmite desde el otro lado del océano. El poeta Carner sustituye a la amiga en el diálogo postal. Escribe sonetos cada día y se los envía.

La *Odisea* será, como ha sido para tantos exiliados, el fondo mítico y temático que la acogerá, y será también el guión íntimo que le permitirá batirse con Obiols, con sus propias dudas y, más aún, con las de él.

Carner asiste con satisfacción de maestro a los resultados del laboratorio de estudio y versificación que ella pone en marcha: «su admirable desdevanar poético es el consuelo de mi senectud», le dirá en una carta de 1948 que cierra así: «Impresión final: está a UN DEDO de hacer los mejores endecasílabos que se hayan escrito nunca en catalán». El admirable poeta que es lo cree firmemente, no es un halago.

«Como si vomitara», escribe los primeros sonetos que serán el núcleo de *Món d'Ulisses* (Mundo de Ulises), una colección que la tendrá ocupada con intermitencias hasta bien entrados los cincuenta. A partir de la idea del héroe que siempre está de camino de vuelta a su fiel esposa, da la palabra a más de una mujer y a las ninfas que entretienen el regreso de Ulises: Calipso la que se esconde, la ninfa que acogió al héroe en su naufragio en Creta, donde lo amó y lo retuvo durante diez años –hay quien dice que fueron siete, o tal vez solo uno–; Calipso hilaba y tejía, y Rodoreda cose. Otro soneto es el de Nausícaa, la que suministra a Ulises los medios para regresar a Ítaca. Con la poesía es a la vez Ulises y Calipso, Circe y también la madre del héroe. Es Penélope; y dos heroínas bíblicas, Eva y Judit. Evoca los mitos muertos en dos momentos precisos: Anticlea cuando parió a Ulises y Agamenón justo antes de morir. Tal y como expresará incluso con mayor lucidez en sus novelas, la maternidad es el parto, experiencia agria. Nueve de los sonetos se publicaron en la *Revista de Catalunya* en el tercero y último número de su etapa parisina, en 1947. Este es el primero, «Plany de Calipso» (Lamento de Calipso), en mi traducción sin rimas:*

Yo veo tu tierra desnuda y candente, desierta,
junto al mar en furia bajo un acantilado,
tu palacio de piedra como una boca abierta
y el erial donde zumba la abeja y hambreó el rebaño.

* *Jo veig la terra nua i roent, deserta / vora la mar en fúria sota un penya-segat / el teu palau de pedra com una boca oberta / i l'erm on brunz la vespa i on famejà el ramat. // Jo sóc allò que es deixa, allò que fuig i passa: / l'oreig entre les fulles, l'estel que ha desistit, / el doll que riu i plora i aquella tendra massa / dels xuclamels que aturen un instant més la nit. // T'he volgut meu per sempre, cansat de mar i onada, segur en la meva carn, corba i mel exaltada, / estranger que t'entornes cap a la teva mort. // Ara voldria ésser lleó que juga i mata / o l'olivera immòbil en son furor i retort, / però al pit m'agonitza un escorpí escarlata.*

Yo soy aquello que se deja, aquello que escapa y pasa:
el oreo entre las hojas, el lucero que ha desistido,
el reguero que ríe y llora y aquella tierna masa
de las madreselvas que detienen un instante
                                    [más la noche.

Te he querido mío para siempre, cansado de mar
                                        [y de ola,
seguro en mi carne, curva y miel exaltada,
extranjero que regresas hacia tu muerte.

Quisiera ahora ser león que juega y mata
o el olivo inmóvil en su furor y retorcimiento,
pero en el pecho me agoniza un escorpión escarlata.

Así debía ser. Y una competencia más entre la pareja. La poesía es entonces, como decía, la única producción cultural que podía comportar algo de dinero en el exilio en el marco más o menos institucionalizado de los Jocs Florals de la Llengua Catalana, que se habían vuelto a convocar en Europa y en América. Ella versifica, envía sonetos a los Jocs, los gana tres veces seguidas en diferentes modalidades y así es nombrada *mestre en gai saber*. Obiols, mientras tanto, no termina prácticamente ningún poema, excepto uno largo que recibe un galardón menor que el de ella.

Una nota autoirónica de Obiols a Carner añadida a una de las cartas de ella al poeta en octubre de 1948, a los dos años de composición poética, da el tono del efecto que sus versos estaban causando en aquellos dos excelentes lectores: «Querido Carner: ya ve que M. R. desborda todas las previsiones. Cuando, mordiéndome las uñas, me pregunto si es posible, en un área tan reducida como la que sostienen los otros seis pisos de Cherche-Midi, se produzcan *simultáneamente* [el subrayado es suyo] dos milagros, unas gotas de sudor frío me borran los versos iniciales de mi englantina», la composición aspirante al máximo galardón que Obiols prepara para los Jocs de aquel año, que ganará ella, como había ganado el del año anterior y ganaría el posterior, en 1949. Unos días después insiste en la ironía admirada: «Como puede ver, el talento se ha polarizado del todo, en un sentido inesperado. Yo, no obstante, aún no he desistido. Ahora tengo, al menos, un ideal: eclipsar a la gloriosa. A la cual, por otra parte, no hay quien la pare —ayer me dijo confidencialmente que pensaba poner en verso ¡toda la *Odisea*!».

«Deseo, renombre, virtud, ¡triple quimera!» es un verso rodorediano que resuena mientras escribo y la imagino trabajando en los poemas, en visitas a la Bibliothèque Nationale para leer a los clásicos gracias al carnet que ha conseguido.

Compondrá una obra poética de cierta extensión y notable valor, casi siempre en la forma exigente del soneto. En 1956 concursará por última vez, en el Premi Joan Maragall de México que preside Agustí Bartra, y lo ganará, bajo el lema «Salaire de mon sang et loyer de mes peines» (Salario de mi sangre y paga de mis penas), un verso del poeta barroco francés Agrippa d'Aubigné. Algunos poemas se traducirían al inglés, y otro, «Penélope», sería vertido al francés por la notable historiadora y crítica literaria belga Émilie Noulet, casada con Carner.

Dirá Carner en carta a un corresponsal en 1957:

Hay prodigios. Mire por ejemplo el caso de Mercè Rodoreda. Un día, en París, le dije, con gran sorpresa suya, que por qué no hacía versos. «Imposible», me respondió; «ni siquiera poseo el instinto del ritmo.» «Eso cree usted. Prométame que hará lo que le diré», le respondí. «Enciérrese cada día veinte minutos y lea en voz alta veinte o treinta endecasílabos, siempre los mismos, tantas veces como le quepan en ese tiempo.» Al cabo de un año escribía sus extraordinarios sonetos sobre pasajes de la *Odisea*. (Esta es la primera vez que consigno el caso en papel, pero estoy más contento de aquella intuición que de ninguno de mis poemas.)

Obiols no terminará su proyecto «Cosmogonia». En febrero de 1950 Carner le había animado a hacerlo y, sobre todo, a buscar un trabajo estable: «Es preciso encarrilarse, ni que sea por la sola seguridad de poder consagrarse a un trabajo íntimo, libre, de creación. No sabemos cuándo (*if ever* [si alguna vez]) nos será permitido un regreso honorable y útil a los lugares del pasado. Y hay que construir como si fuera para siempre». Obiols prestará pronto atención al consejo. Busca un empleo estable, se va a Ginebra contratado por la Unesco y, como quien dice, se convierte en escritor de cartas. Cartas a Mercè y a algunos de los pocos amigos con los que seguirá en contacto, entre ellos Carner y el escritor e impresor Rafael Tasis. Sabe que ella sí que construye y construirá «como si fuera para siempre».

Mercè sigue con parálisis en el brazo bastante a menudo, pero trabaja. No puede tal vez afrontar la escritura novelística y su tiempo largo, pero versifica, pinta y escribe extensas cartas a Obiols que son esbozos literarios en bastantes ocasiones y fragmentos. Cartas (las conservadas) a un amigo querido, tiernas y delicadas, pequeños relatos de la vida en París de los exiliados. En realidad, no deja nunca de crear. Algunas de estas cartas parisinas que cuentan la vida de los vecinos de escalera invitan a pensar en *La plaza del Diamante*. Confirman que esta novela engloba todas las posguerras, que su alcance y capacidad expresiva palpan la vida patética, banal y poética de las personas corrientes después de una guerra, hayan ganado o hayan perdido.

Además de versificar, pinta, se mantiene en forma. Lee. Proust, Joyce, san Agustín, Robbe-Grillet y la escuela de la mirada que empieza en lengua francesa. La posguerra se nota sobre todo en el frío de las casas, sin calefacción. Por las mañanas toma un café en los locales fetiche de los existencialistas, la Brasserie Lipp y los cafés Flore y Les Deux Magots. Más lejos tiene el teatro Vieux-Colombier, que había continuado activo durante la ocupación. En él Sartre había representado hacía bien poco su última obra, *A puerta cerrada*, y Albert Camus había estrenado con María Casares de protagonista *El malentendido*; estas redes culturales habían vivido la ocupación como si hubiera de durar años y años y ahora continuaban como si nada. Pasa horas en el Louvre el día de la semana en que la entrada es gratis, y empieza a pintar.

No llevará adelante las novelas que, según ha dicho a Anna en septiembre de 1948, tiene empezadas. Una habría sido «Dies» (Días): «Medio de refugiados, miseria, abortos *jusqu'à ce que mort s'ensuive* [hasta la muerte], mucha gente. Gente extraña, todos auténticos y todos con una tragedia a cuestas sin que se den cuenta». Otra sería «Vi negre» [Vino negro]: «Oh, la otra... Pienso hacer de ella mi gran novela del exilio. El problema del hombre que se ha creado una familia al margen de su familia. Complejo de autopunición, hasta llegar a una derrota total. Y, con eso, Grupos de Trabajadores [el trabajo esclavo para los nazis], Ocupación alemana, base submarina en Burdeos y un asesinato en Limoges». Imágenes y propósitos que no se perderán del todo; de alguna forma están contenidos en ciertos cuentos. Pero en novela excavará otro registro y optará por otros escenarios; los más realistas serán barceloneses casi todos, otros serán irrealistas, míticos, abstractos.

No hará novelas de exilio, una cierta crónica del exilio, sino que trabajará una poética del desarraigo. Pero no el desarraigo de los desterrados sino el de los exiliados del interior, del exilio interior, de quienes se quedaron, el desarraigo de la Cataluña vencida. A este valiente cambio imaginativo y narrativo fundamental contribuirá en gran medida la pintura que pronto emprenderá, ahora en París.

El final de los años cuarenta define el exilio. Mercè se debate entre quedarse y regresar. Ha entrado a fondo en la poesía para no pensar tanto en si ha de regresar o no, si se queda con Obiols o no. El historiador Antoni Rovira i Virgili lo plantea con penetración lapidaria en 1947:

> La persistencia de la España franquista al cabo de tres años de la derrota de Alemania hitleriana y de la Italia mussoliniana no corresponde ni a la lógica ni a la moral de la segunda guerra mundial del presente siglo; tal vez corresponde a la lógica y a la moral de la tercera guerra que amenaza al mundo. Así, la obsesionante pregunta de los exiliados vuelve a alzarse, angustiosa: «¿Cuándo volveremos a casa?». Vista la incertidumbre, algunos han vuelto a Cataluña y otros se disponen a volver con la frente abatida. Es la psicología de la desilusión.

El exilio se reafirmará para ella cuando viaje a Barcelona y al cabo de dos meses se vuelva a ir.

Su madre intenta como sea la reconciliación del matrimonio de su hermano y su hija, la reclama a menudo con la excusa de la torre familiar. Vive en ella con su nieto Jordi y su hermano-yerno Joan. Se sabe poca cosa de cómo Joan Gurguí vivía el exilio de su aún esposa legal; todo indica que no le suponía ningún problema. Mercè no consigue volver hasta junio de 1949, primero por la frontera cerrada y después tal vez por indecisión. Entra clandestinamente, en un coche de la embajada francesa procurado en París. La posguerra en la ciudad que encuentra diez años después es devastadora. La lengua catalana ha quedado reducida por el franquismo, bajo prohibición, amedrentamientos y sanciones, al ámbito estrictamente doméstico. Comprende que no se puede quedar, que no podrá subsistir. Joan Gurguí, en su condición de marido legal, no por ello la piensa ayudar; tampoco ayuda a su hermana, que subsiste en gran medida gracias al dinero que Mercè puede mandarle y le seguirá enviando. No consigue saber cuáles son ahora sus negocios, quizá de estraperlo; él dice que se dedica a la compraventa de materiales de segunda mano, sin más precisiones. Mercè evita hablarle como esposa, se dirige a él como sobrina. Se queda dos meses. «Voy por Barcelona como un fantasma sin contacto con nada», escribe a Obiols.

No volverá a vivir en Barcelona, no lo hará nunca más en verdad aunque con los años se compre un piso en la ciudad. Será una nómada. Entre París, Ginebra, a días en Viena, a días en Barcelona, y finalmente Romanyà. Lo iremos viendo, este relato mío está hecho también con sus recovecos y derivas. En estos primeros años de la posguerra europea Mercè pedirá a sus corresponsales de las revistas del exilio y a los jurados de los premios de poesía que le envíen a su madre sus ingresos de artículos y galardones conseguidos.

Tiempos difíciles en París. De mayor, en una lista de sus lugares especiales en París, anota: la iglesia de Saint-Germain-des-Prés con su pared de hiedra, la catedral de Notre Dame y su pórtico, la librería La Hune, los cines Pagoda, Ursulines, Dragon. En los jardines botánicos observa las plantas y deja correr su imaginación por los dinosaurios y la colección de escarabajos del Museo de Historia Natural. Fascinada por los grandes animales desaparecidos, sus esqueletos conservados y por los huesos humanos, de aquella época deben ser los apuntes, en francés, sobre la anatomía del cráneo y los huesos de quienes fueron ofrecidos en sacrificio a los dioses mitológicos. En una entrevista de 1976 los retoma:

Muchas veces, antes de dormir, o para que llegue el sueño, me enfrento a mi propia muerte, y mi muerte, para mí, son mis huesos: lo más duradero que hay, lo que quedará, lo que no se perderá en el país del olvido. Empiezo a pensar en la vértebra atlas que aguanta mi cráneo, de la vértebra atlas paso a los cornetes de la nariz, y de ellos a las falangetas y falanginas, al sacro y al coxis, al cúbito, y así, poco a poco, me voy perdiendo en mi propia muerte de cada día hasta que me llegue el final. Una gran verdad sobre la muerte física es la de Sartre: «En el instante infinitesimal de mi muerte, no seré más que mi pasado».

Es el marco de su poesía, elaborada «en la prisión del aire», en la «negra ciudad de la melancolía», con «la abrupta lengua que no muere en mí / con la que digo miel y cielo de estío y rosa». De este obrador, como antes lo había sido el periodismo y pronto lo será la pintura, extraerá el firme don de su escritura narrativa: poética, rítmica y sensitiva, sintética, visionaria.

Me detengo en el lugar donde vive en París, en un triángulo significativo. El mundo tal como es tras la guerra europea, cuando se empieza a conocer el alcance de los campos nazis, el horror que sigue vivo para muchos cuando en 1946 había llegado a la ciudad. Ecos de los muertos, de los desaparecidos, de quienes buscan a los supervivientes de los campos de exterminio.

La rue Cherche-Midi, una de las más largas de la ciudad, atraviesa unos cuantos barrios y, en el número 21 en que ella vive, es la periferia de Saint-Germain-des-Prés. Cuando llega, no conoce el triángulo que la espera. En uno de los vértices de su casa, en el número 38 de su misma calle, tiene la prisión del mismo nombre, utilizada por los nazis como centro de reclusión. Dos años después de la liberación de París, cuando Mercè se instala en el barrio, la prisión sigue siendo el crudo testimonio de los hombres y mujeres allí presos y de los que allí murieron durante la ocupación. En los años de la guerra allí estuvieron gente de la Resistencia, un número importante pero todavía indefinido de personas de la comunidad judía parisina y, con cifras más imprecisas aún, bastantes mujeres, a pesar de ser una prisión masculina. Convertida por el ocupante en sede del tribunal militar alemán, con la liberación encierra presos alemanes. Testimonios de la época hablan y han escrito que hasta entonces, cuando Rodoreda ocupa su mansarda, todavía resuenan por el barrio los gritos nocturnos de los presos de la guerra, reales, evocados, soñados.

En el tercer vértice del triángulo rodorediano, un lugar más del terror del final de la ocupación y la derrota nazis, el Hotel Lutetia. Requisado por la Gestapo durante la ocupación, tras la apertura de los campos es el paradero de quienes han logrado salir con vida. Las familias van a este hotel para saber de los suyos. ¿Debía ver algunas, en la cola, a la salida, a la entrada?

Por eso creo, como decía, y ahora vuelvo a él en esta deriva, que termina aquí del todo el cuento «Noche y niebla». La existencia y las crueldades de los campos son conocidas por la opinión pública a partir de los primeros meses de 1945 y reverberan por todo París, en especial en su barrio. Me parece oír en este relato los ecos de la prisión de Cherche-Midi que le debían llegar a ella; es uno de los primeros relatos de la literatura concentracionaria, repito, en cualquier lengua. Noche y Niebla era el nombre del Decreto NN (*Nacht und Nebel*) establecido por Hitler en 1941 para designar a la categoría de prisioneros destinados a «desaparecer», las personas transportadas desde prisiones y campos franceses —el de Drancy muy en particular— a los campos de exterminio, personas que se desvanecían sin dejar rastro, «entre la noche y la niebla». El cuento es un soliloquio, un delirio, de uno de los muertos en vida de estos campos de exterminio. Evoca con intensidad dos de las acuarelas que pinta en París en estos años: hombres esqueléticos y esquemáticos, figuras casi microbianas, de genitales inflados. La voz narradora razona en un momento de lucidez: «Si salgo vivo de aquí, ¿cómo seré?

Siempre me parecerá que llevo de paseo un río de cadáveres. Que solo puedo engendrar hijos con aquellos ojos inmensos de los famélicos, con los sexos monstruosos colgados dentro del arco delgado de los muslos». En otra pintura, un collage, arma un cuerpo como si fuera una maza burlesca, que coloca cabeza abajo, llena de recortes en letras de imprenta de nombres alemanes. Su cuento recoge situaciones y detalles que luego serán motivos recurrentes de la literatura concentracionaria. ¿Cómo lo hizo, cómo lo supo? Los supervivientes no hablaban de eso, pero Rodoreda lo sabe. Cuesta creer que tanto detalle se lo explicara nadie. ¿Qué supo de los campos en Burdeos? ¿Lo redondeó con lo que comprendió en París? Sin haber sido deportada ni ser judía, está lo suficientemente atenta a lo que sucede a su alrededor, a lo que no se había querido saber y que poco a poco se va sabiendo. Visiones de la creación.

Estos ecos, los gritos de la prisión de Cherche-Midi, las angustias de las colas del Lutetia todavía hoy recordados por los supervivientes de aquellos años, supuran en las acuarelas, aguadas y collages de Rodoreda y en su obra literaria. Pienso en los soldados y en los esqueléticos cuerpos desnudos de sus pinturas y los veo en cuentos suyos y en los «Viajes a unos cuantos pueblos» de *Viajes y flores* y *Cuánta, cuánta guerra*. En las caras aterradas y terriblemente inocentes que afloran en su obra plástica, los hombres sin rostro que sobreviven en *La muerte y la primavera* tras cruzar el río que por fuerza deben atravesar para pasar de muchachos a hombres. En Natàlia-Colometa, Cecília Ce e incluso la anciana Teresa Valldaura, resuenan sus autorretratos, la mujer convulsa y delirante de una de sus acuarelas.

Ahora no queda nada de todo aquello. El Lutetia hace tiempo que ha vuelto a ser un hotel de aúpa, hoy propiedad de un magnate chino. La prisión de Cherche-Midi quedó vacía de presos en 1947 y al cabo de veinte años fue abatida; en su lugar encuentras un edificio de nueva planta, la Maison des Sciences de l'Homme. Un pequeño monumento y una placa en el suelo que hay que esforzarse para ver evocan a los jóvenes resistentes encarcelados (y a nadie más). Nada hace pensar en todo lo aquí vivido, en la prisión durante la guerra y en el hotel cuando los campos fueron descubiertos, filmados y fotografiados, esparciendo el horror por todas partes.

Miro este triángulo y lo remiro, lo recorro y lo paseo, lo ausculto de la forma que sea, busco libros que me lo cuenten cada vez que voy a París o en internet, y hasta ahora no he encontrado gran cosa porque casi no hay. ¿Cómo debía ser vivir aquí, en estas calles, en 1946? Con los zumbidos de la ocupación, de la prisión, de los que regresan de los campos, de todo aquello que no se quería saber. Leo a Patrick Modiano y me sabe a poco.

¿Qué queda, qué ha producido todo aquello, dónde estamos? Destellos, motas, nieblas.

11. PINTAR, ESCRIBIR

En paralelo, Cherche-Midi es aquí desde finales del siglo XIX una calle de tiendas de una cierta moda y calidad, para la gente fina, burguesa y acomodada de la vecindad, tiendas que desde hace más de un siglo funcionan con pequeños y hasta minúsculos talleres propios. Ella trabaja en casa; sus cualidades de cosedora han sido contratadas, como en Burdeos, por un establecimiento de categoría, À la Pensée, de la reputada casa Henry, fundada en 1809, en una de las calles más lujosas de París, Faubourg-Saint-Honoré. Hace prendas de ganchillo. Un trabajo que deberá dejar, le cuenta a Anna, por las quejas de otras refugiadas que la acusan de explotarlas. ¿Quejas justificadas? ¿Lo pondría por escrito en una carta si fueran verdad? De nuevo, la imaginación ha de completar el cuadro, la escena, la película. El París de la posguerra es una nebulosa como en las novelas de Modiano, una niebla espesa: los colaboracionistas no habían desaparecido; de los vencedores de la guerra, los resistentes según la versión oficial, no siempre podía decirse que todos lo hubieran sido; refugiados había muchos, y su mundo es otra nebulosa. Ella gana su pan cosiendo hasta que la cosa se termina, eso sabemos. Vivirá después del salario de su compañero y de unas pequeñas colaboraciones en la *Revista de Catalunya* recuperada, que durará poco y sus colaboraciones, menos.

Cherche-Midi continúa por la rue Dragon, de densa historia literaria y, para ella, del cine del mismo nombre, que frecuenta si no va al Pagoda o al Ursulines, al lado. En la rue Dragon está la galería librería Cahiers d'Art, centro vibrante del arte moderno desde que la crearan en 1932 la galerista Yvonne Marion y el erudito crítico de arte Christian Zervos, impulsores, y autor él, del volumen ilustrado que pondría en valor internacional el arte medieval y gótico catalán, *L'art de la Catalogne* (El arte de Caluña), elaborado durante la guerra española tras un viaje de campo durante los últimos meses de 1936 y editado en 1937 en el marco de la Exposición de Arte Catalán en el Museo Jeu de Paume, en paralelo a la Exposición Internacional de París, célebre hoy por el *Guernica* picassiano y el *Aidez l'Espagne* de Miró. Los Zervos pondrían en marcha asimismo, entre tantas actividades fundamentales, y esta en especial, el catálogo razonado de Picasso, a quien se le seguía negando la nacionalidad francesa, como así sería hasta su misma muerte.

También estaba en Dragon la galería donde expondría por vez primera Henri Michaux, uno de los estímulos capitales de la prosa de posguerra de Rodoreda. El polifacético escritor, viajero y pintor de origen belga, una suerte de antipoeta, trabajaba la noción del *espace du dedans* (espacio interior), dentro de uno mismo, en una prosa poética sin adornos, de ecos prehistóricos y a la vez anticipadores, a menudo desconcertantes y clarividentes. Perspectivas que para Rodoreda serán una compañía, una hermandad. «Lo que sobre todo ha faltado en mi vida hasta ahora es la sencillez. Estoy empezando a cambiar poco a poco», escribe Michaux en su autoparódica y tierna prosa «Sencillez», y «¿Quién no lo hace mejor que su vida?» en

«La escena del saco», un saco en el que mete y sacude, tras paciente espera, a todo y a todos los que le han amargado la vida, desde la infancia hasta los nazis. Era uno de los buenos conocidos del escultor Apel·les Fenosa, como también lo era ella. El escultor modela de cada uno de ellos la cabeza, en sendos pequeños retratos que hacía sin retocar, al instante. Ella le pide un día que los presente, su interés por Michaux es superior a su timidez para estas cosas. No llegaron a conocerse, por lo que sé.

Estamos, pues, en la parte más densa y al cabo resplandeciente del cometa rodorediano, la Rodoreda de posguerra que, tras refugiarse en la poesía en lo más profundo, se fragua captando el aire de los tiempos gracias a la pintura. «Me puse a pintar siguiendo a Klee, como una desesperada. Tenía que hacer una cosa u otra que me gustara, junto con las que tenía que hacer por fuerza, porque estoy segura de que, si no, me hubieran tenido que encerrar.»

Hace acuarelas, aguadas, collages. Va a menudo al Louvre, pero lo más interesante del momento es que la ciudad vuelve poco a poco al hervir moderno. Los museos retoman las exposiciones de los artistas declarados «degenerados» por los nazis y cuyas tantas obras habían saqueado de colecciones privadas, la mayoría judías, y subastado. El Palais de Tokyo muestra una retrospectiva de Klee, que había muerto en 1940; el Museo de Arte Moderno se inaugura con una panorámica de Kandinsky. Las galerías alrededor de Cherche-Midi y de la place Vendôme se activan con nuevos aires. En esta plaza destaca entonces la galería Drouin, que a partir de 1946 expone regularmente a Dubuffet, a Michaux y a otro referente de la Rodoreda pintora, Joan Miró.

De Michaux se empapa del *espacio interior*: «Escribo para recorrerme. Pintar, componer, escribir: recorrerme», había escrito él en *Passages* (Pasajes) en aquellos años, cuando ella empieza a pintar. En este proceso interno de pintar hasta poder escribir novela, la ayudarán unos cuantos artistas más. En Dubuffet y su art brut consigna el trazo del grafiti, y recibe su impulso a artistas como ella, sin formación plástica. En Kandinsky encuentra la búsqueda de la emoción a través de la composición de rango musical y figuras geométricas danzantes. En Picasso, las formas versátiles del rostro. En Miró descubre la composición atenta a todos los detalles en el soporte mismo, en su caso el papel y los colores de la acuarela y la aguada, la atención a lo más mínimo sin descuidar lo feroz y lo sexual, los signos y figuras inspiradas en el arte prehistórico que también encuentra en Michaux, el enraizamiento profundo en los temas y en la historia propia, la lentitud germinadora de «trabajar como un jardinero» en estos tiempos en que, si no puede escribir, pinta. En el polifacético pintor catalán Josep Maria de Sucre, de larga trayectoria vanguardista y a quien tantas cosas le debe la Barcelona de posguerra, la mirada y la cara alucinadas que proclaman inocencia. En Klee, la poesía y el mundo así creado, con los trazos infantiles que se alzan en su color y verdad. En Goya, la belleza atroz. El resultado es un conjunto de imágenes con unas cuantas, no pocas, de personalidad e interés plástico propios. No pintó mucho, pero pintó a fondo.

En el 17 de la place Vendôme se encuentra entonces la galería esencial para ella, la Sala Mirador, cuyo rótulo reproduce exactamente la tipografía de la cabecera del semanario cultural barcelonés de los años treinta en el que había publicado. Creada en 1948 por refugiados catalanes y la marchante Rose-Antoinette Castelucho, de una significada casa parisina de materiales de pintura frecuentada por Picasso y Miró, entre tantos otros, la Mirador acoge exposiciones de los catalanes Miró, Grau Sala, Fenosa y Clavé, en particular, aunque no solo. De Rodoreda estaba apalabrada una muestra de sus pinturas y collages para la primavera de 1957, pero no pudo ser; la galería cierra.

Pasa más horas en el Louvre que delante del espejo, dirá. Si en poesía estudió y profundizó en los clásicos para encontrar su voz y participar en los Jocs Florals sin concesión alguna al edulcorado *jocfloralisme* (juegofloralismo), en su pintura manifiesta una dedicación igual a partir de los clásicos modernos. Su obra plástica, como la poética, por resaltar las menos conocidas, trasluce que como en todo, al igual que cuando cosía, Rodoreda no se mete en nada porque sí. Se lanza a fondo. Ahora lo hace con pinceles, papel, tijeras y cola.

Durante casi una década, en los cincuenta, sigue con atención la pintura europea y la toma como guía. Es una gimnasia creativa que le permitirá llegar al objetivo: volver a la novela. Preparó la frustrada exposición en la Mirador y otra para una sala de Barcelona (que tampoco será), y tiene la idea de pedir la colaboración de Miró para publicar las prosas poéticas que empieza estos años, las «Flores de verdad», escritas, según dirá, siguiendo a Michaux, de lúcida envergadura propia.

La primera novela que por fin empieza y termina, tras la pintura, es la que con el tiempo será *Jardín junto al mar*. En su primer título, «Una mica d'història», resuenan, llevadas por el río de la vida, sus palabras para la radio en la antesala de la pérdida de la guerra, tras su viaje a Praga: «Pasa el río que miré apoyada en un puente con historia, y con algo de historia que añadí yo». Contiene la única aproximación directa en su obra (que incluye cuadros) a estos años suyos de dibujo y collage. La empezó la primera quincena de septiembre de 1959, ya en Ginebra. Es una novela sobre el silencio, sobre lo que no se puede decir. Por pequeñas indicaciones sabemos que estamos en los años cincuenta en la Costa Brava catalana. Se citan las *Constelaciones*, que Miró empezó en Normandía justo al estallar la guerra europea y terminó en 1941 entre Mallorca y el pueblo de Montroig, donde se refugiaría al volver, pero no se dice nada explícito ni de la Guerra Civil ni de la posguerra, porque no se puede hablar de eso.

El hilo conductor y voz narradora es un jardinero mayor, anónimo, nadie le llama por su nombre. Uno de los telones de fondo, la pintura. Empieza con la evocación de uno de los dueños de la casa, una torre de aspiraciones señoriales, Feliu Roca, pintor del mar que una y otra vez afronta el agua como motivo; más aún: como alma de las cosas. Un artista sin estridencias modernas. «Había hecho exposiciones en París y creo que en Barcelona es conocido y ha ganado mucho dinero con esta extensión de azul [...]. Decía que hacía marinas y sus amigos le decían que tenía que hacer manchas; que es lo que más gusta a los americanos [...]. Y me decía: es más difícil pintar esta bestia azul que cuidarse de las flores.» Pintará una gran tela, de cinco metros, como quieren los americanos, pero no tendrá éxito.

En la novela hay otro tipo de pintor, una imagen fugaz de la artista plástica que Rodoreda quizá habría podido ser.

...la señorita Eulàlia se había vuelto pintora. Hacía una pintura extraña. Pintaba incluso gente, pero pequeña, siempre estaban lejos. También pintaba flores. Las hacía tal como eran, contaba sus hojas para que no faltara ninguna, y aun así no le quedaban como las *flores de verdad* [la cursiva es mía]. No sé si más bonitas o no tanto... era una cosa que no se puede explicar. Como los colores, que parecía que tuvieran luz adentro.

A diferencia de Feliu, Eulàlia no fracasará, pero le dolerá desprenderse de sus cuadros; su actitud se aproxima a la de Dubuffet y sus ambiguas relaciones con el mercado y el art brut, una pintura que Rodoreda sigue.

Las flores de Eulàlia hacen pensar en las pintadas por Georgia O'Keeffe, que dijo de las suyas: «Cuando te pones una flor en la mano y la miras de verdad, es todo tu mundo durante un rato. Quiero regalar este mundo a alguien más». Conectan con las «Flores de verdad», que Rodoreda había empezado a escribir en París.

A partir de las formulaciones artísticas de la posguerra, la pintura de Rodoreda se engarza en su narrativa. *Jardín junto al mar* es una alegoría del silencio y también de las formas. La pintura tiene ahí una fina relevancia en los matices del tema y en la estructura. Pintar, escribir y cuidar un jardín son actos comparables que requieren la misma dedicación. La frase célebre de Miró aquellos años, ya citada, «trabajo como un jardinero», significa eso, la atención que cada obra entre las plantadas exige en el momento preciso. También ella baraja proyectos distintos en su jardín creativo, que irán cuajando poco a poco según lo pida cada uno y sea su momento. Ahora conecta literatura y pintura. La expresión de su jardinero será la que dé título definitivo a sus flores escritas, «Flores de verdad». Las flores como analogía de la creación.

Esta es la Rodoreda floral, la bestia literaria, decía de sí misma, no la escritora cursi con la que se la quiere confundir a veces por la presencia de flores y jardines en su obra; argumento idiota si lo hay, ignorante de tantos jardines y flores literarios desde el principio de los tiempos y del arte de narrar. Cuidar flores es escribir. Escribir es cuidar el jardín.

Trabaja sobre papel en exclusiva. No utiliza caballete casi nunca, aunque tenía uno en su casa final de Romanyà. Pinta y compone sus cuadros sobre la mesa de la buhardilla, a veces dejando chorrear los colores con la mano alzada sobre el papel Canson. No era la única que lo hacía así; puede que hubiera visto las fotos de 1950 de Hans Namuth en el reportaje de *Life* sobre Jackson Pollock pintando en su taller.

Literatura y pintura. En la novela que terminaría siendo *Espejo roto*, la técnica del collage deviene forma literaria. Una forma largamente deseada, que aplica en esta obra que asimismo es un recorrido y un elixir de las variaciones del género novelístico desde sus inicios y en particular a lo largo del siglo XX, una configuración conseguida tras este período de experiencia plástica. Una manera incubada en su imaginación desde su juventud, coetánea del collage difundido por el nuevo arte del siglo, el cine y su montaje. Así leo *Espejo roto*. Pero en estos momentos todavía no escribe novela. Ahora está haciendo tanteos pictóricos y, en el fondo, literarios.

Veamos un ejemplo en la secuencia patrón de uno de sus años más dedicados a la pintura, 1953, en París: cine-dibujo / collage-lectura-dibujo / collage-escritura. Así se lo cuenta por carta a Obiols.

Es lunes. El sábado por la noche ha visto en el cine un programa dedicado al pionero Méliès, incluido su fenomenal *Viaje a la Luna*. El filme ha exaltado su imaginación, el sentido de lo fantástico que la ha atraído siempre y que acabará haciendo suyo en el exilio, en todos sus libros, unos más otros menos, pero en todos. A la mañana siguiente, domingo, ha hecho un collage y empezado a pensar en una exposición (o sea, ya hace días y meses que pinta, se ha entrenado con los maestros y ya cree tener obra verdaderamente propia). Por la noche termina *Mosquitos*, de Faulkner. Después ha retomado las primeras notas de escritura, escasas, de días atrás. La secuencia hacia la escritura arrancaba.

Así comenta una exposición de Miró: «Ha hecho lo siguiente: ha escogido un motivo y lo ha repetido, exacto, pero con diferentes colores seis o siete veces». Minuciosa, atenta, prosigue:

Después ha descubierto aquella especie de cartón grueso que teníais en el campo Lindemann. Con este cartón hace muchas filigranas. Hace hoyos, hace caminos, hace formas quemándolo. Tiene una cabeza de muerto y los agujeros de los ojos son dos agujeros de verdad, hechos aplicando un hierro candente a la materia. Después lo recorta de manera desigual, haciendo aristas, le pinta cuatro burradas, hace que se aguante entre dos cristales gruesos y la cosa sirve para poner encima de un mueble y luce bonito. Tiene un cuadro con una figura muy abstracta pero con dos cojones muy concretos: son azules en medio y [están] rodeados de una línea esfumada negra y situados donde corresponde. Después ha hecho, sobre todo, pintura de decoración, es decir, para plafones. Tiene un friso azul oscuro, de unos cuatro o cinco metros de largo, todo sombreado en negro y sembrado de redondeles de colores luminosos. Con el cartón Lindemann, ha hecho una especie de dólmenes encima de un pie de madera con motivos chinos. Tiene una cabeza de piedra de aquellas piedras que encuentra cuando pasea por su finca, asombrosa. Y tiene un hallazgo: una horca de payés, púas y todo de madera: ha decorado el mango, pero sería más bonito si no lo hubiera tocado.

Su criterio plástico está afinado.

Concluye: «Aún no he escrito novela. Ayer por la noche, para caldearme leí *En souvenir de barbarie* [En memoria de la barbarie]», de Marcel Mouloudji, artista poliédrico, conocido sobre todo como cantante, uno de los más significativos entonces de París, a cuyos escenarios había devuelto las canciones de Jacques Prévert y de Boris Vian (cantó «Le déserteur» en un teatro el mismo día de la caída de Dien Bien Phu en 1954 y la canción fue prohibida).

No pierde de vista la novela, que debe escribir novela. Las artes plásticas y la lectura la van llevando a una escritura nueva. A la mañana siguiente, de nuevo, hace un collage y después otro, una variación: «Los tengo los dos encima de la cocina y mientras te escribo, de vez en cuando, me los miro. Incluso los he firmado. Y todavía los repetiré en otros colores. [...] Uno tiene el fondo gris y el otro lo tiene rojo. He hecho aquellas figuras sin brazos, y solo de mirarlas te viene como una alegría loca». Más, otro día: «Por la mañana he empezado a escribir: bastante bien. Estoy contenta cuando veo que puedo escribir». Y esto, de su pintura: «Ya tengo estilo y un mundo».

Son cartas de 1953. Escribe vívidas descripciones del Louvre. Vuelve tras unos meses, y así relata el efecto de ver de un tirón *La Gioconda*, obras de Ucello, Tiziano, Veronese, las nuevas adquisiciones de bailarinas de Degas, Rubens —«todo es color y pasta suave y redondez: marea»— , Van Eyck, Memling, Rembrandt y la escuela holandesa: «Hay tanto y tanto que ya no sé qué es lo nuevo ni qué lo viejo ni si ya lo había visto todo [...]. Pero antes de salir atravesé la sala Egipcia y no me dejé perder un vistazo a los frescos pompeyanos de abajo». Y poco a poco escribe algo nuevo, no novela aún; arranca con sus «Flores de verdad», y lo hace «fácilmente, como si fuera lo más natural del mundo». En posdata, añade: «Pintar era una de las vocaciones de mi juventud: o tener una casa de modas». Ha hecho ya las dos cosas, pintar y diseñar ropa. Habrán sido dedicaciones eventuales pero, ciertamente, a conciencia.

Y así, lentamente, la escritura que lleva dentro arranca, de nuevo. Escribir será siempre un objetivo más intenso: «Hago poca novela y hago muy mal. Mi porvenir está en la escritura». Tiene cuarenta y cinco años y lleva quince sin publicar un libro, desde 1938.

La dedicación –autodidacta, de nuevo– al dibujo y el collage no fue tiempo perdido. Tal y como dice con menos ironía de lo que podría parecer, así encontró un estilo y un mundo. Sus imágenes plásticas son puertas abiertas a todas sus novelas y a ciertos cuentos, que surgen –también– del aplicado estudio de la pintura europea de posguerra (Michaux, Dubuffet, Sucre) y de los renovadores del siglo (Klee, Picasso, Miró, los surrealistas). En las novelas colocará pinturas (algunas suyas) que tendrán relevancia en la composición de los personajes y en el simbolismo de las situaciones, haciendo de los cuadros que describe motores narrativos, como el de las langostas en *La plaza del Diamante*.

La pintura es una de las huellas mayores en su prosa de elaborada sencillez para «decir las cosas como no se han dicho nunca». Y su ensayo de caracteres y personajes. Cuando ves en paralelo sus pinturas y sus criaturas literarias, la conexión es una llamarada; en sus dibujos esquemáticos como grafitis, angustiados o irónicos, en las representaciones de la feminidad, en los collages con los que experimenta la perspectiva, en las caras que remiten a un autorretrato, está la escritora que busca la poesía de sus personajes en lo más profundo de sí misma y, en este proceso, los encarna tras esta etapa pictórica. También a la inversa: pinta en París imágenes de los cuentos imaginados en Limoges y escritos en Burdeos. Retroalimentación con lo ya escrito y premonición de lo que será escrito. Para, repito, encontrar a sus personajes y las palabras y las frases para decirlos.

Pintura y literatura no están en absoluto desligadas de su mundo; no me refiero ahora al personal, sino al mundo que nos ha hecho visible. Pintó durante poco tiempo y su obra es reducida, por lo que no tiene la autonomía de su obra literaria. Pero tampoco fue un pasatiempo sin más. Está en relación directa con su obra mayor, la del exilio. Su pintura es una muy buena manera de abrazar el conjunto de su riqueza creadora, en su radical e intensa vocación artística. Las imágenes de la literatura rodorediana van a menudo más allá de los límites del lenguaje, son más bien hermanas de la turbulencia psicológica y la lucidez exorbitada de sus pinturas más personales, las de su estilo y mundo.

Y, no obstante, no es este, aun siéndolo mucho, el único valor de su pintura. Hay más: unos cuantos de sus aguadas, acuarelas y collages son francamente buenos. Al final de su vida dirá que si en ese momento no escribiera «tal vez pintaría». En su amplio salón de Romanyà tenía un caballete. Incluso entonces. Hoy, mientras escribo, sus obras plásticas empiezan ya a formar parte de exposiciones colectivas de arte europeo y de vanguardia.

Si su poesía denota disciplina y tenacidad en la palabra y el sentido de la historia para no dejar de escribir y encontrar los espíritus del tiempo y el aire del mundo vivido, su interés por la plástica no es menos indicativo ni diferente. Aparece en perspectiva como puente de su proyecto literario, que no podía avanzar si no consideraba y dejaba de lado la transformación artística provocada por la historia. Solo quedaba el arte, que era preciso rehacer y reanimar. Nada de los tiempos anteriores a las guerras servía más.

12. UN HIJO

El hijo de Rodoreda. Su infancia tal vez alegre, su adolescencia quebrada por la guerra que le deja sin madre y con un padre que no hace de padre. ¿Cuántas criaturas como Jordi existieron y existen? Un día, en mis investigaciones sobre Rodoreda en Ginebra, aquella mujer solitaria, di con un posible interlocutor en Barcelona, hijo de quien había sido, escribe ella en una nota de sus papeles privados, el único amigo en la ciudad del lago. Lo localicé, le llamé por teléfono, le dejé un mensaje de voz, le decía que volvería a llamarlo. No hizo falta; al cabo de un instante una voz de hombre mayor me devolvía la llamada. Sí, era hijo de aquel de quien Rodoreda decía ser su buen amigo en Ginebra. Pero no sabía nada de todo eso, ni siquiera que su padre la había conocido. Él se había quedado aquí, sin contacto con el padre ni entonces ni nunca. Tampoco estaba realmente interesado en saber, dijo. Ni yo le podía decir nada más. Noté un cierto desasosiego punzante, que me pareció suyo. Nos despedimos, colgamos el teléfono. ¿De verdad que no habría querido saber algo más de su padre, aquel hombre? ¿Por qué me había llamado, sin esperar que la volviera a llamar? ¿Por cortesía, sin más? ¿Para recordárselo a sí mismo y decirlo en voz alta a una extraña? Por el aparato me había llegado la voz de un hijo más de la generación Rodoreda.

La primera vez que había cruzado la frontera hacía diez años que madre e hijo no se veían, lo sabemos. Era en 1949. No se conserva al parecer ninguna carta a su madre, pero sí algunas al hijo. Su archivo público guarda treinta y una. La primera no está fechada y la segunda es de 1948, un año antes de su viaje a Barcelona; nueve años sin verse. Firma «Mercè» y se dirige a él como «querido Jordi»; en las cartas que conozco no lo llama «hijo», pero sí que en alguna le habla como «tu madre». El muchacho, a punto de cumplir los veinte, ha sido dependiente de una ferretería, ahora es su representante y después será su distribuidor. Le escribe con ecuanimidad y humor, desde el París de estos años difíciles suyos:

> ...hemos de pensar que tú has sido un chico (como los hay a centenares, por no decir que a miles) echado un poco a perder por la guerra, pues cuando habrías podido formarte todo era desorden y angustias. Pero no te preocupes, estoy segura de que llegarás muy lejos si perseveras en tu empleo. Es una forma de ganarte la vida, con el tiempo, muy eficaz. Eso sí, procura no quedarte en los comienzos y no te duela estudiar ni te asusten las dificultades; piensa que todo esfuerzo da su fruto y si el trabajo que haces te gusta todo irá bien [...]. Diviértete mucho y trabaja impetuosamente. Adiós. Un abrazo muy fuerte de tu madre. Hasta el mes que viene, quizá. Seguro. Adiós.

Cuando por fin va a Barcelona, al año siguiente allí estará dos meses, comprenderá que no puede quedarse en casa y regresará a París sin despedirse: «he de precipitar mi partida. Tal vez sea lo mejor. Así evitaremos las emociones de la despedida. [...] Lo que me preocupa es enviar dinero a la abuela. Y como en Barcelona me ha fracasado todo, veré si en París lo resuelvo mejor». Cuando el hijo le escribe dolido porque se ha ido sin decirle nada, responde:

> Recibí tu carta y esperaba poderla responder más pronto, pero los días me pasan volando y cuando me doy cuenta, ya es una semana más. Ya me hago cargo de que te debió disgustar que la vigilia de irme no te dijera que me iba. Pero como sé que eres muy nervioso y muy sensible me pareció que una despedida en forma aún sería peor. Quizá me equivoqué; si es así te pido que me perdones. No estés intranquilo por mí; las cosas me son más fáciles en París que en Barcelona aunque no nade en la abundancia ni mucho menos. En Barcelona, naturalmente, tuve muchas decepciones; no me esperaba recoger oro a paladas pero tampoco creía que todas las puertas se me cerraran. En fin, todas las cosas tienen una importancia relativa y debemos adaptarnos a las circunstancias.

Una madre terrenal, sin cumplidos ni sentimentalismo, no lo disimula.

La ecuanimidad educada con el hijo no se mantendrá siempre; la herencia familiar girará el tono de la relación. Todo se estropeará sin remedio cuando muera Joan Gurguí, que se lo deja todo al hijo a condición de que no venda nada hasta la muerte de Mercè. La parte que le corresponde a ella de la herencia de quien fue su marido y era su tío y dueño de la torre familiar junto con la madre de ella, que ya había muerto, será motivo de controversia, dura, y romperá sus débiles lazos. Los de su hijo Jordi no lo sabemos, sus vínculos seguramente eran más intensos y fuertes; no podía ser de otra forma. Cómo quedó él tras la ruptura solo lo podemos imaginar y representar. Madre e hijo no se verán más, ni cuando a él, que ya tiene tres hijos, se le declare de manera irreversible la esquizofrenia por la que será ingresado en una institución mental. Poca cosa más puede decirse de todo esto, la luz es tenue.

Madre e hijo, hijo y madre. Vuelvo a pensar en el hombre mayor que me llamó para decirme que nunca había sabido nada de su padre y nada quería saber. Inútil es hundirse en este otro agujero negro, la relación entre esta madre y este hijo.

Algo empezó a gestarse en su *espacio interior* durante aquel primer viaje de vuelta de 1949, algo que iba más allá de la relación con su hijo y de los problemas familiares —una de las puertas que se le cerraron fue la de su tío y marido legal. Algo que alimentaba su imaginación y pugnaba por captar palmo a palmo el aire de los tiempos, no para hacer su crónica sino para mostrar su espíritu, para desmarcarse de su propia historia personal y empezar a dar el salto más allá con el que hemos comenzado este relato.

Al volver a París, escribe a Carner:

> Ya estoy en París, gracias a Dios y a una infinidad de Santos que deben haber intervenido. [...] La primera impresión que se tiene al llegar a Barcelona es que la FAI [Federación Anarquista Ibérica, la facción radical armada de la CNT] ganó la guerra. Y ahora casi se puede decir que si clasificáramos a la gente por su peso —gente decente, hasta los 58 kilogramos; canallas, de 58 para arriba— no nos equivocaríamos demasiado. Afortunadamente, todavía hay encinas, pinos y retama, y es

muy posible que, a partir de estos elementos, se pueda reconstruir todo.

El mundo vegetal como resistencia.

El mundo vegetal como semilla e imagen de lo inmutable y a la vez en cambio constante, de la finitud ineludible a la simiente siempre renovada, capaz de regeneración, poseedor de la maestría de la supervivencia, es lo que se lleva de la Barcelona de finales de los cuarenta. Árboles y plantas han sido sus postes indicadores y su orientación en la oscura vida en la ciudad, que ya no es la suya. Fructificarán en la poesía y en la pintura y asimismo en la prosa nueva que poco a poco, entre cuadro y cuadro, escribe en la buhardilla de Cherche-Midi, las «Flores de verdad», prosas breves, herméticas, fantásticas, simbólicas. Qué tipo de novela escribirá, cómo será su gran retorno a la Barcelona espectral, todavía no lo sabe; lo sabemos nosotros.

Este viaje de 1949 a Barcelona y el siguiente, en 1956, serán fértiles tanto en un sentido personal como, sobre todo, creativo. Duros como la ciudad fantasmal que la recibe pero también clarividentes, cual semilla que traspasará la tierra yerma de la posguerra para producirse a contraluz de aquel abismo. Sin estos retornos primerizos no existirían las novelas de su obra mayor, sus evocaciones e iluminaciones sutiles y alocadas en muchos momentos, construidas con los influjos de la guerra y los ecos vergonzantes de la posguerra, que carga con una culpa devastadora. No habría encontrado la voz de Natàlia-Colometa, su antiheroína.

La Barcelona de 1949 le devuelve, en un espejo roto, la imagen fragmentada y trastocada de su verdad íntima:

fuera como fuese su vida en el exilio, era mejor que la nada que se le ofrecía tanto en la casa familiar como en la vida colectiva, en aquel espectro urbano sin pasado.

154

Obiols ya está en Ginebra. La pareja se calma en la distancia. Él proveerá, ella debe escribir. Cuando se instale en la ciudad del lago y gane los primeros premios de cuentos en la Barcelona que retoma el mundo editorial en lengua catalana, surgirán las novelas que tanto se esforzará por hacer. Ahora, aún no puede.

Vértigos. Tantos. A menudo. Desde el final de la guerra, de las guerras.

13. VÉRTIGOS

Vértigos y cartas, una forma expresiva de pujanza plena en Rodoreda. Cartas a Obiols, a algunos amigos, al hijo. Obiols le escribe constantemente, no parece en absoluto el hombre que tantos amigos y familiares recordarán por su silencio, sin escribir ni dejarse ver. Depende de ella. No todas sus cartas han sobrevivido a los años (hasta ahora) y unas cuantas, quizá muchas, Mercè las hizo pedazos.

Las cartas entre los dos conservadas no conforman un diálogo continuo. Los vacíos de tiempo son la tónica. Si ves las cartas de ella no verás las respuestas de él, y a la inversa. A su regreso definitivo a Cataluña, ella dedicará una tarde entera a destruir correspondencia. La podemos imaginar salvando solo las cartas en que los dos hablan de la creación –sea de cine y exposiciones, libros leídos o de lo que ella pinta y escribe, de lo que él valora, aconseja o desaconseja– y las cartas testimonio de una pareja afectuosa que por circunstancias y necesidad de ganarse la vida no puede vivir junta. Es lo que queda. De vez en cuando, impresiones hondas.

Vértigos. Él le escribe un día que ha visto otro Hitchcock y recuerda cuánto les había gustado el año anterior *Vértigo*, que vieron juntos. «Todavía me produce un gran efecto», confiesa, «es una de las pocas películas realmente buenas que hemos visto.» El cineasta francés Chris Marker ha inscrito en uno de sus filmes una idea justa y precisa sobre el de Hitchcock y, asimismo, para la evocación muda de esta pareja sin rumbo en la Europa de posguerra: «Solo una película ha visitado la memoria enloquecida: *Vértigo*». Ese deseo de encontrar el amor perdido, sin que importe el precio; esas imágenes del pasado que pueblan la mente de la misteriosa Madeleine convertidas en una obsesión, la paranoia y el repetido fracaso del inspector Scottie. Puedo imaginar el impacto en la pareja. La Rodoreda de cabellos blancos sedosos recogidos como los de la rubia platino Kim Novak se extasía ante los cuadros del Louvre, al igual que Madeleine en el museo de San Francisco. Es ya una mujer transformada para Obiols, contrafigura plausible de James Stewart, nunca tan dubitativo como en este filme. Es la mujer nueva que él mismo ha ayudado a ser y que se le escapa una y otra vez, a causa de ese vértigo, de la renuncia de su yo convertido en hombre doble y esquivo; una apatía que le atenaza y no le deja percibir la realidad que, según explora Hitchcock en este osado filme sobre la psicología erótica masculina, no es solo la realidad de una pareja envuelta en las tragedias del destino, sino la imposibilidad de superar lo que ha sido reprimido, lo que no se ha querido ver, lo que se ha querido olvidar. De la misma manera que el héroe de *Vértigo* no ha querido ver o no ha podido ver que su deseo de una mujer misteriosa y sometida será su última derrota ante sí mismo y que esta derrota comportará la muerte de ella, una y otra vez, la muerte del arquetipo de mujer capaz de atraer su indecisa pasión.

Para ellos hace años que la vida es puro vértigo. Al igual que en la película de Hitchcock, el presente es un thriller emocional y psicológico en el que cuesta mantener la identidad. Para Obiols-Prat, la identidad es una prueba de fuego de su yo de posguerra. A partir de ahora será Obiols solo para ella y en su pasado, de cuyos vestigios se irá desprendiendo, y será únicamente Juan Prat o Prat a secas para sus nuevos conocidos en Ginebra y Viena. «¿Qué es, qué quiere decir *Sabadell*?», inquirió Esther Calvino cuando hablábamos de Obiols, ya en este siglo, al recordar de pronto que, en su despacho de la Agencia Atómica de Viena, a veces él pronunciaba en un suspiro el nombre de su ciudad natal, informé; una palabra tan misteriosa en Viena como lo es «Rosebud» hasta el final de *Ciudadano Kane*, que mi interlocutora creía tener enterrada y que ahora regresaba, indómita, a su memoria.

En ella su espacio interior está en proceso. El retrato se perfila, los trazos se suman. La contención emotiva, la ternura que la distancia facilita en tanto que máscara llevadera, la asunción de la ausencia de pasión carnal transfigurada en recogimiento creativo, la dedicación tenaz a no dejar de crear —la costura, el ganchillo, el cuento, la poesía, la pintura, la novela—, incluso con anemia y parálisis de un brazo, incluso si por ello ha sido preciso intensificar la fractura entre los exiliados, la decepción ante una Europa en la que no tienen cabida, todo cuenta. Otra Rodoreda se configura. Una metamorfosis más. A pesar del vértigo.

La identidad surgirá, dirá más tarde, evocando las guerras vividas, de entre los muertos, título por otra parte de la novela francesa que originó el filme de *amour fou* de Alfred Hitchcock que conmovió a esta pareja errante.

14. GINEBRA, MANUAL DE USO

La vida en Ginebra será solitaria. Se instala en 1954. Si alguna vida doble tuvo en la ciudad donde cristalizaría por fin su literatura, fue la de su nombre. Aquí sería siempre madame Prat o Mercedes Prat, solo fue Mercè Rodoreda para algunos amigos y conocidos allí exiliados. Entre los ginebrinos quizá solo su médico llegó a saber que publicaba y su nombre.

Los apartamentos del 19 de la rue Vidollet están destinados a los burócratas internacionales de la época. Desde 1950, el brillante periodista y diplomático catalán Eugeni Xammar, exiliado en la ciudad como funcionario de la Unesco, ha propiciado encargos y empleos en la institución a catalanes y españoles. Obiols se había incorporado en 1953. Un año después, llega ella.

La reconstrucción personal y literaria iniciada en París será en Ginebra lenta y dolorosa. Uno de los guías de este relato, el escritor y periodista exiliado en México Domènec Guansé, lo constata con concisión en los primeros años sesenta: «Un admirable y ejemplar proceso de superación en todos los órdenes de la vida. Las lecturas, el estudio, el esfuerzo, la disciplina son casi insuficientes para explicar este milagro de renovación espiritual».

«Vi a Mercè Rodoreda nomás una vez, en Ginebra», me rememoraba en su piso de París una tarde Aurora Bernárdez, esposa de Julio Cortázar en aquellos años, cuando él trabajaba como traductor a las órdenes de Obiols, Prat para ellos. «Una vez solo, pero la recuerdo muy bien, me acuerdo de ella físicamente, era muy fina, muy diferente de la mayoría de las mujeres de pelo teñido... Me dio la impresión de una mujer excepcional... Prat, que no citaba nunca a nadie –insisto: nunca–, siempre habló de ella con gran afecto como poeta.»

Los Cortázar la conocieron a mediados de los cincuenta, Mercè no publicaba desde 1938. Estaba a punto de hacerlo, pero el momento no había llegado todavía. Julio era ya el autor de *Bestiario* y *Final de juego*.

El encuentro la impresiona. También las cartas que Cortázar escribe a Obiols. Lo anota en uno de los papeles privados que no destruyó. La conmueve, la anima incluso, la decisión granítica del argentino, que transmite a su jefe, contratado asimismo por temporadas, de privilegiar la escritura y dedicar el menor tiempo posible del año a ganarse la vida. «El resto quedará para el harte [sic, por supuesto], la música (wagner forever, you verdian one! [wagner siempre, ¡verdiano!]) y los viajes. ¿Para qué un empleo permanente? Bastante permanente será la muerte un día.» Era lo que ella necesitaba oír de otro escritor. Los unían más cosas. Los libros que Cortázar les enviaba desde París. Miró era otro vínculo; por desgracia, la idea de colaborar con él en una edición de las «Flores de verdad» no cuajó. Ella todavía pinta y el autor de *Rayuela* tiene un encargo que no ha podido cumplir: «Dígale a Mercedes que no pude conseguirle el papel [Canson] en el Bon Marché (creo que ya le hablé de esto en otra carta, pero no estoy seguro). Ya no tienen esa marca, los muy hideputas». Cortázar los quiere volver a ver y los anima: «En París hay una fenomenal exposición de las cerámicas de Miró y Artigas (¿Vio las fotos en [la revista] *L'Oeil*?). Son una maravilla, y ustedes deberían venir a París nada más que para verlas (y vernos a nosotros de paso)». Por esta carta sabemos que Rodoreda pinta también en Ginebra. Los colores y las formas de Miró les remiten a los dos a Barcelona, y a Cortázar al parque Güell. Sabido es que vivió en la ciudad desde su primer año hasta los dos y medio; después diría que uno de sus primeros recuerdos eran las baldosas de Gaudí en el parque (lo que permitiría establecer, como se ha hecho respecto del jazz, algunas sintonías con sus estructuras narrativas, pero esta es otra historia). Baldosas en *trencadís*, en collage, tan propias del arquitecto, aquí en las del banco ondulado de la plaza mayor del parque, en el que Rodoreda situaría a Natàlia-Colometa cuando Quimet le propone matrimonio; vaya, se lo impone.

Ella no olvidó a Cortázar. Lo único importante era escribir. Por su parte, él tomaría una decisión literaria que no me cuesta nada en absoluto interpretar como homenaje a sus amigos: en las primeras páginas de *Rayuela*, el protagonista Oliveira se topa y conoce a la magnética Maga en la rue Cherche-Midi, donde vivían Obiols y Rodoreda y donde quizá se encontraran todos alguna vez.

En este 1956 de la carta cortazariana, sucede un cambio decisivo en el reducido mundo de Rodoreda tras su traslado a Ginebra: volverá a publicar en Barcelona. El cuento «Carnaval» es premiado. Regresa a recoger el premio y la llevarán de excursión a la Costa Brava, escenario que dará origen a *Jardín junto al mar*, la primera novela, por fin.

Otro premio importante de la recuperación editorial en lengua catalana, el Víctor Català, le será concedido por la recopilación «Cop de lluna i altres relats» (Tiento de luna y otros relatos), publicada como *Veintidós cuentos* en 1958. Terminan veinte años de silencio editorial. Son sus primeros cuentos del exilio y los que contribuyen de manera decisiva a la Rodoreda novelista que mayormente conocemos.

Como en Cortázar, el cuento, el relato breve, es uno de sus mejores logros. Pero sabe que el embate creativo de la época pasa por la novela, sensor de los tiempos. Sigue de cerca en intercambios postales con Obiols las novedades literarias, los nuevos autores en catalán y en castellano, los europeos y americanos. De otra época o coetáneos, los escritores, sus libros, han sido y son los interlocutores con quienes, sola en las diferentes ciudades francesas, sola ahora en Ginebra, una escritora nómada como ella puede dialogar. Leer y escribir.

Para el argentino exiliado las calles de París de finales de los cincuenta son escenario y motor; para ella lo es el recogimiento de Ginebra. No lejos de allí, en Berna, ha escrito unos años antes una autora que en mi alma lectora está siempre cerca de Rodoreda, la brasileña Clarice Lispector, que había pasado la guerra en Nápoles. Las dos comparten una prodigiosa y original capacidad de introspección psíquica, tenaz y valerosa, personajes que hablan consigo mismos, las dos sobrevuelan y profundizan lo inexplicable. Aquello que no se puede y es necesario expresar.

«Hablar salva», concluye el protagonista del cuento de Lispector «Tempestad de almas». Mientras que Cortázar dará voz a gente risueña y sin un céntimo que transita por las calles de París hablando entre ellos y para ellos, expectantes de un futuro cargado de misterio y maravilla, Rodoreda, como Lispector, dará voz a menudo a personas que hablan solas, sin nadie más que el lector que las escuche, sin risas. La brasileña hace decir a uno de sus personajes algo que repetirá de sí misma en entrevistas: «No soy una intelectual, escribo con el cuerpo». La catalana podría suscribirlo. Esto también: «Escribo porque no tengo nada que hacer en el mundo [...]. Lo he experimentado casi todo, toda la pasión y su desesperación. Y ahora solo quisiera tener lo que habría sido y he sido». Son imágenes y palabras que en mí evocan y pintan el proceso alquímico de Mercè Rodoreda escribiendo, por fin, de forma continuada. En el vacío necesario hollado y cuajado en el espacio de adentro, en el aislamiento, que describe así:

> Escribir es estar solo. Para conseguir un estado receptivo hay que procurar estar vacío, lo más vacío posible. Rilke, en sus *Cartas a un joven poeta*, dice: «He aquí por qué la soledad y el recogimiento son tan importantes cuando se está triste. Este momento en apariencia vacío, este momento de tensión en el cual el porvenir nos penetra, está infinitamente más cerca de la vida que este otro momento que se nos impone desde fuera cual tumulto. Cuanto más silenciosos somos, pacientes y recogidos en nuestras tristezas, más lo desconocido penetra con mayor eficacia en nosotros». Y yo, que soy una bestia literaria, necesito soledad.

Intuitiva y vital, con la pasión de la palabra ahora renovada y encendida guiando sus dedos sobre el teclado de la máquina de escribir, convoca a los personajes nuevos que pronto se le encarnarán, ¡que ya vuelve a publicar en casa!

Le cuesta adaptarse a Ginebra. En la capital francesa se sentía en casa; en la ciudad suiza, escribe a Anna, se siente exiliada de veras. «Hace dos años y medio que estamos en Ginebra, adonde vinimos con un contrato de Obiols para tres semanas. Después de dos años y medio de estar en esta tierra todavía añoro París.» Ha repetido, ha necesitado repetir el tiempo que lleva allí, y en el mismo párrafo repetirá en dos frases seguidas su renovada conciencia del exilio, casi dos décadas después de iniciarlo: «En Ginebra me han pasado muchas cosas desagradables pero aparte de eso, siempre me he sentido exiliada aquí. En París, a pesar de la miseria y las penas, me sentía en casa. Aquí siempre me he sentido exiliada. A medida que me hago vieja, el más ligero cambio de decorado me hace daño». Le cuesta escribir, le cuesta vivir.

Procura encontrar el encaje con la ciudad. Al amigo Puig i Ferreter le escribe:

> ¿Sabe qué haré, quizás? Le escribiré cartas de vez en cuando (aunque no me las responda, es decir, serán más bien cartas para no ser respondidas), unas cartas, digamos, como unas memorias de exilio. Me interesa escri-

birlas y el hecho de enviárselas, me servirá de estímulo. No le sabrá mal, ¿verdad? Me parece que eso me hará sentir un poco acompañada. Puedo salvarme escribiendo, claro, pero es tan oscuro estar encerrado en una habitación con uno mismo y con su mal.

Si escribió estas cartas-memoria, las debió romper finalmente.

Las cosas terribles que en 1956 le cuenta a Anna que ha vivido al llegar son, de nuevo, las intermitencias del corazón. Mala vida con Obiols, que pronto irá y volverá de Viena. Al mismo Puig i Ferreter en abril de 1954: «estoy pasando una crisis muy fuerte. No sé exactamente por qué, pero vivo desesperada... Me hago vieja, me veo vieja y me siento vieja». Y en febrero de 1955:

Cuando en una pareja como la nuestra, uno de los que forman esta pareja se desvía, se deshacen muchas bases esenciales. Hago un gran esfuerzo para no pensar en lo que me obsesiona. Es inútil. De momento no he llegado a la categoría de Santo, o sea a desligarme de todo lo que es parte integrante de la tierra. Solo yo sé todo lo que ha sido mi amor con O. Esta pureza de criaturas que había mezclada con mucho amor entre hombre y mujer. Y, sobre todo, me siento derramada en un agua sucia y vulgar. Al destruirse una parte de mis sentimientos es como si la vida quedara reducida a las necesidades estrictamente animales.

Pureza de criaturas.

Le será necesario atravesar el puente entre la vida íntima y la creación literaria. Al igual que los dos ríos que se cruzan en Ginebra en el puente de los Desesperados, ha de reunir sus aguas internas. Será aquí donde desplegará su obra definitiva, la polifonía de voces surgidas de su trabajo previo en cuentos, poesía, pintura y prosa poética. Entre 1959 y 1966 escribe o arranca todas sus novelas (salvo *Cuánta, cuánta guerra*), termina «Flores de verdad», reescribe *Aloma* y da forma a *Mi Cristina y otros cuentos*, compilación significativa en sí misma por sus soberbias propiedades simbólicas y por su condición de enlace entre las voces y los diferentes estilos de sus novelas. En menos de una década, toda la Rodoreda de posguerra, una vez cruzado el puente de las penas sin pensárselo más, o casi.

El puente es este: ¡vuelve a publicar en casa! Tiene ya cincuenta años, es el momento decisivo. Las derivadas íntimas con Obiols y con su familia dejarán de ser la música de su día a día. Se encierra a escribir.

Ginebra, ciudad-dama según John Berger, será el lugar que lo permitirá. Es la ciudad en la que Borges, que había estudiado aquí durante la Gran Guerra, bien leído por ella, querrá morir y donde está enterrado. «La pasión de Ginebra», sintetiza Berger con reverencia hacia tantos archivos del mundo conservados en la ciudad, «es descubrir, catalogar y comprobar lo que se ha dejado de lado.» La suya es una curiosidad insaciable «que tiene poco o nada que ver con chismorrear o fisgar. Ginebra no es portera ni juez. Es una observadora, fascinada por la pura variedad de los apuros y consuelos de los humanos». Justo lo que ella necesita.

Días y noches de probar la escritura, de paseos, de películas en el Hollywood, el Nord-Sud o el Central, de comer en el restaurante La Perle du Lac y de caminar a orillas del lago Lemán, de ir al Café Radar y a la sala de conciertos Victoria Hall. Y de visitas médicas.

Su salud frágil la lleva a la consulta de uno de los médicos más reputados del lugar, el doctor Marcel Naville. Refinado, seductor, muy respetado en Ginebra, donde su familia es conocida desde tiempos remotos y en la que la librería Naville es célebre, mantendrá una cierta relación con su paciente que se trasluce en las postales que envía a Rodoreda, que ella no destruirá al dejar el exilio. Tiene los ingredientes necesarios para causarle una impresión sugestiva y duradera. La primera carta es galantería pura. Ella le ha hecho llegar un ramo de flores; él se lo agradece y le gustaría que ella pudiera ver «el rayo de sol poniente que de repente hace resplandecer el rojo de los pétalos». La correspondencia, en postales y alguna carta breve, certifica el contacto hasta 1974.

Es un gusto pintarla así. Encuentra alivio en el elegante Marcel Naville para sus nervios y su organismo desgastado. El placer de seguir gustando a un hombre, por supuesto que también. No se siente tan radicalmente sola en la ciudad, que así es en lo más íntimo, a pesar de las horas que pasa al teléfono con otra amiga catalana exiliada. Ni como escritora, pues el doctor Naville estará al corriente por ella de la traducción inglesa en curso de su reciente novela. En la segunda postal, de 1966, él la trata de «chère amie», dejando de lado el «chère madame» de la primera tarjeta de la correspondencia, la del ramo de rosas. Esta segunda misiva responde desde el sur de Francia al envío de ella de la versión en inglés de *La plaza del Diamante*. Él le responde sin haberla leído, con cierta no sé si melancolía o cortesía galante: «Sí, con usted siempre hay alegría, en su manera de ser, en su sonrisa, como en sus escritos, estoy seguro». Palabras que tienen el aire de lo que no llega a ser, de lo que tal vez ya ha sido y no volverá más. Todo –amistad amorosa, flirteo, juego, gimnasia seductora– acaba siendo fugaz. Marcel Naville rompió su matrimonio (nadie de su familia con quien contacté quiso recordar nada de él) pero no por ella, no por aquella mujer que se presentó en su consulta como Mercedes Prat y de la que llegaría a saber que era una escritora llamada Mercè Rodoreda.

De esta relación queda, junto con las postales, el efluvio en el relato «Parálisis», autobiográfico sin duda, un punto de vista narrativo escaso en la literatura de Rodoreda, de quien se puede decir que, como en Clarice Lispector, ella misma es la escritura. Lo biográfico en Rodoreda no suele ser directo en tanto que recuento de lo vivido, sino que la escritura es la vida. No indago si su yo narrador se confunde o no con su yo vital, hasta qué punto sus libros son autobiográficos. Preguntarse si inventa o reproduce conduce a obviedades, es tierra baldía. Por eso «Parálisis», tan directo, es especial.

Una mujer habla sola. Se prepara para ir al médico, en Ginebra. Él es ginebrino; ella, catalana. El soliloquio es más y más nervioso, sin signos de puntuación en ciertas frases. La mujer pide un taxi por teléfono. Mientras espera, se marea como le pasaba de pequeña en Barcelona. Imágenes de la vieja ciudad se suceden mientras el taxi la lleva por Ginebra y cruza los dos ríos por el puente de los Desesperados, «allí donde se juntan mezclando agua clara y agua terrosa el Arve y el Ródano. Los que se tiran desde lo alto del puente cuando llegan al agua ya están muertos... La idea del suicidio me hace sentir importante y me enderezo en el asiento y miro Ginebra que pasa. [...] ¿Cómo explicaré la angustia? Y estas ganas de gritar». En la sala de espera del médico, piensa y a la vez no quiere pensar. Recuerdos de Sant Gervasi vuelven a su mente. Llega el médico. La mujer recuerda la primera vez que lo vio, en casa, cuando vino a visitar al hombre con quien vive, Rafael (el único que tiene nombre), y ella le enseñó sus pinturas, de ella. El soliloquio prosigue aún más enfervorecido. La narradora quiere hablar de un enamoramiento, pero a su alrededor y dentro suyo todo se le confunde. Se resiste al amor, se interroga sobre qué es el hombre, qué la mujer. «Si todo es hombre yo también soy hombre [...]. Una mitad femenina otra mitad masculina. El artista. Y el complemento: media manzana engarzada en la otra mitad de manzana no sé lo que me digo.» Siguen el delirio y el funambulismo, la autora entra en escena:

No estoy en la sala de espera del médico, no pienso nada de lo que digo, no estoy emocionada. Escribo. Escribo y no llego a poder comunicar la gran mezcla de sensaciones que quisiera poder comunicar. A la vida de verdad no llega nadie. Intentos, pruebas. Ensayos. Escaramuzas de indio sioux que es el más astuto. Nada. La sonata en el tocadiscos y ¡a llenar folios y folios! Hablo por mí. Y no hablo en absoluto de mí. Cuando alguien muy inteligente dirá: Ya la tenemos aquí con todas sus astucias de escritor que quiere y no puede... y cómo confiesa, Señor... se encontrará con las manos vacías. Hablaré sin hablar de mí y no daré nada. Parálisis soy yo [...]. Y es verdad que yo soy yo si yo no fuera otro...

Aparece el médico.

Y mientras habla me desdoblo [...]. Explico que una vez estuve cuatro años con el brazo derecho medio paralizado y no podía escribir ni mi nombre porque no podía ni coger la pluma y no tenía máquina que no he tenido ninguna enfermedad grave salvo una operación grave en Limoges después de la retirada francesa que me hizo un médico viejo, con la barbilla blanca, de ojos azules que me lo descubrían todo... qué lejos... Todo se va tan lejos [...]. Es verdad que el médico calla y que se establece una complicidad curiosa. Un hombre y una mujer. El cinturón de castidad era una defensa inocente porque esta cosa misteriosa que de repente se establece entre un hombre y una mujer... imperceptible pero aquí. Impalpable como polvillo de ala de mariposa. Me viene como una necesidad de hablar: muy deprisa. Costó que me gustara Ginebra. Me moría de aburrimiento, sin el Louvre, sin los museos, sin calles viejas, sin avenidas anchas. Rue de Prony. Arraigada en París no sé cuántos años en París. [...] Todos dejamos de vivir a los doce años. Por eso tengo todavía la pasión de las flores. No se puede entender. No se puede entender nada. [...] Pero el deseo de un hombre dicen que no termina nunca... [...] *I honour you, Eliza, for keeping secret some things* [Te honro, Eliza, por mantener secretas ciertas cosas]. Qué viene a hacer ahora aquí Sterne [...]. No he terminado nunca un libro suyo. Ni las cartas a Eliza ni *Tristram Shandy* ni el *Viaje sentimental...* pero puede que engañar me divierta y Sterne me gusta. No se puede saber. Otras emociones otras ternuras.

El médico le hace un reconocimiento, ella en combinación negra, vieja, ha ganado peso, se siente gorda. Él escribe la receta, le faltan vitaminas. La acompaña a la puerta, quiere ver a su marido, que no haga tonterías. Sale de la consulta, vuelve a casa. Rafael ya ha llegado. Cenan. Ella se va a la cama. Lee a Plutarco. Duerme mal, se despierta angustiada «y esta sensación me indica lo que he de hacer: irme. Si no me moriré. El corazón...». Sale de casa, no dice adónde, va primero a la farmacia. El relato termina, basta.

«I honour you, Eliza, for keeping secret some things» será el lema inicial de *Espejo roto*, novela que no podrá terminar hasta tres años después de la muerte de Obiols.

No entender es un problema que puede ser un don. Este don, que a la vez es habla, habla común, de cada día, será lo que la guiará cuando ahogue sus malestares y encuentre a Natàlia, a quien el amor sin matices ni aliento convertirá en Colometa. Entramos en el reino de *La plaza del Diamante*. La escribe en un arrebato sostenido de ocho meses. Está sola en Ginebra. Ha ganado el Víctor Català y los *Veintidós cuentos* están ya publicados en Barcelona. Es hora de ponerse de firme con la novela. Tiene cuatro entre manos, recordémoslo. Colometa se le impone, le pide paso, y se entraña en ella, se entrañan la una en la otra.

«Novelas. Ninguna es tan interesante como la vida misma...», le había hecho decir a Aloma, la adolescente que crece deprisa tras el suicidio de su joven hermano y el abandono de su amante. Cuando reescribe la novela, elimina sin contemplaciones esta reflexión de la muchacha. Ahora, la vida de Rodoreda ha entrado en un nuevo capítulo.

Y escribir es, repito su mantra, hacer «escaramuzas de indio sioux que es el más astuto», el deseo de Kafka de ser piel roja. Es evitar que la vida difícil deje sin expresión al artista, ser andrógino, mitad hombre mitad mujer. No teme escribir, tiene ya varios cuentos que lo prueban –con los años considerará que algunos de ellos son lo que más la satisface de su obra–, es capaz de ir a lo más hondo: del exilio, de la guerra, del amor, de las relaciones familiares, de la soledad extrema de los personajes, de los delirios de la imaginación y su imprescindible escalera de la evasión, por decirlo en palabras de Miró, la fantasía simbólica intemporal. Hablará de eso luego con la misma imagen que Lispector para conseguirlo: «Para escribir debo colocarme en el vacío».

En el catalán medieval, en la lengua de Llull, la palabra *recuerdo* tiene el significado de «consciencia», de «uso de los sentidos». La voz de Natàlia-Colometa, el tono de

La plaza del Diamante, le llegan como si sus visiones de la Barcelona de 1949, diez años largos después, la asaltaran otra vez, temerosos sus recuerdos de perder su registro de consciencia, de uso de los sentidos.

Cuando la escribí no recordaba demasiado cómo era la plaza del Diamante real. La quería kafkiana, muy kafkiana, absurda, claro, con muchas palomas; quería que las palomas asfixiaran a la protagonista desde el principio hasta el final. Y fue naciendo dentro de mí, cuando aún no me había sentado ante la máquina con un montón de folios al lado, lo que sería *La plaza del Diamante*. La escribí febrilmente, como si cada día de trabajo fuera el último de mi vida.

Envía lo escrito a Obiols, que se lanza a la revisión del estilo, evaluando frases y cada capítulo, con consideraciones que ella a veces recoge y elabora hasta hacerlas suyas y otras descarta, un proceso que las cartas de él testimonian.

En el vacío necesario para escribir ha encontrado en las palomas una guía y un símbolo, su propia juventud, la madre joven que se encerraba en el palomar de la torre familiar cuando huía de su piso de casada, que ya jugaba y leía en él en la infancia, un palomar pintado de azul, el color que da al de Natàlia. La colombofilia —Barcelona es una ciudad de terrados— era una larga tradición obrera y popular masculina, un resto de cultura rural. Una afición que podría relacionarse con un cierto tipo de masculinidad, alejada de las tabernas, del juego y del boxeo en esa época, hombres especiales a veces sin demasiado sentido de la realidad. En catalán decimos *fer volar coloms*, «hacer volar palomas» en traducción literal, o sea, «vivir en las nubes». Pues eso, así es Quimet, el primer marido de Natàlia, el que la llamará Colometa.

Resuenan así también ecos de la aparición en Barcelona de las palomas urbanas, más allá de las domésticas que, hasta la Exposición Universal de 1929, cuando Mercè fue madre, eran la única clase conocida de palomas, aves monógamas, de las pocas que lo son. Según cuentan las crónicas, las palomas urbanas, por la calle y en los árboles, se hallaban entonces solo en los alrededores del parque de la Ciutadella. La novela de Rodoreda elabora con las palomas una transfiguración que, de nuevo, más allá de lo autobiográfico, se erige en contramoneda histórica de la modernidad, de la cultura popular que representaban los palomares en lo alto de los terrados y, en su versión paloma blanca, del símbolo picassiano en la posguerra fría mundial. Serán las palomas urbanas, que viven en la calle, las que cerrarán *La plaza del Diamante* en la conformidad impuesta por el franquismo en que Natàlia les da de comer.

Aunque luego apele repetidamente a otro de sus mantras, su adolescencia y el baile al que sus padres no le dejaron ir en la plaza del gran entoldado como motor de la novela, no lo creo así; me parece otra de sus escaramuzas de indio sioux. Necesarias escaramuzas: para escribir las unas y las otras cuando te editan y hay que dar cuenta pública, en entrevistas y en prólogos, de los motivos de tu obra, y además en dictadura. Escaramuzas, pues, con el baile inicial de *La plaza...*

Diría que estamos en 1935, cuando no es una adolescente sino una mujer de veintisiete años. Fue el año mayúsculo de la fiesta del barrio de Gràcia, acontecimiento y punto de referencia de los agostos barceloneses hoy como entonces. Una efervescencia absoluta en una ciudad castigada. Meses antes, en abril, fue levantado el estado de guerra con el que el Estado respondió a los Hechos de Octubre de 1934, cuando el presidente del gobierno autónomo Lluís Companys proclamó el Estado catalán dentro de la República federal española. El presidente fue encarcelado en el penal de Cádiz y el alcalde de la ciudad, Carles Pi i Sunyer, más tarde corresponsal de Rodoreda en el primer exilio, también. Cuando salieron, fue un respiro colectivo. Las fiestas de la menestral y popular Gràcia, activas desde 1850, fueron aquel 1935 escenario de un entusiasmo largo tiempo contenido. El programa se amplía. Por primera vez se convocan un concurso de carteles y una feria de objetos en los escaparates de las tiendas. Como el escaparate en que Natàlia y su amiga Julieta ven la cafetera, y así arranca *La plaza del Diamante*.

Las guarniciones de las calles, elaboradas por los mismos vecinos, como lo eran y siguen siendo, fueron aquel año modestas de día y espectaculares de noche, sobre todo en la calle Gran de Gràcia, arteria estrecha y larga que desde el final del paseo de Gràcia, la gran avenida barcelonesa, llega arriba hasta la plaza Lesseps y es el hilo conductor de esta Gràcia federal, sin centro definido, con un rosario de plazas que la ocupan y la definen sin voluntad de jerarquía, que su uso cambiante establece. En razón de lo que estaba aún latente, calles y plazas fueron aquel año engalanadas casi sin motivos políticos, a pesar de la tradición del barrio. La tónica fueron las calles convertidas en jardines, en rosaledas. Se alzaron cinco entoldados, uno de ellos, en efecto, en la plaza del Diamante, y como el de la novela, cerrado (solo dos eran abiertos, sin techo ni paredes, los llamados «de verano»). Un entoldado cerrado o, en imagen de Rodoreda, «todo él una caja de música».

La decepción que da origen a la novela es superior a lo que ella enmascarará después y repetirá una y otra vez, que sus padres no la dejaban ir a bailar. Es un sentimiento más amplio, cuando la escribe, que va de la pérdida de la guerra y del país a la decepción que le ha causado y le sigue causando la Barcelona que encuentra en sus retornos.

Natàlia-Colometa es una voz de la posguerra, de quienes perdieron la guerra y no se exiliaron, de conciencia política y colectiva aniquiladas, con una única alternativa: seguir vivos. Rodoreda lo captó sin vivirlo, dio expresión en Ginebra a lo que había observado y visto fugazmente en Barcelona y no experimentado a fondo, pero sí en Burdeos y después en París; las posguerras igualan por todas partes a las personas corrientes. Aquella Natàlia a quien cambian de nombre, que será llamada Colometa —Palomita, en catalán— por un hombre sin fundamento ni futuro, un republicano que morirá en la guerra, se verá rodeada de palomas que se le comerán el piso. Los pájaros serán, como en el filme de Hitchcock, mensajeros de la muerte, física o simbólica, de una castración que remite a la pérdida de una guerra y de un país que en las vidas de la narradora (Natàlia) y de la protagonista (Colometa), ese doble yo de *La plaza...*, son accidentes brutales, en que su participación no ha contado ni cuenta, como no cuenta en su matrimonio, casi al margen de su voluntad; es algo que ha sucedido y basta.

Palomas que en el potente segundo acto de la novela serán aguijón de filicidio y suicidio, cuando Colometa no puede más con el hambre de la posguerra y el efecto en sus niños, a los que piensa en matar y después matarse ella, como la madre exiliada del cuento de Burdeos «Viernes 8 de junio». Hasta que la encuentra el tendero Antoni, un hombre castrado en la guerra que en la conformación busca un respiro y se ofrece como esposo a Natàlia, que recupera su nombre. Tras entrar, por primera vez después de la guerra, en una iglesia y asistir a una misa de aquellos años de la posguerra franquista más criminal, una ceremonia durante la cual ve alzarse los muertos de la guerra ante su cuerpo alucinado. Y Colometa, ya vuelta a ser Natàlia, sale de la iglesia enfrentada a sus recuerdos –a su consciencia, al uso de sus sentidos. Así sobrevivirá, y un día podrá lanzar el grito que –como la imagen pintada por Munch y *La Montserrat* esculpida por Julio González– dará por fin rienda suelta a sus años de dolor y silencio.

Poética, patética y banal, sin estridencias, mortecina a ratos, la novela disgusta a muchos. Dentro y fuera del país. La presenta al Premi Sant Jordi, que se convoca por vez primera en 1960, y no lo gana ni de lejos. Los lectores regresaban lentamente, los efectos de la guerra cultural del franquismo habían sido y seguían siendo asoladores; al exilio se habían ido también los lectores en lengua catalana. En el jurado, el influyente escritor de no ficción y periodista Josep Pla propugnaba que las novelas debían retratar el momento con más sentido documental, de crónica. Posguerra, estraperlo y mercado negro, repetía. Acción turbia y dinero fácil. Pero no eran esas las novelas que se escribían, ni dentro ni fuera de Cataluña, y por razones diversas «Colometa», primer título de la novela de Rodoreda, fue rechazada. Se ha especulado a menudo en Cataluña con que lo fue por misoginia, por su «vida de mujer» en el exilio y, encima, ser tan buena, escribir tan bien, y algo hay de eso. Pero ya había sido premiada antes por jurados (masculinos) similares y *Veintidós cuentos* estaba en las librerías. ¿Cuentos sí, novela no? Tal vez. Otros motivos, decisivos y plausibles en gran medida, siguen encastrados en la niebla del pasado y su historia cultural. Anna Murià los dejó escritos en 1991, en equilibradas y claras palabras, todavía nuevas:

178

En aquellos tiempos algunos de los que administraban la literatura en Cataluña eran algo hostiles a los exiliados. ¿Por qué? Puede que, en parte, por resentimiento envidioso: con el exilio nosotros nos habíamos ahorrado las dificultades y vejaciones que ellos sufrieron aquí durante el franquismo; no debía faltar quien nos considerara desertores; alguien quizá temía que le arrebatáramos las pequeñas ventajas conseguidas tan costosamente, o también en algún otro podía haber mala conciencia si para sobrevivir en la dura posguerra había cometido algún pecado. Fuera por lo que fuese, la disimulada hostilidad existía y no fue Rodoreda su única víctima.

Y existía la hostilidad abierta, en absoluto disimulada, porque si además de exiliado eres una mujer, y encima independiente y sin medias tintas al hablar, y además escribes tan bien, ya es el colmo, oiga.

No era su primer rechazo en este importante premio (que lo sigue siendo hoy). El año anterior le habían rehusado «Una mica d'història» (la futura *Jardín junto al mar*) en el Joanot Martorell, nombre del concurso previo hasta llamarse Sant Jordi. Sabía que esa novela no estaba bien terminada, que arrancaba bien pero continuaba mal. El rechazo a la de ahora, no, eso no. El desdén a «Colometa» sí que le dolió. Aunque la había escrito y reescrito a conciencia y estaba convencida de ella, la inseguridad, compañía implacable del escritor, la vuelve a atenazar.

Obiols la calma desde Viena. Aquella voz que clama por la inocencia que Rodoreda ha extraído con tanto esfuerzo es un acierto y una proeza:

No hagas caso de lo que te dicen sobre la propiedad del estilo en el que hablan los personajes (es evidente que ningún idiota piensa como el idiota de *El ruido y la furia* [de Faulkner], pero para hacer seriamente una observación así es necesario ser más idiota que él). Tampoco debes hacer caso a eso que ahora «los de allá» llaman «la problemática», palabra que, en realidad, no quiere decir nada.

Pero sí, «la problemática» sería un escollo inicial para *La plaza del Diamante*. A la incomodidad causada por los escritores exiliados se unió el rechazo de los refugiados de América. Colometa les desorientó y nada motivó la relectura durante años. Pensaban en lo que había sucedido, querían una resistencia más activa. Veían un idioma espléndido aplicado a literaturizar visiones mezquinas de la realidad, me decía Avel·lí Artís Gener. No era tanto un juicio literario como el regusto de un personaje sin rasgos morales y políticos heroicos que les pareció de cortos vuelos.

Anna me lo había dicho sin demasiadas explicaciones, y así lo escribí en mi primer retrato rodorediano. Ella misma lo amplió después y lo ha dejado escrito con su prosa reflexiva y precisa:

A los refugiados de México la novela no nos gustó. No era así nuestra visión de la guerra y aquella posguerra no la habíamos conocido. Para nosotros la guerra era nuestra epopeya, la derrota nuestra tragedia y el exilio una posición honorífica. Pero el exilio fue para ella, en Francia, más desdichado. Quién sabe si por eso ella intuyó cómo era para la gente no heroica aquella historia de todos. No, no por eso, ahora lo comprendo: fue su esencia de «bestia literaria» –así lo había dicho de sí misma–, la fina y profunda percepción de la novelista medular, lo que le hizo intuir, adivinar, sentir lo que sentía y percibir cómo vivía todo aquello lo más común del pueblo, la gente mediana que sin pedir opinión ni a los cercanos ni a los lejanos se abalanzó a leer *La plaza del Diamante* e hizo de ella un éxito editorial sin precedentes en Cataluña.

Cierto, no hace falta más que leer sus cartas de París a su pareja en Viena: el destierro y la posguerra en tierras francesas le permitieron captar y expresar «cómo era para la gente no heroica aquella historia de todos» también en Barcelona en sus primeros retornos, y «la fina y profunda percepción de la novelista medular» lo escribió.

El núcleo de la novela es la voz de una mujer que hoy más que entonces aparece ante el lector como personaje espléndido y terrorífico. Banal, nunca trivial, patética, de rara poesía, la narradora de este soliloquio es literariamente compleja, más de como la ven quienes la acusan de bobalicona (¿qué pasaría si lo fuera?; la historia de la literatura no sería la misma sin sus bobos). Es un personaje vivo en la memoria europea y más allá. Sin cualidades ni atributos, sin otra personalidad visible que la que le otorgan las desgracias colectivas, una perdedora por invisible de tan corriente que es. Natàlia-Colometa no solo no es heroica, sino que tampoco tiene la gloria del antihéroe –tan a menudo masculino– ni es una marginal. Por eso es un personaje terrorífico. Forma parte de los seres que la consciencia –el recuerdo, la memoria– quiere olvidar. Rodoreda la dota de un espacio interior personalísimo que nadie a su alrededor comprende, ni ella misma, pero al que no renuncia ni comparte con nadie. Excepto con las cosas y los objetos que la rodean, y con nosotros, lectora, lector.

Pero la inocencia es una ilusión, si no una mentira. O locura, dice el art brut que Rodoreda había seguido de cerca antes de escribir. «Para recuperar el estado de inocencia es preciso dar un gran rodeo por el saber», anotó de Heinrich von Kleist, escritor romántico alemán considerado un forastero en la vida literaria de su tiempo. El exilio entero de Rodoreda es su rodeo hacia las raíces del saber. Indagar el sentido de la inocencia será la misión y la cualidad primeras, sutiles y crueles, que una y otra vez dará a sus personajes. Se sumó así a uno de los temas capitales de la Europa de la segunda mitad del siglo XX. La culpa, la responsabilidad, la inocencia.

«Cuando la empecé quería hacer una novela sobre la condición humana, rehabilitar a quienes hicieron la guerra de buena fe –los había– y poner en primer plano, en vez de personajes monstruos, personajes normales y llenos de bondad, de los que aún quedan. La intención primera era esta», diría.

En la fiebre de escribirla tintinean sus decepciones, en los capítulos menos realistas. La alucinación provocada por la ciudad natal en 1949, cuando se encomienda a la vegetación. La visión fría que la acomete al volver en 1956 para recoger un premio a uno de sus cuentos: «Todo esto de aquí es bastante mediocre. Y esta especie de fárrago de miseria y bienestar carga». Delirio de ver pasar el tiempo y nada mejora en la ciudad en sus formas colectivas. Solo parecen mejorar los negocios fraudulentos de su tío y antes marido, que para nada la quiere ayudar económicamente. El esquema de relación con Barcelona se irá afirmando: responsabilidades familiares / necesidad de volver a estar presente en la vida colectiva como escritora / huida a Ginebra lo antes posible.

Necesidad imperiosa de reencontrar la lengua oral –los monólogos que le darán reputación. Una forma literaria y el registro lingüístico que conectaría con los ávidos lectores en peligro de extinción, como lo estaba entonces la literatura catalana. Novelas habladas al oído, confidenciales.

Así se lo argumenta a quien será pronto su editor:

... no hago hablar a Colometa como a una chica de Gràcia. Además, ella no es de Gràcia, aunque yo no lo diga. Soy yo que hablo y que hago lo que quiero con la sintaxis y que doy un catalán natural y que a veces hago que Colometa se enrede cuando explica cómo son las casas y que procuro tanto como puedo decir las cosas de una manera diferente de como se dicen. Si a veces me sirvo de un tópico es para hacer reír o para emocionar, no por falta de recursos. El estilo verbal de Colometa es mucho más estudiado de lo que parece. Refundo una manera de hablar para que las frases, si no las palabras, tengan una presencia. La manera de hablar de Colometa no es una casualidad.

Presencias, cada frase.

La voz de los hablantes, en el registro más humilde, terrenal, muy muy trabajado. Es lo único tal vez que puede hacer entonces un escritor, que, tras tantas fechorías de las guerras, no podrá ser ya el Dios omnipotente que lo ve todo y todo lo sabe de la novela clásica hasta la primera modernidad, en la que ya se formó de joven.

Así se comunica Colometa con los lectores, con quienes habían pagado con su dignidad. También, como ellos, necesitaba recuperarla.

Las palomas, agresivas y monógamas, devienen imagen de doble filo e intención. Palomas mensajeras que enlazan la ciudad de antes y la de después de la guerra. Palomas callejeras asquerosas, vengativas, que ensucian la ciudad; en absoluto blancas como lo es el símbolo picassiano de la paz asentado en el imaginario de otras posguerras, mientras aquí, en su país natal, reina una paz muerta.

Un miembro del jurado lo capta, el siempre perspicaz y buen lector Joan Fuster, ensayista e historiador literario valenciano. Pasa el original a un joven crítico, Joan Triadú, y a un editor. Y así aparece el editor Sales.

También proviene del exilio. Es un hombre que despierta reticencias, o, en palabras de Rodoreda, «de quien no gusta su forma de pensar». Solitario, obsesivo, de catalanismo esencialista y marginal en el exilio, al que había partido como catalanista radical tras una breve militancia comunista de juventud, y más marginal aún en los tiempos franquistas al regresar, era un editor decididamente intervencionista en los autores y sus originales. De él se dijo entonces que «fabricó» el fenómeno Rodoreda y que muchas cosas de *La plaza del Diamante* son más suyas que de ella (más misoginia). La correspondencia entre los dos revela que ella no era nada fácil de retocar ni menos aún de convencer, tenía bien meditada cada palabra, reescribía sin parar. Pero reconoce en él al autor de *Incerta glòria* (*Incierta gloria*) y su instinto para equilibrar la lengua escrita y la hablada como escritor y como editor. Al igual que ella, había roto casi todas las relaciones con sus amigos de antes de la guerra y del exilio. Autor de esta novela trabajada durante años y publicada antes en francés que en catalán para evitar la censura franquista, había vuelto del exilio con un objetivo bien definido: editar novela.

Ve enseguida el filón: una narración neorrealista, peculiar, eso sí, en un país vencido, una perla rara, puesto que el neorrealismo imperaba en escritores que habían ganado la guerra o la resistencia. Rodoreda leía en aquellos años a Pavese, Pratolini, Buzzatti, el monólogo final del *Ulises* de Joyce y a Robbe-Grillet, releía al medieval Bernat Metge, las *Confesiones* de san Agustín y muy especialmente el *Cándido* de Voltaire.

El día en que recibe la primera carta de Sales le quedará inscrito en el cuerpo. Por fin le habla un alma amiga nueva. Alguien que no es Obiols entiende lo que hace. La novela es perfecta para el gusto y las necesidades de la época, dice la carta. A los que se han quedado les permitirá reconocerse como víctimas expiatorias de verdades brutales, inaccesibles a la razón. A los que han vuelto del exilio, ser transportados a los tiempos posteriores a 1939 que no han conocido y, más aún, les permitirá la ilusión de sentirse por encima de la felicidad final, vacía y aburrida, de Natàlia. Y gustará a los lectores cultos. «Eso de hacerle decir tantas cosas, y a veces tan penetrantes y tan angustiosas, a un personaje como Colometa sin caer nunca en la inverosimilitud, es un acierto incomparable, un *tour de force* [reto] que admirarán todos los entendidos.»

Qué aliento recibe. Tras acabar *La plaza...* había necesitado tres semanas de cama, exhausta. Durante un año sufrió taquicardias por el esfuerzo y seguramente por la frustración causada por el rechazo en el Sant Jordi. Los premios han sido siempre ineludibles en la novela catalana para alentar y encontrar a los lectores, lo fue el Crexells en su juventud y lo son ahora en su mente (inciso: lo siguen siendo), pero no sabe todavía que ella contribuirá de forma decisiva a que no todos los éxitos de público pasen por un premio. «Los disgustos me estimulan», solía decir, y ahora que le llega esta carta de un editor culto decidido a publicar *La plaza...* desaparece la taquicardia.

Al editar la novela, a primeros de 1962, los cálculos del editor son que «el público capaz de leer en catalán comprende únicamente diez mil familias, de las cuales solo dos mil compran libros».

Con las notables excepciones de Fuster, Triadú y la crítica andaluza Paulina Crusat, la crítica no la comentó ni divulgó demasiado, y con todo *La plaza del Diamante* inició, de boca a oreja y al cabo de dos años, su fulgurante y fenomenal recorrido. La prensa en catalán se reducía entonces al mensual *Serra d'Or* y al semanario *Tele/estel*. La prensa en castellano también tardó en reaccionar. Los lectores se recomendaban el libro sin cesar. La crítica intentaría al cabo de poco poner remedio a su ceguera declarándola la mejor novela desde 1939 en las páginas de *Serra d'Or*, mensual de la abadía de Montserrat que ejercía en aquellos años de lugar de encuentro y debate de la maltrecha tradición cultural catalana del siglo y su modernización. Tiempos complejos, la verdad.

Va mucho más a menudo a Barcelona. Su madre muere en 1964, su tío dos años más tarde. La herencia complica las cosas, y muchas gestiones entre la familia de su hijo y ella quedan en manos de Sales. Y, así, los lazos entre editor y autora se estrechan hasta devenir un vínculo, también por la dedicación minuciosa del editor a la promoción de *La plaza del Diamante* dentro y fuera de Cataluña.

Pasan primero por unas cuantas riñas y hasta batallas. Pruebas de fuerza entre un editor astuto y recalcitrante y una mujer insegura que contiene una escritora de mármol pulido. Eso cuando se ven. Cuando se escriben, las tornas se vuelven. Cada vez más interesante, divertida y finalmente leal es la relación que tanto bien haría a los dos. Despúes de las angustiosas cartas de la guerra y de los primeros años de la posguerra, las dirigidas a Sales tienen momentos francamente distraídos. Se trataron siempre de usted.

Algunos fragmentos:

Estoy contenta. Nadie puede saber cuánto necesitaba esta digamos comunicación en el sentido más filosófico que quiera. Me siento reintegrada un poco en una situación que es un poco menos fantasma de lo que había sido hasta ahora. Y mi situación es Cataluña. No es que sea demasiado sentimental o quizá lo soy demasiado y porque lo soy mucho no me permito serlo, pero le debo a usted –a pesar de las rabietas que me ha dado– esta pizca de paz espiritual de haber publicado un libro después de veinte años y pico de silencio, apenas rotos por algún leve balbuceo.

Querido amigo Sales: hace usted reír mucho. Siempre coge el rábano por las hojas o la vaca por la cola. Mis impertinencias, como las llama, son ganas de broma... No sé por qué no se puede decir que en Barcelona hay escritores que piensan que escribir es coger papel y tinta. Qué tontaina es usted. ¿Es denigrar a un amigo decirle lo que a uno le parece verdad? En el mundo literario de Barna [denominación coloquial de Barcelona de uso frecuente entonces] y seguramente en el mundo social más todavía falta aquella criatura que decía, el rey va desnudo y quizá así no alardearían tanto. Me parece muy bien que defienda a todos y todo. Pero a mí la verdad, siempre me ha tentado de mala manera. Me dice –*Sois charmante et tais-toi* [verso de Baudelaire: «Sé encantadora y cállate»] y yo le haré decir, *mon coeur que tout irrite* [«mi corazón que se irrita por todo», el verso siguiente del «Soneto de otoño»]. Y vaya usted a paseo (a ver si encima se lo tomará en serio y cogerá usted bastón y chistera e irá arriba y abajo del paseo de Gràcia. ¡A hacer el mártir!).

Lo que pasa con esta novela [recapitula] es que usted está enamorado de ella y yo estoy celosa por eso y cuando usted la toca doy un brinco que con la cabeza horado el techo. [Y siete meses después:] Con los arreglos a la *Plaza* tocó usted una infinidad de complejos. Y si lo pienso aún me dura.

Escribir, querido Sales, y escribir en catalán sobre todo, es un placer de solitario. De todas formas no crea usted que todo sean grandes ediciones, por el mundo. Si tienes cosas que decir, dilas, aunque te mates. En catalán se puede escribir, también, por un cierto espíritu de rebeldía.

Sales la convenció de cambiar el título original y procuró el definitivo. La edición tomó su tiempo, casi dos años, por los debates lingüísticos que, por carta, ella en Ginebra y él en Barcelona, afrontaron en la corrección de galeradas. Superadas las escaramuzas, estos dos, de sentido riguroso y extremo del hecho literario y de puntos de vista que defendían con ardor, se empezaron a entender. Comparten la pasión por la lengua genuina y dúctil, y por la novela como espejo y poética de los tiempos, que las primeras novelas de posguerra de ella reflejarán.

Le recuerdo en nuestra primera entrevista, que le pedí no a propósito de Rodoreda sino por el impacto que me había causado su novela, *Incerta glòria*, entonces poco difundida, a la que llegué no recuerdo cómo. De la misma manera que en Anna Murià –eran enemigos sin acuerdo posible, de los tiempos del exilio en México–, encontré en Sales un imán que me atrajo más allá de las conversaciones que mantuvimos. Los viejos republicanos me gustan, dije en una suerte de epifanía una noche de copas, humo y charla con un amigo, en el viejo Zeleste barcelonés, cerca de la basílica de Santa Maria del Mar, porque hablan muy bien, por su dominio lingüístico. Un idioma preciso, rico, variado en registros, coloquial y culto, capaz de decir con sus propias reglas cualquier cosa, dotado de giros populares y sabio en la adaptación de neologismos, de gramática y sintaxis perfectas y creativas.

Tiene editor y a partir de ahora no deberá preocuparse más, y aparecerá otro editor, Josep M. Castellet, para los cuentos, la nueva edición de *Aloma*, reescrita, y más adelante, *Viajes y flores*. De acuerdo, vale, no ha de preocuparse por editar. Pero, si volvemos la vista atrás, qué diferencia enorme debía encontrar respecto de la Barcelona de su juventud. Lo dirá así, con los años: «Toda mi experiencia anterior a la Guerra Civil me parece, y me lo parecía más entonces, un sueño irreal, imposible de haberlo vivido». Un pasado que, en esta entrevista de 1979, afirma de manera ambigua. Un «sueño irreal» puede expresar tanto la perspectiva decepcionada por su final como la maravilla de haberlo vivido, de haber participado en unas transformaciones íntimas y colectivas inauditas. Un sueño. Que «lo parecía más entonces». Se expresa a tientas todavía, a los cuatro años de la muerte del dictador. Por si acaso. Evita cuidadosamente hablar de sus años de periodista dinámica y escritora prometedora. Una realidad llena de contradicciones y, por eso mismo, de vida. ¿Idealizo aquellos años? No me lo pregunto porque sí, me viene a menudo a la cabeza que la historia está hecha también de irrealidades, por seguir con su imagen, como si aquello que reconocemos de ella fuera un escaparate cambiante, como los sueños. Pero, la verdad, me he cansado de pensar si mitifico aquellos años. Es que no los conocemos lo suficiente, frágiles como fueron. Puede que después de una guerra y de una dictadura asumamos de ellos sobre todo sus errores; puesto que perdieron es que se equivocaron, y listos. Mira, no en todo. No se equivocaron tanto, por ejemplo en Cataluña, en el terreno editorial de creación de un público lector, de dar empuje a nuevas voces y de difundir traducciones asimismo de voces nuevas.

Mientras escribo estas líneas me llega a casa la investigación de Julià Guillamon, escritor, crítico literario e investigador cultural, sobre las editoriales en catalán de antes de la guerra del 36 y me vuelve a impresionar la historia de Proa, que ya ha salido en este relato más de una vez. Creada en 1928, en diez años vendió ¡más de un millón de libros en catalán! Ninguna editora actual vende tantos. También estaba Catalonia, en la que Rodoreda publica una de las novelas que luego rechazó, editora como sabemos del diccionario de Pompeu Fabra y de la moderna revista *D'Ací i d'Allà*, anfitriona de García Lorca en su librería del mismo nombre, un grupo editorial de la burguesía culta barcelonesa. Pero la editorial en la que Rodoreda quiere publicar es Proa, de otro signo. Casi todos los lemas de capítulo de *Aloma* y de *La plaza del Diamante* son de autores publicados por Proa, traducciones la mayoría. Unas traducciones solventes que presentaban al público obras recientes de autores del momento. *Mrs. Dalloway* de la Woolf, en versión de C.A. Jordana, se publica cinco años después de la original. Andreu Nin traducía a Dostoievski, Tolstói y Chéjov. Esta vitalidad del momento editorial en lengua catalana no es ninguna idealización, existió. Editoras modernas que piensan en términos de sociedad de masas, con el objetivo de crear un público (inexistente en novela hasta entonces en lengua catalana), con libros bien encuadernados de diseño impecable y moderno, a precios reducidos y con espíritu de colección; un volumen al mes, para fidelizar lectores y crear suscriptores de la Biblioteca Proa que permitieran la continuidad de la empresa. Uno de sus fundadores y el de mayor empuje empresarial, Josep Queralt, lo explica así en una carta de 1951 a un mecenas que tal vez pueda ayudar a Proa a renacer en el exilio, en Perpiñán: «La profundísima influencia que esta Biblioteca ejerció sobre nuestro público, nuestros autores, nuestros críticos e incluso nuestra vida social. La lectura, cada mes, de un volumen original o traducido había ido modificando la sensibilidad y la comprensión de nuestros hombres y de nuestras mujeres». Sí, de las mujeres también, el señor Queralt es perfectamente consciente de lo que dice. El otro fundador de Proa era Marcel·lí Antich. Los dos provenían del mundo de la cultura obrera y de los ateneos populares. Les alentó Pompeu Fabra en esta lograda aventura. No, no es el pasado y basta. Es uno más de los indicios de la energía segada por la guerra y es, de manera bien especial, el espejo roto por este tajo y esta pérdida en los autores, Rodoreda aquí, y el público. Me vuelve de nuevo a la mente el pintor gallego surrealista Eugenio Granell, en una entrevista cuando ya era muy mayor: sostenía desde hacía mucho, y me lo repetía entonces a mí, que la Guerra Civil fue sobre todo, en el sentido más amplio, de lo pedagógico a lo político de todo orden, una guerra cultural.

Ahora, en Barcelona, las cosas no tienen aquel vigor. Tenían otro, o puede que ni eso, le parecía a Rodoreda, algo que ni «vigor» podía llamarse. «Todo esto de aquí es bastante mediocre. Y esta especie de fárrago de miseria y bienestar carga.» Uno de sus versos de 1948 referidos al destierro anticipa, meses antes de su primer regreso, la ciudad como exilio que la recibirá: «Ciudad de ninguna parte a la que toda cosa va». Los dos versos siguientes apelan al «afán oscuro del vacío que quiere salvar / el último sueño de un agua dispersada» que la sostiene; valen tanto para su exilio político como para la Mercè Rodoreda de vuelta a casa, al menos a la casa de la edición, a sus libros frescos de tinta, a los lectores. De momento, un cierto vacío, sí. Publica *La plaza*... y un día de aquel mismo año 1962 escribe a su viejo conocido de Roissy Joan Oliver, el poeta Pere Quart, regresado del exilio unos años antes y que también se había encontrado con recelo y vacío: «No escribo pensando en los lectores, me parece que no hay». Los lectores aparecerán, la novela será un éxito continuado al cabo de dos años gracias a los lectores, pero de entrada ella sentía el vacío. En perspectiva histórica, se lo resumía así a Baltasar Porcel en 1966: «en Cataluña la novela disimula y no significa. Maticémoslo un poco: disimula mucho y significa poco», y la literatura del momento «me lleva a pensar en aquellos terrenos en los que un descalabro geológico ha plegado y mezclado estratificaciones: es difícil, al menos para mí, vislumbrar su sentido».

No puede decir de nuevo lo escrito al poeta Carner tras su primera visita en 1949: «Afortunadamente, todavía hay encinas, pinos y retama, y es muy posible que, a partir de estos elementos, se pueda reconstruir todo». ¿Se había en verdad reconstruido? ¿Se podría reconstruir? ¿Se ha reconstruido?

18. PASEO POR EL BARRIO CHINO

No se había reconstruido, al contrario. A los pocos meses de publicada *La plaza del Diamante*, la torre familiar se desmorona. La gran nevada en Barcelona el día de Navidad de 1962 se la lleva. Los hermanos Gurguí no se estaban ocupando de ella, la torre lleva tiempo deteriorándose y la quieren vender, en medio de discusiones tremendas que Mercè le pide a su hijo, ya casado y con hogar propio, que trate de contener. Tras la nevada, los hermanos aceptan una oferta por el solar. Mercè alquila una habitación para su madre, en la que Montserrat Gurguí vivirá hasta su muerte en 1964. La casa hundida, la familia dividida cuando muera su tío y padre de su hijo: las relaciones familiares se van a pique como lo había hecho la torre Gurguí bajo la nieve.

¿Qué podía hacer? ¿Cómo reconstruirse de nuevo, otra vez? Escribiendo, publicando.

Para Sales, *La plaza del Diamante* es un impulso decisivo de su proyecto editorial y un motor de su vida interior. La relación con Rodoreda, muy sentida por él, intensa. Se consagra en buena medida a sus libros, a mover sus traducciones, a evitarle cualquier problema con la censura franquista, a respetar su ritmo de producción y a la vez a animarlo, a procurarle la oportunidad de premios literarios bien dotados. Es un interlocutor literario y su casa en la colina del barrio del Carmel –la habían construido él y su esposa, Núria Folch, al volver del exilio– será un cierto refugio para la recelosa Mercè cuando le tome el pulso al obcecado y entremetedor Sales y se acaben las trifulcas entre autora y editor. Su jardín, áspero y resistente, sus meandros, que permiten avistar Barcelona en panorama desde un barrio popular y entonces todavía bohemio en este lado de la colina carmelitana, aparecen en perspectiva como un espacio fértil para la escritora.

En los años sesenta Rodoreda atraviesa la ciudad desde su barrio de Sant Gervasi, camina y camina, pasa por la casa del amigo y a ratos confidente Joan Triadú en la calle entonces llamada Príncipe de Asturias, sigue, aquel día u otro, hacia República Argentina, hasta la casa de los amigos poetas Carles Riba y Clementina Arderiu, ante el puente de Vallcarca, sube por el puente, aquel día u otro, hasta llegar a casa de su editor. A la vuelta, deshace el camino o sigue otro recorrido y otras calles, pasea y pasea, tal vez por Gràcia, y baja quizá hasta la Rambla. Así recorre la ciudad y se evade de la vida familiar. Ella y los Sales son de la misma generación y atesoran un pasado de exilio que no desean contrastar demasiado ni recordar en voz alta. Les gusta criticar el presente y desmarcarse tanto del franquismo como del exilio y hasta de la resistencia catalanista interior, pero sobre todo prefieren hablar de literatura y de los escollos a salvar para que la lengua y la cultura catalanas puedan retomar una cierta normalidad.

Sales también estaba orgulloso de *Bearn*, la novela de Llorenç Villalonga que junto con la de Rodoreda era una prueba feliz de la creación literaria de posguerra. Podía ser muy convincente. Había conseguido que el escritor y psiquiatra mallorquín privilegiara la lengua catalana en su literatura. Su comprensión de las capacidades creativas de los autores iba a menudo del brazo de su propia potencia literaria, atenuada, a menudo demasiado, por un cambio de raíz de las perspectivas de su juventud, cuando había sido uno de los fundadores del efímero Partido Comunista Catalán y junto con amigas y amigos celebraba misas negras, cocaína incluida, en la capilla de Marcús de la Barcelona vieja. De Villalonga había logrado que aceptara suprimir el último capítulo de *Bearn*, en que la homosexualidad del narrador se hace más explícita. A ella la convencería una vez, y solo una vez: eliminar la imagen de unos fetos conservados en formol.

No comprende, en cambio, el alcance del proyecto *La muerte y la primavera*, que Rodoreda tiene siempre en mente y que en su primera versión la presenta al año siguiente de su fracaso en el Sant Jordi, en la convocatoria de 1961, y de nuevo fracasa. El editor Sales no la asumirá; lo hará su editorial de manera póstuma, gracias a su viuda y asimismo editora Núria Folch. Su olfato le decía que Rodoreda debía continuar con novelas en la estela de *La plaza...* Sus razones no eran ciertamente rechazables, además de a su gusto literario obedecían al pragmatismo y a su análisis de la historia cultural catalana y sus necesidades en aquel momento. Lo he pensado a menudo: si Rodoreda hubiera publicado entonces *La muerte y la primavera*, que tantos años tras su edición póstuma en 1980 ha tardado en encontrar a sus mejores lectores, su recepción de autora, su lectura en el ámbito lingüístico en los años sesenta y setenta, habrían cambiado radicalmente de signo, es bien posible. No la habrían acompañado tantos lectores como logró tener en vida.

Es el momento de escenificar el retorno público. Escena complicada, la suya. El mundillo cultural la sigue evitando. Los escritores jóvenes oscilarán entre su influencia y el alejamiento de su obra. Pero no los lectores; no la evitarán, al contrario. A ver cómo lo hace, cómo lo compagina, tras tantos años de vida solitaria. Tras la muerte de su madre, compra un piso en la calle Balmes, delante de la torre familiar desaparecida. Pero lo ocupará poco; las relaciones familiares serán más escasas, aunque durante un tiempo ha obrado de abuela en algunos de sus viajes. Está acostumbrada a vivir sola. Su mundo íntimo y de trabajo está en Ginebra, aquellas cuatro paredes de la rue Vidollet que para ella son Cataluña, dirá y repetirá, donde escribe para su gente. Si no escribe escucha música, y si acude alguien es Obiols y pocos más. Cómo adoptar una imagen pública en Barcelona. Dilema arduo. Pero debe hacerlo, la fama es exigente. *La plaza*... le aporta ya buenas liquidaciones anuales, la independencia económica que ha conocido bien poco, y un público. Tiene lectores. Tendrá también premios y reconocimientos pero sobre todo ahora ya tiene lo importante, lectores. No se dejaría llevar así como así, sin embargo, por la fama y sus demandas.

Su próxima novela, *La calle de las Camelias*, estará dedicada a su madre y repetirá suerte. Es una obra producto –la provocación, la provocación de Rodoreda– del nuevo rechazo en el Sant Jordi de *La muerte y la primavera*. Siguió trabajando en el original casi hasta la neurosis. «Para desenfardarme de ella», empezaría la historia de Cecília Ce, una criatura de apenas días abandonada en la calle de las Camèlies que por amor dejará la casa y comenzará un periplo angustiante, violento, desde el montículo más pobre del Carmel vecino a las barracas de la playa del Somorrostro, el Eixample burgués y la Bonanova de morro fino en la Barcelona de posguerra. La escribe durante dos años, los siguientes a la muerte de su madre. La publica el año de la muerte del padre de su hijo.

La prosa y el ritmo de la novela, de nuevo en soliloquio, están en correspondencia y divergencia a la vez con los de su anterior heroína. En palabras de Rodoreda: «Necesitaba encontrar una estructura como la de *La plaza del Diamante*. Caí en una trampa. Me había puesto tanto en la piel de mi personaje, tenía tan cerca a Colometa, que no podía rehuirla. Solo sabía hablar como ella. Tenía que encontrar a alguien completamente opuesto. Y así nació, ligeramente patética, ligeramente desolada, Cecília Ce». En su desarrollo, el patetismo y la desolación bañan esta novela de imaginación gótica y feroz, de prosa prodigiosa de levedad fugaz, el estilo mayor rodorediano.

Prostituta y luego mantenida de nueve hombres, drogada y violada en grupo por tres de ellos –un hombre de negocios, un historiador y un sastre–, Cecília es una criatura más encerrada en sí misma que Colometa, cerca del autismo. Su historia es mucho más virulenta que la de Natàlia, llena de violencia sexual, de género. Ella misma resume su vida diciendo que «la había pasado buscando cosas perdidas y enterrando enamoramientos», un desierto emocional. Su nombre, primer título de la novela, no le permitirá saber nunca su apellido, ese «Ce» del papel escrito que llevaba atado al pecho con un imperdible, roto, cuando fue abandonada, papel que solo permite leer «Cecília» y ese linaje amputado. Vive largos períodos de reclusión mental, un intento de suicidio y cuatro abortos, cuatro, hasta la esterilidad. Rodoreda dispone en una escena los cuatro fetos en formol en tarros de vidrio, uno junto a otro; no era infrecuente en su niñez, lo había visto en casa con el feto que habría podido ser su hermano. Escena que

Sales le pide eliminar y elimina; en *La plaza...* la había incluido, con un solo tarro.

«I have walked many years in this city» (He caminado durante años por esta ciudad) es la cita del poeta T. S. Eliot, de «Una canción para Simeón», poema de resonancias litúrgicas, escogida como epígrafe de la novela. Caminando desde su piso en Sant Gervasi hasta la casa de los Sales en el Carmel por el puente de Vallcarca, notable por sus suicidas, había imaginado el tránsito de Cecília Ce por la Barcelona de posguerra en busca de amor, identidad y casa propia. Si Natàlia-Colometa era una dependienta de Gràcia, Cecília sería un bebé abandonado a la puerta de una de las humildes torres de la calle de las Camèlies, en un barrio nuevamente popular, el Guinardó, en la frontera con Gràcia y el Carmel. Una muchacha que dejaría aquella calle y a sus padres adoptivos para, sin darse cuenta, con la guerra que le pasa por encima sin más, convertirse en una prostituta alienada que recorre la ciudad y sus límites. Flor de cactus desarraigada, en imagen del primer capítulo que la arropa.

Para la portada, que autora y editor querían bien distinta a la más bien costumbrista de *La plaza...*, Rodoreda y los Sales emprenden una inspección al barrio Chino y al Paral·lel, centros nucleares alrededor de la Rambla de la Barcelona portuaria y de sus espectáculos barriobajeros, en busca de un retrato de cabaretera que la ilustre. Estamos en una ciudad (todavía hoy) dividida socialmente por la avenida Diagonal, entonces del Generalísimo, que la atraviesa y separa a quienes viven a uno y otro lado de ella, hasta el punto de que la Rambla ha sido y es la gran desconocida de Diagonal arriba, excepto para sus transgresores, claro. No lo fueron durante los años republicanos, en absoluto, pero eso quedaba lejos para esos tres que, desde el Carmel que corona la ciudad, se dejaron caer por los antiguos lugares urbanos de las noches de su juventud a la búsqueda de una estrella de cabaret por las calles que Cecília Ce recorría en la novela. Qué excursión, qué paseos, la imaginación vuela. Decidieron para la portada una foto despampanante, un primerísimo plano de una vedete, ni de un cabaret del Chino ni del Paral·lel sino de uno bien conocido de París, una vedete inventada. No he podido saber hasta ahora si existió nunca una Lilly von Karachi ni tampoco, si no existió, quién era la mujer de la portada. Hace años, en 2006, publiqué un reportaje sobre la coincidencia editorial de *La calle de las Camelias* y *Últimas tardes con Teresa* de Juan Marsé, las dos de 1966. Núria Folch me contó entonces esta excursión; no recordaba de dónde salió la foto, pero mal que bien creía que de un cabaret del Paral·lel... Son dos novelas bien distintas, las de Rodoreda y Marsé de 1966, que comparten ciertos escenarios. Aunque en verdad el buen paralelo entre estos dos autores lo trazan *La calle de las Camelias* y *Si te dicen que caí*, publicada en México en 1973 para eludir la censura franquista. La de Rodoreda es una anticipación de la de Marsé. Prosas y ritmos distintos de dos voces arriesgadas, una en catalán, la otra en castellano, para decir a fondo la porquería de la posguerra, Rodoreda siete años antes.

La calle... es otro soliloquio, fuera de razón desde el inicio. La narradora y el personaje son uno; Cecília nunca ha sido otra que no sea la que es, a diferencia de Natàlia y Colometa. Entonces sí que ganó el Sant Jordi, no porque se presentara sino porque en 1967 se concedió por primera y única vez a una obra publicada. Ganó después dos premios más, el de la Crítica y el Ramon Llull. Ganó con la mantenida lo que se le había negado a la dependienta. Qué cosas. Ya lo quería, un buen golpe de efecto, pero no esperaba premios. Seguro que los alentó Sales, y le salió redondo; al cabo ella había imaginado, tras Colometa, a una prostituta no sin la intención de pasarle la mano por la cara a la tan a menudo timorata y puritana escena cultural barcelonesa que, agradaran o no ella y sus libros, no tendría otra opción que aceptar su éxito, entonces restallante ya entre los lectores.

El acierto fue de envergadura. *La calle de las Camelias* es una novela fulgurante en la literatura rodorediana y en el ámbito de voces y actitudes que en estos años novelan la ciudad de Barcelona. Aporta de nuevo su capacidad visionaria, de comprensión de la ciudad sin vivir en ella. A la manera de Clarissa Dalloway, en una sola jornada en la novela de Woolf, Cecília recorre durante días y días la ciudad después de la guerra, que se menciona de pasada, desde unos barrios asimismo escogidos como escenarios por el joven Marsé, esta zona fronteriza entre Gràcia, el Guinardó y el Carmel. Cecília deja la calle de las Camèlies y va a parar primero a un barrio de barracas, muy extendidas en Barcelona. El Somorrostro, en la sucia playa que era entonces la del litoral entero de la ciudad, era el reino negro de la dama gitana Carmen Amaya, bailaora de tronío y gran arte; pero en el de Rodoreda no hay nada que lo alegre. El mundo gitano es solo pobreza; el Somorrostro, una tierra de nadie, que acoge charnegos, palabra que seguramente conoció a través de Sales. Incorpora a emigrantes peninsulares y sus palabras en castellano, que no llegan a ser diálogos. El Somorrostro desaparece el mismo 1966, año de la publicación de la novela, a raíz de una visita del dictador. Vive ahora en esta novela.

Nuevos emigrantes visibles en la ciudad, los nuevos catalanes a quienes estaba dando voz un Marsé más joven.

Francisco Candel había publicado en 1957 la novela *Donde la ciudad pierde su nombre*, y cuando ella escriba en Ginebra *La calle...* él estará terminando en el barrio del Port, tras la colina de Montjuïc, su decisivo reportaje *Los otros catalanes*, publicado primero en catalán, en 1964, un libro propulsado como un reguero ardiente inmediato entre los lectores por una nueva y potente editorial que marcaría la época, Edicions 62.

El héroe de *Últimas tardes con Teresa* arranca su recorrido en el Carmel más pobre, por donde décadas antes había transitado Cecília Ce, hasta Sant Gervasi, el barrio de Rodoreda, transformado de raíz durante la posguerra. El Pijoaparte marseano es un macho que será castigado por creer que la rubia, rica y progre Teresa de la acomodada parte alta de la ciudad le rescatará de su barraca y la falta de expectativas urbanas. Durará en la memoria de los lectores, mecido por la crítica y los medios, hasta convertirse para tantos en un cierto símbolo de la Barcelona de los años sesenta. Cecília Ce no ha tenido la suerte de ser un personaje metáfora como él; es más incómoda, mucho más. Una mujer envilecida. Se diría surgida de la grotesca serie *Barcelona* de Miró, de 1944, y desde luego de las exacerbadas pinturas de Rodoreda, tanto por su historia como por su manera de contarla. Un soliloquio desarraigado desde su primer balbuceo, anestesiado, una escritura que transmite por debajo y por encima de cada línea un desajuste emocional y psíquico extremo.

Es mucho más incómoda que su colega marseano, y de manera esencial, por ser en buena medida imagen de la Cataluña que vaga perdida por una ciudad bien lejana de ser la capital de antes de la guerra, que pocos se atreven a recordar y menos a alzarla en público. Una ciudad prostituida, sonámbula.

Es una conjunción de coordenadas elocuente. No será, no es, una escritora de las clases medias barcelonesas como de alguna manera lo son Carmen Laforet y Ana María Matute. Su mundo es de extremos sociales en *Espejo roto* y decididamente popular en su conjunto, sea realista, de imaginación fantástica, especulativa, simbólica o abstracta, mítica.

Escribe la historia de Cecília entre octubre de 1963 y diciembre de 1965, en Ginebra. Bebé abandonado y recogido por el señor Jaume a la puerta de su torrecita, no irá a la escuela. Su padre adoptivo tiene rasgos del abuelo que evocará en sus breves memorias de infancia, y la primera parte de la novela está armada con iluminaciones –el jardín, la primera escapada al Liceo, las rejas– de una reconstrucción, a los cincuenta y siete años de la autora, de su consciencia-recuerdo barcelonesa y el uso de sus sentidos para expresarla. La autonomía respecto del contexto histórico es superior a la de *La plaza...* La guerra campa vagamente en dos capítulos y la posguerra ocupa todos los siguientes, sin referencia histórica alguna a los años republicanos. Es la contracara de la vida de Natàlia-Colometa.

La ciudad está pintada con tonalidades que remiten al cine coetáneo de Rossellini y más todavía a Pasolini, a la combinación de propuestas narrativas y épicas, y sus tonos y acentos, que el poeta del Friul llama «cine de poesía» y contrapone al «cine de prosa».

Huellas en esta novela de la imaginación de *La muerte y la primavera*, que la precede sin solución entonces. Para respirar de su peso, repito, escribe la historia de Cecília. «Los muertos, con el tiempo, huyen del cementerio.» Y como en casi todas sus novelas, es la historia de una casa abandonada o inhóspita y la búsqueda de un hogar.

En Cecília vacía tanto: estados psicológicos descarnados, posibles de ser escritos si se han vivido y trabajado a fondo para forjar su lenguaje y su prosa, una ausencia sustancial de idealizaciones y una escritura precisa de cosedora –sobre un ascensor: «Dentro apestaba a plancha caliente, latón de dedal sudado y ropa de lana húmeda»–, de gran dominio de los colores y las flores para expresar emociones: dulzura, rabia, pánico. Cecília es la contramoneda de Colometa y también su doble; como ella, habla desde un fuego interior que ni ella comprende. Rodoreda no escribe sobre la pasión, en ninguna obra en realidad. En ella la pasión es el principio y la fuerza motriz de su escritura, del acto mismo de escribir.

Así lo explica: «Debo escribir seguido, viviendo sin pausas la pasión que me llena», razona al escritor y crítico literario Robert Saladrigas en una entrevista de 1972, y le confiesa: «Con algunos de mis cuentos he sudado sangre, y son los que más me llenan del conjunto de mi obra». Lo consigno de nuevo porque en tantos momentos *La calle de las Camelias* lleva a pensar en los relatos más crueles y trastornados de *Mi Cristina y otros cuentos*, que publicará un año después: una colección de imaginación alucinada y de aliento fantástico, de ecos míticos y tensión lírica desgarrada, a menudo abstracta, simbólica, de un realismo interior de protagonistas condenados a una soledad tan intensa como la de Cecília y que, como ella, encuentran un camino impensado de destellos. Aquello que amamos, permite concluir el libro, es lo que nos puede salvar, pero al precio a menudo de una transformación radical de nuestra naturaleza. Y seremos peces y salamandras, y rayos de luna nos acogerán. Una pasarela, estos dos libros, *La calle de las Camelias* y *Mi Cristina y otros cuentos*, hacia su estilo tardío, sus soliloquios más depurados.

Faltan días y años para sus obras últimas, pero ahí ya están las vigas maestras de su arquitectura espiritual y literaria. La pasión de la escritura prende y arde ahora con más furor, una brasa continua. Como en Marguerite Yourcenar, sobre todo en sus *Fuegos* (1936), el fuego íntimo de la pasión alimenta un anhelo, colmado a través de la escritura. Puede que toda escritura que se precie radique en eso. Ellas son dos buenos ejemplos.

¿Cómo llega a imaginar, a situar, la acción en el barrio gitano litoral del Somorrostro? La miseria conocida en el primer exilio en Francia no debía ser demasiado diferente de la de estas barracas y otros paisajes y escenarios de su obra. Una de sus mejores intuiciones y no menos magnífico hallazgo fue buscar, recoger y escribir lo que había sido común entre aquellos que se habían ido y aquellos que se habían quedado, así como entre emigrantes y exiliados, en los pasajes del Somorrostro y el Carmel. También los exiliados habían vivido así, algunos todavía vivían así.

Cecília será abandonada por el gitano del Somorrostro y por el emigrante de la casa de los lirios del Carmel, hará la Rambla, el barrio Chino y el de la Barceloneta y se instalará en el cruce de la calle Mallorca con la Rambla de Catalunya como mantenida de un hombre de negocios que tiene como amigo a un historiador –uno de los tres violadores, en grupo, de Cecília, recuerdo aquí, por si no era suficientemente preciso el sentido histórico. El Eixample central barcelonés, obra urbana mayor del escaparate social de la burguesía bien asentada y no siempre inculta de siglo y medio antes, es en la posguerra nido de miserias vitales y colectivas de quienes habían apoyado con vítores y dineros a los vencedores de la guerra. Lucía su composición urbanística, inexistente en el Carmel y el Somorrostro, dos de las barriadas de asentamientos autoconstruidos por los gitanos y los emigrantes llegados en los años sesenta huidos de la represión franquista a menudo y siempre de la pobreza. Pero ahora el Eixample era una herencia burguesa degradada por la desidia y la codicia de sus propietarios no exiliados, herederos de la guerra y estraperlistas de la posguerra. Un espacio urbano en descomposición interior.

Describe los interiores del Eixample con la memoria involuntaria de las calamidades físicas y urbanas de las fincas, habitaciones y tugurios conocidos en Limoges, Burdeos y París, y las sospechas y deducciones sobre los negocios ambiguos en la ciudad del padre de su hijo. La vecina Constància, la alfombrilla, la luz de gas sobre Cecília, gente entrando y saliendo, todo remite a las cartas de los primeros cincuenta a Obiols desde París dando cuenta de sus vecinos, esa Caterina citada una y otra vez. Al tiempo que su humorismo tétrico, a la Fielding o a la Swift, intensifica una comicidad de novela gótica, que no es tanto un rasgo de Cecília como pinceladas de la autora en la bisagra entre estilo y moral.

La ciudad por la que deambula la sonámbula Cecília Ce en estas calles enrarecidas es más y más ajena. Pasa tardes en un café cercano, en el bulevar de los Jardinets de Gràcia, alzados en la frontera entre el Eixample y Gràcia durante los fastos de la Exposición Internacional de 1929, vieja conocida de estas páginas. La novela pierde luz, se hace oscura con su protagonista, era más luminosa en las barracas del Somorrostro, en la casa de los lirios del Carmel, en la pequeña torre de la calle de las Camèlies cuando de niña la vestían de llamarada. Los ejes de su recorrido urbano letárgico son después la Rambla de Catalunya y sus tilos, paseo sucesor de «la calle Roja» cercana a la plazoleta de Marcús de la ciudad vieja durante sus tardes y noches de calle sin chulo. En el café de los Jardinets conoce a un político –personaje más raro si cabe en Rodoreda, alusión de calado aquí. Este hombre le comprará un piso, pero aun así Cecília logrará zafarse de unos y otros hasta llegar a tener una pequeña torre propia en el suculento y franquista barrio de Pedralbes, fronterizo con el de Sant Gervasi, y allí su casa tendrá un papel de extrañamiento y acoso en su dueña similar al del palomar de *La plaza del Diamante* en Natàlia-Colometa. No le durará demasiado. Será demolida, como lo había sido la torre familiar de Mercè. Cecília deberá rodar más de aquí para allá hasta encontrar algo de paz, significada en el encuentro final con el sereno que la recogió recién nacida y la dejó al pie de una casa, y podrá así ser de nuevo aquella niña. Y contar su historia.

El tono y el ritmo de *La calle de las Camelias* la acercan, además de a su propia pintura, matriz de tantas de sus imágenes, al cine por la inalterable capacidad de síntesis de este arte. La novela transita como un sueño en la mente del espectador, sus páginas son la pantalla de proyección de un relato interior. Llegan ecos de *Luz de gas* (Cukor, 1944), *La ventana indiscreta* (Hitchcock, 1954), *Repulsión* (Polanski, 1965).

Una lectura histórica sin concesiones se proyecta, más subterránea, mucho más, que en *La plaza del Diamante*, sin parangón. Hija de una sombra, que así se ve Cecília, sin padre ni madre, sin linaje, recogida por un sereno que en un papel parece haber querido escribir, o alguien lo ha intentado, el apellido del bebé, con otra letra menos educada que la de su nombre Cecília, y ni eso ha podido, dejar el apellido entero escrito sin que se rompa el papel, tal vez al coserlo con un imperdible en la ropilla de la criatura, chica huida de su casa adoptiva durante la guerra, es una representación aguda de una conciencia histórica anestesiada: no se da cuenta de nada. Los tres hombres que la violan en trío conforman un collage elocuente de las razones de esta conciencia dormida sobre el presente y el devenir de la ciudad de Barcelona, y por extensión de Cataluña, que Cecília encarna: un hombre de negocios dueño del piso en el que la ha instalado, en la mejor zona de la ciudad emprendida con la modernidad, el Eixample, un historiador que escribe o escribirá la historia oficial de estos años y un sastre que define la apariencia y los trajes del momento, los de quienes los puedan pagar. Ella no puede, de ninguna de las maneras, darse cuenta de nada ni ganar nada en la ciudad. No podrá salvar nada físico; perderá la torre de Pedralbes sin poder evitar su destrucción, como tampoco pudo su creadora salvar la suya. Tal vez, tal vez, recupere algunos recuerdos felices, no estoy segura.

Cuando paso por el bulevar de los Jardinets, el del «café de los helechos», la imagen de Rodoreda del bar que hasta hace no tanto estaba arriba a mano derecha, yendo hacia la calle Gran de Gràcia, eje de la historia de Natàlia-Colometa, me pregunto a veces si en alguna ocasión se cruzaron estas dos contrafiguras de una catalana de posguerra, Natàlia y Cecília, destellos de aquel agujero negro y su honda poesía. Nadie se hubiera querido reconocer en ellas cuando les dio vida, pero lo lograron, la primera más que la segunda, pero lo han conseguido. Su misión y gloria fue decir aquello que no se podía decir.

19. SUEÑO DE VIENA

Admiración y estupor: ¿cómo ha podido trabajar tanto y en obras tan complejas en diez años cortos? Estamos en 1967. Salen *Mi Cristina y otros cuentos*, terminados en Ginebra, y, revisada de arriba abajo, *Jardín junto al mar*, tras *La plaza del Diamante* y *La calle de las Camelias*. La *Aloma* reescrita saldrá dos años después. Y más: dos novelas que no puede terminar, *Espejo roto* y *La muerte y la primavera*.

Las dos han sido alentadas por Obiols, pero no hay manera. Las llevará consigo durante años. Arrastrará *Espejo roto* ocho años, con el título inicial, «Una casa abandonada»; el definitivo le costará encontrarlo. Una casa finalmente vaciada, escrita con las astillas de un espejo quebrado, Cataluña. Reflejo asimismo en el espejo del modelo hecho pedazos de la novela realista clásica y sus variaciones. La terminará tras la muerte de él. Pero no *La muerte y la primavera*, no la concluirá. Quedará inacabada, aunque no incompleta; dejará diversas versiones. Era una novela muy negra, decía, que le exigía estar ella misma también muy negra. Negra lo estará cuando él muera, y luego volverá a imaginar y reorganizar esta magna novela, pero no la concluirá. ¿Qué sucedió? Él la había seguido tanto y tan a fondo que puede que eso

mismo le impidiera terminarla: la sombra de él y su muerte.
Tal vez.

Obiols. No sé, mientras escribo, cuánto tiempo más
continuarán sus restos en la tumba vienesa; no me sorpren-
dería nada que hayan sido trasladados ya a la fosa común.
En 2019 visité la tumba, en el Zentralfriedhof, el Cementerio Central de Viena. No había manera de encontrarla, era
sábado, la recepción estaba cerrada, no era posible pregun-
tar por él. Por suerte llevaba el libro de Anna Maria Saludes
que recopila sus cartas a Mercè e incluye una fotografía de
su lápida unos años antes. El nombre grabado era «Juan
Prat». La tumba estaba, pero no la lápida. La administra-
ción del cementerio confirmó después que solo se había re-
tirado la lápida, no los restos. Escribí entonces en *Rodoreda
paisatges* (Rodoreda paisajes) y vuelvo a escribir aquí: la lápida en el Cementerio Central de Viena, en el que fue enterrado al morir el 15 de agosto de 1971, ha desaparecido. Se
retira cuando se dejan de pagar los gastos de alquiler y man-
tenimiento. Gastos que no pagaban Mercè ni la hija, Anna
Maria, desde Chile. Los cubría Pilar González, secretaria de
la sección dirigida por él en la Agencia Atómica y buena
amiga suya, bastante más joven; cuando muere, no se hace
cargo nadie más. Desde agosto de 1991 no se ocupa nadie.
Un final a medida de un autor sin obra, un exiliado
que no vuelve a casa, un hombre que deja correr todo lo
suyo como agua entre las manos.

Mercè va de tanto en tanto a Viena. Lo hace más a
menudo cuando él enferma, de una tuberculosis cerebral
que lo conducirá a la locura y la muerte. En Viena reside
desde 1960 el hombre doble que aquí será triple. Joan

Prat, Armand Obiols, Juan Prat. Es el jefe de traductores al español de la Agencia Atómica, empleo que acepta para apuntalar la situación, la de los dos. En Ginebra temía la inestabilidad en la Unesco, autónomo, temporero, con contratos breves; por edad no podía ser allí funcionario, y cambia de ciudad y de patrono. Vive en una pensión, cerca de la catedral. Si no trabaja, sus humores cambian. Su mejor régimen, escribió en una carta, eran las conferencias internacionales, obligado a rendir con intensidad y al momento. Es un hombre de equipo, un buen redactor jefe. El trabajo solitario no siempre lo satisface, ni el creativo. Prefiere leer, escuchar música, ir al cine, a conciertos. Encontraba refugio en los libros siempre. Cuando huyó de París y atravesó con Mercè buena parte de Francia bajo las bombas, en los bosques, burlando patrullas, bajo la amenaza constante de un consejo de guerra si eran descubiertos, en una carta al historiador Ferran Soldevila explica: «me evadía, simplemente, tomando notas de todo y releyendo los versos más diamantinos de la *Andrómaca* de Racine», recordando versos de las fábulas satíricas de La Fontaine. En Viena, parecía «haberlo leído todo. Leía como un adolescente, sin parar», en palabras de Esther Calvino.

Metida ahora de lleno en la escritura, Mercè tarda en responder sus cartas vienesas. En aquellos años, los primeros sesenta, el teléfono es un lujo caro y la disponibilidad de la conexión internacional, difícil; no lo usan demasiado, por no decir que nunca. «Si mañana no recibo carta te llamaré», escribe él sin demasiada confianza. Ella escribía a rachas, por una cierta forma de inspiración, decía. Podía estar semanas, meses, sin escribir –paseando la novela por el parque, por las calles, por el cine–, y de repente se ponía a hacerlo sin interrupciones. Ahora es así. Las cartas de él, las únicas que de momento se conocen, puede que para siempre, no terminan ya con el «Te quiero» de los años cuarenta sino con «Un buen abrazo»; pero siempre está esperando carta.

Obiols enferma gravemente, ella se traslada a Viena y comparte las curas con Pilar González. Otros colegas se ocupan junto con ellas de costear la complicada operación y de buscar lo mejor que se podía pagar.

El dietario de Mercè entre el 17 de junio y el 17 de septiembre de 1971, breve, con vacíos entre días y semanas, transmite la impresión de que ella es una más del grupo que se ocupa de Obiols, aunque algunos la crean su esposa. Esther Calvino, al preguntarle, comentó que alguna vez pensó que tal vez sí que había algo entre Obiols y Pilar, pero también lo describía como «un hombre completamente solo». El poeta andaluz Aquilino Duque, asimismo en la Agencia Atómica por entonces, me negó, contundente, cualquier relación íntima entre ellos; alegaba que, cuando Mercè llegó, Pilar se puso a su completa disposición. Las referencias en el dietario indican que la conoce de antes, no es una presencia inesperada. Un día, al caer la tarde, se encuentran las dos y se toman un whisky en el bar del Hotel Intercontinental a propuesta de Mercè.

Es como un relato breve. Apunta el estado del enfermo, menciona a Pilar («Pil» o «P»), anota conversaciones con los médicos, con un colega de Obiols, con su hermano, que finalmente logra acudir desde México. En dos momentos expone sentimientos y miedos: «Sensación de ver cómo un hombre se vuelve loco. Horrible»; «¿Cuánto durará? Es una de las situaciones más espantosas que me ha tocado vivir. Y después de todo esto, ¿qué?». Y así, las frías anotaciones previas se convierten poco a poco en una suerte de guión y su momento cumbre. La mañana siguiente del entierro, anota días después, visita la tumba y ve un ramo de rosas rojas y un lazo blanco con dos iniciales, «T. Q.», que interpreta como obra de Pilar en memoria de una relación entre los dos: «Tu Querida».

Pero algo no cuadra. Mercè, suspicaz y buena novelista, ¿no se habría dado cuenta antes? ¿Habría ido a tomar una copa con la otra mujer –permítanme la expresión melodramática– como si nada, o cabe pensar que así la observó más de cerca con oscuros motivos, que diría un émulo de Manuel Puig? Tal vez sea que Pilar lo amaba y él se dejaba querer, lo que, ciertamente, es una forma de amor. Pero puede que todo esto suceda en la habitación del enfermo y no antes de la enfermedad. Tal vez la devoción de la mujer joven se ha manifestado sin trabas ahora, en su habitación de enfermo, durante su agonía, y eso sí que lo capta Mercè, quien, dos días antes de la muerte, anota –celosa y fría– todos y cada uno de los gestos de P en el último momento. Si hubiera una relación previa, lo habría advertido, no se le escapaba nada. Una cosa es cierta: no paga ella los derechos de la tumba, ni entonces ni después. Como tampoco los cubren ni el hermano de él en México ni su hija en Chile.

Estará tiempo sin poder escribir, hasta que se libra de este último recuerdo de Obiols con el cuento «Parecía de seda», que publica primero en la revista *Els Marges* en 1973. Un relato de cementerio, de las visitas repetidas de la narradora a la tumba de «mi pobre muerto», una tumba inexistente porque él está enterrado en otro lugar. Ramos de flores cantan en alegoría del dolor más íntimo. Un delirio liberador.

De Viena quedan rastros en su obra: un capítulo de *Espejo roto* (la violinista Bàrbara), los cuentos «Recuerdo de

Caux» y uno de los últimos, probablemente de 1982, «Un café», y sobre todo la que sería su última obra publicada, *Cuánta, cuánta guerra*.

En el prólogo relata en detalle un sueño que a su vez incluye otro, de París, de días asimismo dolorosos. Un sueño, mal sueño, que dará a uno de los protagonistas esenciales de esta novela, el señor de la casa junto al mar, el interlocutor decisivo de Adrià, el joven protagonista:

A finales del invierno de 1971 [fue en verano] tuve que ir a Viena para hacer compañía a un enfermo muy grave. La medianoche del primer día en que llegué, salí del Allgemeine Kranckenhaus der Stadt Wien-Universitäts Kliniken [Hospital General de Viena-Clínica Universitaria]. No se veía un alma viviente. Iba por la calle Garnison y no sé cómo de repente me encontré ante la Votivkirche [iglesia Votiva] que no sabía aún cómo se llamaba. Volví atrás hacia la calle Garnison y caminando caminando me encontré en la plaza Roosevelt. Después vino la calle Lazaret. Sabía que tenía que ir hacia abajo y no paraba de ir hacia arriba. La casa de los amigos donde me alojaba estaba en el otro lado de Viena, junto al Belvedere. Se había levantado viento. Desorientada, me encontré dentro de un gran parque entre edificios muy grandes. Palacios separados unos de otros que un exceso de vegetación y las grandes arboledas centenarias apenas me dejaban ver. El viento era cada vez más fuerte. Las ramas gemían. Por un momento tuve la sensación de que no saldría jamás de allí dentro, que no había camino que llevara a parte alguna. Estaba en medio de una ciudad muerta. No pasaba un coche, no pasaba un tranvía ni una persona, no se veía ni una pizca de cielo. Y cuando la angustia me ahogaba me di cuenta de que todo aquello ya lo conocía. Venía de un sueño que había

tenido años antes. Un sueño que venía de quién sabe qué
profundidades de mi consciencia. En el sueño había una
ciudad poco conocida, un parque sin salida, palacios
desconocidos, y, dentro de mí, las mismas ganas de gritar. El sueño lo había tenido en París, podía recordarlo,
la noche de la primera tarde que había ido a pasear por
el jardín del Luxemburgo. Aquellos palacios de Viena, la
Rathaus [Ayuntamiento], la Universidad, el Parlamento
y los Museos, no me eran extraños. Me senté en un es-
calón del Museo de Historia Natural, muerta de frío y
de cansancio, hasta que se hizo de día. El sueño del señor de la casa junto al mar tiene sus raíces en aquella
noche mía de Viena.

Cuánta, cuánta guerra es para mí la novela de Viena
por eso, por este sueño recogido por ella en el prólogo, de
cuando Obiols se estaba muriendo. Un sueño decisivo en
la novela, puesto que el señor de la casa junto al mar señala
el camino del protagonista. Como habría de señalar el suyo,
hasta Romanyà, donde escribe esta novela.

Desaparece Joan Prat i Esteve, que quiso ser llamado
Armand Obiols y fue finalmente Juan Prat. Obiols, Obi,
Joan –para ella. Un hombre desaparecido en tantas de sus
expectativas, cuando la Segunda Guerra Mundial no dejó
dudas: el franquismo no sería derrotado y no podrían recuperar la vida futura prometida por su juventud. Un escritor sin obra. Un hombre de cultura que habría podido
ser un autor si en la espera, el olvido, por decirlo en palabras de Maurice Blanchot, que a menudo retrata seres
como él, no hubiera preferido quedarse detrás de la obra
de Rodoreda, en homenaje elocuente al amor y la admiración que sintió por ella y por su literatura. «¿Realmente le

faltaba fuerza de voluntad? Se precisa fuerza para abstenerse», en reflexión final de Anna Murià.

«Conhort de ciutat» (Consuelo de ciudad) es el título de uno de los poemas de su juventud sabadellense en 1920, cuando él y sus amigos Trabal y Oliver se preparaban para remover, desde la prensa, en conferencias, con novelas, poemas, obras de teatro y bromas, su pequeño mundo, en el cual la estrepitosa ciudad moderna era temor y esperanza:

> Si el trasiego de la calle de la ciudad
> enoja tu espíritu y lo punza,
> encontrarás el consuelo en la mirada
> de la chica que pasa por tu lado.*

---

* *Si el tràfec del carrer de la ciutat / t'enutja l'esperit d'una fiblada, / trobaràs el conhort en la mirada / de la noia que et passa pel costat.*

20. LA MONTAÑA

Tiempos en cascada y descenso, tras aquel 15 de agosto en que él muere, el funeral a los dos días y las rosas en la tumba a la mañana siguiente. La salud vuelve a darle señales de alerta: un ataque de riñón y molestias cardíacas para siempre. Tiene sesenta y tres años, se queda definitivamente sola en Ginebra y sigue sin terminar *Espejo roto*. Cuando va a Barcelona, el ruido en la calle Monterols, la de su piso en esquina con Balmes, una de las avenidas rodadas de la ciudad, le impide concentrarse. En verdad, en todo este tiempo de ir y venir de Ginebra, en Barcelona no ha podido escribir ni una línea, únicamente cartas. Solo piensa en regresar a su mesa ante el ventanal por donde a veces ve la montaña pelada del Salève, que cada vez ama más, y un retazo del lago Lemán. Pero ahora ni en Ginebra puede escribir.

La pintora Susina Amat, amiga de juventud reencontrada en Barcelona, la lleva un domingo a Romanyà de la Selva, a comer con una conocida de los años republicanos que se está haciendo una casa allí y a la que también habían reencontrado en la ciudad. Romanyà tiene pocos habitantes y casas, dólmenes y tumbas prehistóricas, y una situación geográfica privilegiada. Estas colinas de las Gavarres, en días claros, ofrecen el sereno contraste de paisajes de Cataluña, su territorio cambiante y bien perfilado, al alcance de la mirada y del entendimiento. Mercè y Susina pasarán aquí el verano de 1972. Al año siguiente Mercè se instala en la casa de Carme Manrubia, llamada El Senyal, donde vivirá algunas temporadas, unos meses en conjunto, a lo largo de seis años espaciados. Siempre nómada, en alternancia con Ginebra para encerrarse más aún a escribir, con escapadas a París, donde mantiene su mansarda, y a Barcelona por las obligaciones y compromisos editoriales y mediáticos que entonces la reclaman a menudo. Hasta que en 1979 ocupa la finca vecina, pared por pared, donde ha levantado su casa y hará crecer el jardín de sus anhelos de exiliada.

En Romanyà, en El Senyal, y en Ginebra para darle los toques finales, pudo terminar por fin *Espejo roto*, novela sobre el mal con la cual cerraría el pasado reconocible a cal y canto. El tabú del incesto entre dos criaturas, el asesinato del niño Jaume, el suicidio de la nena Maria, la frustrante trayectoria vital de Teresa Goday y su ascensión social, el derrumbe familiar de los Valldaura y de su gran casa de jardín selvático, durante la revolución de 1936, cierran el ciclo de novelas de apariencia realista y de escenario histórico identificable no más allá de la posguerra. Rodoreda no había presenciado en vano la muerte de su pasado –su madre, el padre de su hijo, Obiols– y hace hablar a Maria y Teresa, las principales protagonistas, desde el tiempo eterno, sellando con ellas un pacto de olvido y memoria. Una casa de la alta burguesía dominada, hasta su destrucción final, por la tríada en sus habitantes de «vanidad, odio y migajas de amor». No sería descartable una lectura como llamada a la revolución, justamente. La casa, abandonada a su suerte, la recorre finalmente una rata, en el jardín, que acaba muerta también. Una imagen bien negra para la liberación imaginativa que espera a la Rodoreda vieja y desligada de su historia que emprende su «salto a la eternidad» a partir de *Espejo roto*. Una analogía oscura, la de la rata que da la medida de la casa abandonada (primer título de la novela, reitero), de la Cataluña del retorno, de la decepción profunda en todo por el peso del franquismo, en cuyos primeros años la casa es destruida para alzar un bloque de pisos rentables. Una casa abandonada.

Que será el inicio de una nueva etapa. Así lo expresa en el prólogo: «Quisiera empezar, nueva como la luz del día —y no me será nada fácil—, mi próxima novela». Y así será cuando emprenda *Cuánta, cuánta guerra*, novela con la luz del día como final.

«On mérite les autres, et *les autres vous méritent*» (Merecemos a los demás, y *los demás nos merecen*; la cursiva es suya), había anotado a mano en París en otro papel de citas de lecturas, en francés, con frases extraídas de libros de filosofía y de historia, de Antonin Artaud y de teatro, de libros del escritor norteamericano Styron y de suicidio. La frase en francés permite tratar algo del tiempo en Romanyà, durante los pocos meses que a lo largo de seis años pasó en la casa de Carme Manrubia, de la relación entre estas dos mujeres. Cómo debían convivir, sobre todo ella, más que acostumbrada a vivir sola. No fueron las únicas en el chalet, también vivieron a temporadas la pintora Susina Amat y Esther Floricourt, venezolana venida con su pareja, Manrubia, al terminar esta su exilio allí. Un gineceo, se ha dicho. Carme, que también tenía piso en Barcelona, se había hecho construir junto a su casa un laboratorio de cosmética de buenos rendimientos durante años. Las cuatro convivieron algunas semanas hasta que Esther y Susina se fueron o tal vez Carme las obligó. No lo sé ni sé si el episodio se puede saber con mayor certeza; tuve bastante con conocer a Manrubia. Mujer de carácter explosivo, más incluso que Mercè, su relación no debía ser en absoluto plácida.

Conocí a Carme Manrubia a finales de los años ochenta. Subí en coche hasta Romanyà atraída por las obras últimas de Rodoreda, a las que ya se había añadido la edición póstuma de *La muerte y la primavera*, publicada en 1986 por su viuda tras la muerte de Sales, el mismo año que Mercè. La defunción de Rodoreda había propiciado algunas noticias desconocidas o solo murmuradas de su vida, más todavía cuando se editaron las cartas a Anna Murià en 1985. Esta correspondencia iluminó otras caras de aquella mujer que parecía siempre segura y ausente, reservada, a quien solo había visto una vez, en una librería durante la presentación de *Cuánta, cuánta guerra*. Se había adaptado a la televisión y al cine *La plaza del Diamante* en vida suya, a cargo de Francesc Betriu, con quien se entendió bien. Le habían llovido medallas y reconocimientos, sus libros habían entrado en las lecturas de curso en escuelas e institutos, era estudiada en las universidades, las traducciones de sus obras ya se contaban por decenas; era, en suma, una *patum*, una vaca sagrada, una personalidad intocable, un icono. Pero, cuando muere, lo primero que se transmite es que desaparece una mujer rara.

Algunos titulares me habían irritado: «Una vida personal celosamente guardada y muchos éxitos literarios», un ángulo turbio sobre su vida privada que en general no se aplicaba entonces en letras tan grandes a los famosos de vidas heterodoxas, y menos en diarios tan pudorosos como *Avui*, el primer diario en catalán desde la guerra, en el que yo trabajaba entonces. Murmuraciones y maledicencia. En palabras de Carmen Martín Gaite en el mismo año de su muerte, fisgoneos sobre su «huerto de soledad, un huerto elegido libremente para defenderse de los metomentodo, los mismos que ahora asedian a sus amigos para descifrar las claves personales por las que la escritora optó por entregarse a un idilio (no siempre placentero) con su soledad».

Los artículos de resumen y valoración de su obra se sucedían en Cataluña, claro, pero pocos los podía compartir. Volví a su obra con los ojos bien abiertos y me impresionó cuán diferente era de cómo la presentaba, en la mayoría de los artículos y obituarios, la historia cultural y cómo era leída en las lecturas obligatorias de la enseñanza. Sus últimas obras habían tenido pocas críticas a fondo, entre ellas, en el principal diario barcelonés, *La Vanguardia*, las memorables de Robert Saladrigas, él mismo escritor y entrevistador. Yo misma no había hecho nada por entrevistarla. Salía por televisión pero sin demasiado eco. Se hablaba, en todo caso, de la serie y la película, a veces con cansancio. Había empacho de Colometa.

Las insinuaciones veladas sobre su vida y mi extrañeza ante la recepción de su obra última me llevaron a Romanyà y a Carme Manrubia.

Me presenté a través del interfono y anuncié el motivo de mi visita; no llamé antes por teléfono, ni busqué su número. Una voz desconfiada respondió que no quería hablar de Rodoreda, que no tenía nada que decir. Me excusé, le di las gracias y me despedí. Ya me iba cuando oí: «¡Espere!». Vi llegar a una mujer menuda de ojos claros furiosos hasta la puerta del jardín, la abrió, me observó y me dejó pasar. Insistió en que no tenía nada que decir. Yo callaba, no la presionaba. Y así ella siguió hablando, ahora de sus cosméticos, que elaboraba entonces en el sótano. «Si le parece bien», dijo de repente, «podemos ir a ver su tumba. No he estado nunca, aún. Se murió y la enterraron. No quise ir.» Fuimos.

Conocía fragmentos de *La muerte y la primavera* y tenía el libro, sí, pero no lo había leído. Le costaba volver a la relación con Mercè ni que fuera a través de sus libros, repetía. Sus frases eran breves, enojadas, dolidas, pasionales, apenas reprimidas. Al cabo, su pareja venezolana salió de la casa cuando Mercè se instaló en ella. Mientras escuchaba sus quejas y silencios, pensaba que la Rodoreda vuelta del exilio que había liberado más su voz literaria en esos parajes y entre aquellas paredes, donde había terminado *Espejo roto* y emprendido *Cuánta, cuánta guerra*, así como «Viajes a unos cuantos pueblos» de *Viajes y flores*, era una mujer acorazada que podía ejercer un corazón seco, una mujer que se protegía a dentelladas. Cuando su casa junto a la de Carme estuvo dispuesta y entró a vivir en ella, no invitó a su hasta entonces anfitriona; Carme aseguraba no haber estado nunca, ni en el jardín.

¿Decía solo su verdad? Me lo pregunto desde entonces, pues algunos testigos informan de que Carme estaba en la clínica donde murió Mercè. Pero no en el funeral en Girona ni en el entierro en Romanyà.

La conversación me dio la llave rodorediana. Tenía, escribí entonces, lo he hecho antes en estas páginas y lo hago ahora de nuevo, inocencia y corazón frío, odio diamantino y compasión creciente, crueldad y mesura, ironía y absurdo, ternura y singularidad inagotable, autonomía. Anna Murià, cuando lo leyó publicado hace treinta años, me dijo que lo encontraba exacto y me preguntó cómo había llegado ahí, sin tratarla. Leyéndola, dije.

Las dos tuvieron comportamientos rudos y ariscos entre ellas, a la vez que la prosa rodorediana se volvía más nítida en su ritmo y su imaginación, más compasiva. La creación también es eso. «La personalidad del artista no la conforma la suma de sus rarezas», escribió el pintor Georges Braque en sus reflexiones y aforismos artísticos.

Mientras los albañiles construyen su casa nueva y ella escribe *Cuánta, cuánta guerra*, se cartea con la escritora Rosa Chacel, que le había enviado su *Barrio de Maravillas* dedicado. No se conocen personalmente ni se han leído a fondo, pero se admiran como literatas. Mercè, halagada, le pide que no la compare con Marguerite Yourcenar ni con ella misma, según el buen criterio de Juan Pedro Quiñonero en las páginas culturales del diario *Informaciones* que Rosa le comenta. Añade: «Si oyó hablar bien de mí como persona fue por error de la persona que habló de mí. Si la bondad es armonía y la maldad desorden, yo soy una persona absolutamente malvada a causa de los desórdenes que en mi larga y ya decadente vida he provocado». Me viene así a la mente el recuerdo de la conversación con Manrubia, más en relación con ella misma que con Rodoreda. Mercè no se esconde, Carme simula.

Una cuestión más. ¿Fue Rodoreda rosacruz, perteneció a esta orden de larga tradición, hoy considerada esotérica? Carme se avino a hablarlo, aunque le sorprendió. Fue rotunda. Era ella, y no Rodoreda, la rosacruz. Se había apropiado de su casa y de su perro, y no estaba dispuesta, insistió, a ser suplantada también en esto. Fue clara y firme. Por supuesto que Rodoreda sabía de los rosacruces, ella le había hablado de la orden, la suya desde su exilio en Venezuela. Era una lectora culta, argumentó. No se preocupaba de estar al día en sus lecturas. Leía a menudo la Biblia y textos antiguos. Eso era todo. No menos, pero tampoco más.

Queda constatar que en el archivo Rodoreda en la fundación que lleva su nombre, del Institut d'Estudis Catalans, hay papeles relativos a los rosacruces de Suiza, de 1973, cuando pasaba temporadas en Romanyà: sobre conferencias informativas, así como anotaciones, frases religiosas y expresiones rosacrucianas.

Y aquí construye la casa de su vida, que no tenía desde la partida hacia el exilio en 1939. Ella misma se ocupa del plano, por dentro y por fuera de la casa nueva, habitación por habitación, y de su gran jardín.

Una vida sin casa durante décadas, unas casas heridas, una casa propia finalmente.

21. CAMINOS ABIERTOS

Qué historia, la de *Espejo roto*. Considerada por muchos su obra cumbre, por su calidad de fresco social del siglo XX catalán hasta la revolución, la guerra y la primera posguerra, así como por sus experimentaciones formales y narrativas capítulo a capítulo, no es para otros, lectores entre quienes me cuento, una novela siempre lograda; se nota tal vez demasiado en su ritmo que ha sido arrastrada durante años y que ha costado encajarla, quizá precisamente por su carácter histórico, de su país y de la misma historia que la autora es y que Rodoreda tiene necesidad y ganas de dejar atrás en sus detalles reconocibles, de hacer un salto a la eternidad.

Sabemos que está todavía encallada en esta novela cuando Obiols, que la tenía en alta estima, muere. A finales de julio de 1971, mientras él agoniza, escribe a su editor: «Estoy pasando una temporada de infierno, pero ya sabemos que uno se acostumbra a todo. Me pasa un poco como a las protagonistas de mis novelas, que todo se me hace ligeramente lejano y nebuloso. Como si la vida, que es mía, fuera de otro». Es un extrañamiento que la composición final *Espejo roto* traduce e intensifica.

La da por terminada llena de dudas. Sales está entusiasmado con el original, le pide confianza para llevarlo a imprenta. Cuando está corrigiendo pruebas, leyendo y releyendo, le propone con insistencia una consideración: ¿no debería el lector saber algo de los amores de juventud de Teresa Goday, la protagonista indiscutible que inicia el relato, con el farolero Jesús Masdéu, de quien tendrá un hijo que abandonará para casarse con el rico Nicolau Rovira? La convence y escribe un capítulo más, que en las últimas galeradas se convierte en el titulado «Juventud». Cierra el capítulo con el recuerdo de un jabón en forma de corazón diluido en agua que Teresa deja ir lentamente por el desaguadero del lavamanos: «Tenía conciencia plena de que acababa de tirar su juventud». El amor joven es un corazón deshecho. Un corazón de jabón de tocador, nada que pueda durar demasiado; tan frágil, el amor, un jabón escurrido entre las manos. De corazón, solo la forma. Desmoronado corazón.

Sales la convence asimismo de escribir un prólogo. Era una autora reconocida y traducida, arguye el editor ante sus reticencias, se empezaban a escribir tesis doctorales sobre su literatura. Esta nueva novela es diferente a las anteriores. Sin soliloquios, escrita en tercera persona, con un abanico de puntos de vista y de personajes. Escribe el prólogo. Expone un criterio que ya he comentado, el narrador no puede ser omnisciente. No puede saberlo todo, reflexiona con firmeza, porque «un autor no es Dios. No puede saber lo que sucede por dentro de sus criaturas»; son ellas las que lo saben, o no, pero son las únicas que lo pueden expresar. El narrador debe ser como una cámara. Era su primer prólogo de madurez, nada que ver con los de algunas de sus novelas de juventud. Ataca la presentación de *Espejo roto* en un registro alto, conduciendo la interpretación de su poética, y así ha sido durante años para tantos de sus comentaristas académicos: los ángeles, la metamorfosis, la inocencia. Esta última e incluso la penúltima, yo misma las sigo. Confía en que –en Romanyà, sin las lecturas de sus originales de Obiols-Prat– proseguirá en una nueva etapa creativa. Su voz empieza a liberarse más, se afina en otros mundos de la imaginación, que anuncia en este prólogo, compendio y legado de su poética y del arte de narrar.

La experiencia de los cuentos rodoredianos es también aquí notable. En Rodoreda el cuento no es tanto un relato redondo, cerrado en sí mismo, cuanto un conjunto de ondas expansivas que abren posibilidades a la imaginación por delante de la interpretación. Es un efecto también en esta novela escrita y montada varias veces durante años, de tantos protagonistas, armada como un collage de escenas, de cuadros. Con todo, lo específico de *Espejo roto* es algo más, particularmente valioso: su carácter firme de puente entre las obras previas publicadas y las posteriores, el enlace así construido entre las dos riberas rodoredianas, desde los cuentos fantástico-simbólicos y las novelas de corte neorrealista avanzado, combinados desde el principio en su exilio, hasta las obras últimas de género literario libérrimo. La rata del final que deambula por la casa abandonada enlaza con elementos visionarios de algunos cuentos y con los de *La plaza del Diamante* y *La calle de las Camelias*, con el irrealismo telúrico y simbólico de *Cuánta, cuánta guerra*, *Viajes y flores* y *La muerte y la primavera*: hacia la precisión más y más segura y meditada de la prosa y su ritmo como restitución de la palabra.

Qué cosas tiene por decir, qué cosas debe decir, ahora, todavía en dictadura. *Espejo roto*, a pesar de su ritmo descompensado, es su novela que más y mejor se ofrece a una lectura histórica –el discurrir del primer tercio del siglo XX en la turbulenta vida barcelonesa, el putrefacto mundo interior y doméstico burgués, la experiencia de perder lo que se había llegado a ser– y es a la vez una panorámica de fragmentos, los capítulos-cuadro, que hace de la historia un espejismo. Ella ni lo niega ni lo afirma: «mi tiempo histórico me interesa de una manera muy relativa. Lo he vivido demasiado. En *La plaza del Diamante* lo doy sin habérmelo propuesto. Una novela es, también, un acto mágico. Refleja lo que el autor lleva dentro sin casi saber que va cargado de tanto lastre». Así es, escribimos y hacemos palpitar el tiempo en que vivimos. En su caso, su novelística avanza hacia un terreno intrahistórico, la historia como experiencia interior, lo que queda cuando la historia se concentra en los pedazos de un espejo roto y en la superposición de reflejos centellea el corazón secreto –el corazón salvaje.

Toma la idea del espejo de Stendhal, la novela como espejo que refleja el camino, citando con propiedad al historiador y novelista que primero lo expresó así, Saint-Réal, en el siglo XVII, de quien Stendhal lo tomó. Pero, en la segunda mitad del siglo XX, el espejo hace días que está hecho trizas y no puede reflejar el camino de la vida como en el siglo XIX. Así, la recomposición histórica imposible que Rodoreda trata en esta novela tiene su paralelo en la analogía del espejo literario imposible, aquel que en el siglo anterior implicaba una confianza en el relato de la historia y de la memoria, confianza hendida en Europa por el violento siglo XX. La misma novela, el hecho mismo de escribir una, había cambiado de raíz. Su referencia a la idea de novela anterior expresa voluntad de dialogar e inscribir su trabajo en el esfuerzo enorme y las producciones de la novela europea a lo largo del camino de la historia de su tiempo, sí, pero la reciente, tan quebrada. En sus libros posteriores afilará más incluso su testimonio artístico para relatar el mundo contemporáneo en clave de la historia como experiencia interior.

La inocencia, el combate. De nuevo, la tentación de la inocencia envuelve a la Rodoreda de sesenta y seis años. Sus personajes anteriores eran casi todos inocentes porque a menudo viven alienados. ¿Lo podrían ser ahora, que no hablan por sí mismos sino a través de un narrador externo que no lo sabe todo de ellos y los contempla a distancia? ¿Puede evitar, como autora, el papel de juez? Uno de sus maestros ha sido Chéjov, narrador que no opina. Defiende en el prólogo que tal vez sí, alega que entre sus «múltiples personalidades» la más marcada «es una suerte de inocencia que me hace sentir bien en el mundo que me ha tocado vivir», lo que marca a su vez su escritura y sus personajes.

Por deseo de escribir con una cierta idiosincrasia, he cultivado, desde hace muchos años —y eso es inocencia—, una suerte de pureza —que en el fondo quiere decir ser uno mismo— con el mínimo de adulteraciones posible. He cultivado el olvido de todo lo que me ha parecido pernicioso para mi alma y he cultivado la admiración por las cosas que me hacen bien: por el quieto poder de las flores que me procuran momentos inefables, por la lenta paciencia de las piedras preciosas, pureza máxima de la tierra, por los grandes abismos de este cielo tan cerca y tan lejos a la vez.

Y por la inocencia, que

se aviene con una parte importante de mi temperamento, me desarma y me enamora. Los personajes literarios inocentes despiertan toda mi ternura, me hacen sentir bien a su lado, son mis grandes amigos. Los héroes de algunos cuentos de Hemingway, los criados negros de las novelas de Faulkner, la muchacha de *Luz de agosto* que atraviesa media Norteamérica a pie o encima de camiones en busca del obrero agrícola que la embarazó, al que ama y que no sabe dónde para.

«Colometa, Cecília, el jardinero, Amanda, Eladi Farriols, Valldaura, son, cada uno a su manera, personajes inocentes. Y que sean inocentes me basta», concluye. No pensaba dedicar ni una línea a los destructores de su mundo.

La inocencia, la culpa. Tema dominante de la novela moderna desde Kafka y de la historia europea desde Auschwitz, la culpa mueve la literatura rodorediana tanto como sus personajes se proclaman inocentes. Muy presente, está. Invocó a menudo a Kafka: para indicar en sus prólogos la pauta de lectura de *La plaza del Diamante*, de *Cuánta, cuánta guerra*, en el castillo del señor en el que nadie más puede entrar de *La muerte y la primavera*. Kafka es el escritor de la culpa. El mundo moderno, advierte, espera que cada individuo asuma una culpa, no su responsabilidad. Cualquier culpa, imposible de cuestionar. Una escritura propia del siglo XX es la que se enfrenta a este proceso. En palabras del escritor húngaro Imre Kertész, que conoció el campo de concentración, en su diario de 1974, año asimismo de la publicación de *Espejo roto*: «Kafka es el modelo de todo arte radical: recorrer asqueado el camino hasta el final». El espejo novelístico se había vuelto kafkiano.

Quizá por eso, a partir de esta novela que cierra un ciclo y uno de cuyos ejes son los niños, contará sus historias a través de adolescentes. Sus nuevos protagonistas principales serán chicos. Hasta entonces había privilegiado los personajes femeninos, pero ahora depositará en el muchacho la inocencia que revela la maldad, la desvela y en consecuencia la desencadena. Una violencia que proviene del Dios de Adán y Eva, de Caín y Abel, deidad arbitraria que ha tomado partido por la sinrazón y conduce a la guerra, y así hará empezar *Cuánta, cuánta guerra*. Del «pecado original de Dios» es tan inocente la mujer como el hombre, y la guerra que lo seguirá es la causa de los desequilibrios entre inocencias. Sucede lo mismo con los territorios y los países, por ello es posible y pertinente una lectura histórica de la obra rodorediana.

Pero, advertirá en su última etapa, solo se es inocente de joven. El chico como personaje narrador le permitirá encararse con la inocencia masculina, la más maltratada de todas las inocencias, más incluso que la de los niños y las muchachas, porque, al crecer, «cuando se desprende de ser un chico», el hombre ve transformar su inocencia en poder del macho, en poder histórico. Brutalidad atávica contra la inocencia.

Vayamos a la historia de la edición de *Espejo roto*. Sales quiere procurar más reconocimiento financiero a su autora. La llevará a un premio con una muy buena dotación. La novela responde a sus aspiraciones y deseos como editor y agente cultural. «Es un torrente de poesía de gran estilo, que te embruja y transporta como una sinfonía muy amplia y de una riqueza sorprendente desde la obertura, donde vemos a Teresa en todo el esplendor de su juventud, hasta la melancolía desgarradora del momento final», le escribe. La envió al concurso bilingüe Inmortal Ciudad de Gerona, del ayuntamiento franquista de la ciudad. De nuevo, Rodoreda es ignorada.

Peor que ignorada. El jurado silencia que una autora tan consolidada, que podía dar lustre al sospechoso galardón, se ha presentado. Le adjudican un pseudónimo –Joan Prat, mira tú– y titulan la novela «Una dona separada» (Una mujer separada). ¡! No la consideran ni como finalista. Parece imposible y es cierto. Sales, muy cabreado, le escribe: «Es hijoputismo, simplemente». Ni un céntimo para Rodoreda.

Una vez más se imponía la realidad del franquismo, tardío pero incólume en 1974, su ignorancia aterradora y su no menor temible desprecio y resentimiento misógino. El vaso se colma para Rodoreda. No es extraño, en suma, que *Espejo roto* sea la bisagra de su trayectoria creativa. El mismo presente del país ayuda, el sostenido rechazo que se le profesa como mujer y, de rebote, como autora.

Un lema abre cada una de las tres partes de esta novela que constata la destrucción de la casa del pasado y encamina la construcción de la casa del futuro. El epígrafe general, ya comentado, es la máxima clásica del realismo atribuida a Stendhal que proviene del escritor de novelas históricas del siglo XVII Saint-Réal, y así la cita Rodoreda: «Un roman: c'est un miroir qu'on promène le long du chemin» (Una novela es un espejo que llevamos por el camino), seguida en el interior por los lemas de cada una de las tres partes, como una muñeca rusa. Los tres están en inglés.

Pueden ser leídos como muestra de lo que se ha considerado su atracción o necesidad de secreto, pero esta mirada no me convence. Es una forma tópica de llamar la atención una y otra vez sobre su «vida de mujer», la cruz que le ha recordado el jurado gerundense que deberá llevar de por vida. Creo, en cambio, que el secreto y lo que procura, el silencio, son artísticamente ineludibles en una autora contemporánea como Rodoreda, centrada en la introspección extrema. Sus criaturas conservan para ellas mismas ciertas cosas, incluso sin saberlo. El autor escribe, y punto.

Los lemas de *Espejo roto* son una declaración artística al respecto. Desde el siglo XVIII habla primero el viajero sentimental Sterne en una carta a su última amante, una frase que en cierta manera rima con estas páginas mías. A la luz del silencio en la novela contemporánea, los tres lemas riman incluso más: «I honour you, Eliza, for keeping secret some things» para empezar. Blake, el poeta visionario a caballo del XVIII y el XIX, exclama a continuación su ambiguo «Leave, O leave me to my sorrows!» (Déjame, oh, déjame con mis penas); ambiguo porque el verso pertenece a *Una isla en la luna*, sátira de diálogo extravagante y humorístico que incluye asimismo poemas y canciones conmovedoras, tres de las cuales Blake sumó más tarde a sus *Cantares de inocencia y experiencia*, y libro aquel escrito en paralelo a su dedicación a la pintura –como Rodoreda justo antes de empezar esta novela. Cierra la rima Eliot en la tercera parte, en su recorrido por la tierra baldía y yerma después de la guerra: «But time past is a time forgotten. / We expect the rise of a new constellation» (Pero el tiempo pasado es tiempo olvidado. / Esperamos el surgimiento de una nueva constelación). Es un tejido ambiguo e inapelable. Incluye un agradecimiento, una parodia y un conjuro de esperanza. Fue sin duda bien meditado.

Todo se desintegra poco a poco en esta novela familiar de tres generaciones en una torre señorial del barrio de Sant Gervasi de jardín memorable: por muerte natural, asesinato accidental, suicidio, premeditada o no, por enfermedad, por vanidad y odio, por la guerra, por la huida de los pocos que quedan. Solo permanece allí la imprescindible criada Armanda (por Armand Obiols), la confidente final de la anciana matriarca Teresa Valldaura, madre soltera hija de pescadera del mercado de la Boqueria en la Rambla, señora de la mansión gracias a la ascensión social obtenida con su primer matrimonio de conveniencia, que ha inaugurado la saga y el relato. Fiel a sus recuerdos con el señorito Eladi, la criada guardará la casa abandonada, símbolo tenaz de la tierra. Hasta que los milicianos la requisan. En la posguerra, Sofia, hija de Teresa, decide derribarla para construir pisos en el solar y ordena vaciarla, quemar muebles y enseres, destruirla. Queda tan solo la rata que cerrará la novela como lejana imprecación:

El fuego duró toda la noche. No sabía adónde ir a dormir. Paseó por toda la casa; todo era inseguro. No veía ni un triste puñado de ropa. Sin ánimo, medio enferma, llegó al paseo de los castaños y se enfiló por un tronco; encontró un agujero y se metió en él. Al cabo de unos cuantos días vinieron más sombras a cortar árboles, a derruir la casa. Enseguida vieron en el tronco de un castaño de la entrada, enroscada en un boquete, una rata asquerosa, con la cabeza medio roída, rodeada de moscas verdes.

Moscas, como los remordimientos sartreanos.

¿Cuál podría ser la nueva constelación, según la imagen de Eliot, a la que se ha encomendado, la confirmación de que el tiempo pasado es tiempo olvidado? La anuncia al final del prólogo del libro; cito de nuevo aquí su frase: «Quisiera empezar, nueva como la luz del día −y no me será nada fácil−, mi próxima novela».

Tardará seis años más. Mientras, el dictador muere en su cama. Ella se construye su propia y definitiva casa, hace tabla rasa en tantos sentidos, la oscuridad ha cambiado y puede acogerse a los versos de Emily Dickinson: «O bien la Oscuridad cambia / o bien la visión se adapta a la Medianoche / y la vida casi encuentra el camino». La visión se ha aproximado a la medianoche desde aquella noche en que vio a Obiols volviéndose loco, ella vagó por Viena y su vida tuvo que volver a encontrar el camino. O casi. «Sin saber cuándo llegará el amanecer, abro todas las puertas», escribió también la poeta norteamericana.

22. FASCINACIONES

Estas son algunas de las reflexiones y los sentimientos que el exilio le provocó y que evocará en entrevistas: «Escribir me parecía entonces una ocupación espantosamente frívola» (1966); «Escribir en catalán en el exilio es como querer que florezcan flores en el Polo Norte» (1972); «No quiero pensar en eso, todavía me duele» (1973); «Si alguna vez me lo recuerdan, lo veo como una gran lección de vida. Yo diría que el exilio, viaje incluido, deshace el alma, le roba todo su orgullo. Te das cuenta de que no eres nada en absoluto. Hice la retirada en Francia, de París a Chateauroux, a pie por la carretera, entre el ejército alemán que avanzaba y el ejército francés que retrocedía. Esta fue la parte, por así decir, de la guerra. La otra, la tranquila y miserable, fue peor» (1976); «El exilio es estar sin país. Para un escritor, para un artista, las épocas difíciles son importantísimas para formarse. Te hacen más humano. Vivir mal te humaniza. Eso es importante. Los años de cultura francesa y de leer en francés creo que me han hecho mucho bien», concluye en 1982, un año antes de morir.

Al cabo de tanto vivido, puede estar tranquila respecto de su obra, ha conseguido aquello que en 1940 se había propuesto en Roissy: «A trabajar, a ver si hago algo de peso el día de mañana en mi país», que también expresó así y he citado ya en estas páginas:

> He escogido un camino y haré todos mis esfuerzos para no salirme de él. Si tanta amargura, si toda la crueldad alrededor, si mi capacidad sobre el conocimiento del corazón humano, si mis limitaciones incluso me conducen a lugares pasados por alto por quienes me preceden —hablo como hija de un país pequeño en extensión, de una escasa tradición literaria— y un día sale de mí una obra que por su calidad pese tanto como exige mi querer, daré por liquidadas todas las deudas que aún reclamo a la vida.

Más relatos de exilio se publican en 1978 en *Parecía de seda y otras narraciones*, algunos escritos décadas antes y otros recientes, como el que da título al libro, el cuento con el que se liberó del peso de la muerte de Obiols, que la había dejado, como en el final del relato, «encarcelada...».

Había sido un tipo especial de exiliado: regresaba y se volvía a ir. Palpó la posguerra y a la vez la podía mirar de lejos. De esta manera fue reconstruyendo su identidad y su literatura: inclasificable y del todo independiente. Así perdió premios, así ganó a su público y su fama.

Una fama que no le hace perder el rumbo de lo que tiene aún por escribir. Una fama y unos lectores que habrán de avezarse a cazar al vuelo una novela sorprendente y unos relatos alejados de los cuentos previos. La novela será *Cuánta, cuánta guerra* y los relatos, *Viajes y flores*. Publica los dos libros el mismo año, 1980.

Repito de nuevo mi fascinación por estos dos libros y el póstumo, *La muerte y la primavera*. Encuentro en esta tríada una explosión de terror histórico convertido en palabras e imágenes de una dulzura cautivadora, de introspección psíquica inaudita, de prosa y ritmo elevadores. Me sorprenden una y otra vez la potencia, la rareza y la persuasión narrativa, por la cual pensamiento y meditación cobran vida y son literatura sin adjetivos (¿fantástica?, ¿abstracta?, ¿antropológica?, ¿ciencia ficción retrospectiva o especulativa?) ni afectación. La escritura impensada, como ella misma la define en este momento de su vida —«decir las cosas de la manera más impensada»— deviene hiperrealista por su detallismo y la profusión de símbolos, en consonancia con obras del poeta loco Artaud y de los inclasificables Céline y Jünger. Esta escritura impensada se convierte en un tejido de la memoria desposeída de la que habló Victor Hugo hace un montón de años y que un amigo me recuerda: «El olvido no es sino un palimpsesto. Ocurre un accidente y todo lo borrado revive en las interlíneas de la memoria extrañada…», son los bajos del subconsciente de cada línea y frase, «la corriente nerviosa que fluye constante bajo la superficie de la prosa» en palabras de Vivian Gornick sobre Natalia Ginzburg, una escritora muy en paralelo con Rodoreda. Un tejido de memoria desposeída bañada en Michaux, Mircea Eliade, Gaston Bachelard y otros cavadores de los nexos entre mitología, religión, antropología, historia y literatura. No es un requisito reconocer las huellas de unos y otros en las capas del tejido rodorediano para encontrar en él el aliento del dolor transformado en vida, para sentir que del fuego, el agua, el árbol, el viaje, el conflicto, el exilio y el deseo surge lo que somos, todo lo que de veras nos importa.

No me paraliza su visión negra, me llegan más sus destellos fulgurantes de embrujo que abre los sentidos como si fuera literatura de inspiración popular, ya sean letras del cante jondo o versos de Verdaguer. No me hagáis escoger, ni entre las flores y los viajes ni qué flor ni qué viaje. Vivimos entre *Viajes y flores*.

La «Flor negra» parece cantar un tiento jondo popular rescatado por Enrique Morente, que dice aquello de «mi pena es muy mala / porque yo no quisiera que se me quitara». Rodoreda coincide cuando evoca la flor negra y qué la sostiene viva: «No la dejes huir; si esa pena se fuera, volverías a no ser nadie».

En «Viaje al pueblo de los muertos», la conjura de los cuerpos alzados de los sepulcros que cada primavera pasean por las calles y los rincones de su vida acaba en una orgía de palabras, nombres de plantas y flores, estallido verdagueriano de vida y naturaleza.

«Si me preguntaran cuál de mis libros quisiera salvar de un incendio, sería este», fueron sus palabras cuando se publicó.

Un título transparente, de poesía tierna, propio de una autora de aura floral entre tantos lectores y críticos, aura bien trabajada por Rodoreda a propósito para no asustar más a nadie y que la dejaran en paz. Atraería suave a los lectores, pero era una antífrasis irónica; dentro encontrarían pesadillas luminosas y sueños tersos inquietantes: el pueblo de las mujeres abandonadas, el de toda la pena, de las ratas bien criadas, de los ríos sin agua, de los muertos, de los colgados, del miedo... El «Viaje al pueblo de vidrio», entre los más inspirados, es un estallido solo en apariencia suave, una bomba artística contra el cristal turbio que ciega y domina la vida doméstica, una aspiración de raíz surrealista, vivir en una casa transparente con el fin de vaciar la mente humana de tantas represiones y dolores y penas y que se libere: sus habitantes no necesitan biblioteca, en el aire encuentran de todo, son personas contenidas y afables, de mente clara, pero se enturbian al hacer el amor; el visitante del pueblo puede admirar los grados de sublimación en «los momentos más exaltados de la aventura sexual llamémosla amorosa» sin pasiones porque todo es transparente «en el morir del amor». La voz narradora no habla sola aquí, sino con otras voces que encuentra en el camino y otros pueblos, y con los lectores. El de vidrio es el pueblo que más le gusta de todos los que visita, pero no se quedará «porque mi trabajo no es detenerme sino proseguir siempre; continuar la infinita búsqueda y captura de corazones oscuros y de costumbres ignoradas».

Las «Flores de verdad» son (no todas) inventadas. Conforman un jardín imaginario –una propuesta de escritura– y un tratado de botánica fantástica de las pasiones humanas –una visión del mundo. Se avanzan décadas, puesto que fueron escritas en los años cincuenta y sesenta, a las visionarias propuestas narrativas de Italo Calvino para el milenio actual, publicadas póstumamente a los cinco años de su muerte en 1985. Seguro que habrían gustado al escritor italiano y sin esfuerzo me figuro que le hubieran reafirmado y quién sabe si inspirado su recuento de cualidades: ligereza, rapidez, exactitud, visibilidad, multiplicidad, coherencia. Amargas unas, felices y alocadas otras, crueles, milagrosas, a menudo humorísticas. Si acepta la propuesta, el lector se verá abocado a los adentros de su propia imaginación poética y del viaje de la autora desde los años cincuenta en que comenzó estas prosas radiantes de ritmo libre.

Viajes y flores irá a imprenta sin ningún lema que lo guíe, decide. Aunque en la contracubierta apela, insegura de cómo pueden recibir el libro tantos de sus lectores, al entonces joven narrador francés, escritor viajero nacido en 1940, hoy premio Nobel, J.M.G. Le Clézio (sin su altura, como él mismo podría afirmar si alguien le hiciera esta insolente pregunta, no creo equivocarme). La frase dice, en francés, en la contraportada de la edición original: «La réalité n'a pas tellement d'importance, ce qui compte, ce sont les mouvements venus de l'intérieur, les pulsations qui sortent du tréfonds» (La realidad no es tan importante, lo que importa son los movimientos que vienen de dentro, las pulsaciones que salen de lo profundo). Años después, el escritor ha manifestado en público en diversas ocasiones su franco y leal reconocimiento de la obra de Rodoreda como una de las grandes de las letras europeas. Es una lástima que ella no llegara a saberlo; pero, nunca se sabe, igual sí que lo sabe.

Había escrito «Viajes a unos cuantos pueblos», que precede a «Flores de verdad» en el libro publicado, en los tiempos de reposo de *Cuánta, cuánta guerra*, obra a la que complementan como un clímax, iniciados diría que el mismo año de la muerte del dictador, ante los muertos que ha dejado tras él. Los paisajes de Romanyà hacían salir su imaginación de la madriguera interior, exclusivista, y la paseaban por los mundos exteriores e indefinidos de estas obras elaboradas con persuasión y claridad de sintaxis máximas para decir lo incierto de los fantasmas que las pueblan.

«La vida, si no lo sabes, recuérdalo, es una repetición», escribe en *Cuánta, cuánta guerra*. Su joven protagonista, Adrià Guinart, quiere huir de casa y ver mundo. Tiene quince años y se va a la guerra, pero desertará siguiendo el consejo de los soldados del frente, que ya no pueden más, y Adrià vuelve a huir, ahora de la guerra, en un camino inverso, hacia casa. Es alguien que «por destino tuvo que ir a buscar y por destino vuelve con las manos vacías». En el viaje de retorno, Adrià se topa una y otra vez con la guerra y sus escenografías macabras a gran escala, con los muertos y aquellos que no tienen otra suerte que ser carne de cañón. Rodoreda alza así un alegato poético que año tras año crece en sentido y clarividencia: la guerra está por todas partes, con las armas que sean, declaradas o no, planetarias, pandémicas, invisibles o ferozmente visibles. Asimismo, y al igual que reflexionó el psiquiatra Francesc Tosquelles, otro exiliado republicano en Francia, la novela constata, con ruda y ardiente poesía en su prosa y ritmo, el hecho indiscutible de que ciertas cosas son únicamente posibles y pueden experimentarse durante una guerra, en su combinación extraña y liberadora de pánico y osadía desesperadamente creativa.

Lo transmite Adrià Guinart y ella se lo dice así a Carmen Alcalde en una entrevista de 1976:

> Estoy cansada, cansada hasta el alma, de atentados, de revolución, de Guerra Civil –que pasé en Barcelona–, de guerra europea –que pasé en Francia–, de hornos crematorios, de bomba atómica, de Guerra Fría, de guerra en Vietnam, de guerra coreana, de secuestros, de torturas, de actos terroristas, de bombardeos con napalm, de campos de concentración, de ejecuciones, de asesinatos, de árabes y de judíos, de delirio de poder caiga quien caiga, de esta gran locura. Y, es curioso, este descenso a los infiernos ejerce en mí, por momentos, una suerte de fascinación. La misma fascinación que me produce la lectura de un libro de Sade a pesar de repelerme. La novela que estoy escribiendo [*Cuánta, cuánta guerra*] –terminarla es uno de los proyectos más inmediatos– reflejará, sin que yo intervenga demasiado, este estado de ánimo. Este cansancio. Y esta fascinación.

Como en Borges, la literatura es un sueño dirigido. Un sueño en el que la mujer que lo escribe se va desprendiendo de los arquetipos femenino y masculino de la tradición literaria que la precede y, con ellos, del arquetipo de mujer que ha sido conminada a ser. Un sueño compañero desde los años de París y que, cuando ella comprende que está a punto de quedarse aún más sola, con la memoria del amor extrañada, desposeída, la ayuda a orientarse en la noche vienesa. La novela de Viena. La voz del todo libre.

Al igual que el soldado del cuento «En una noche oscura», escrito durante la guerra en Barcelona, Adrià Guinart habría podido decir: «Yo había ido a la guerra por deseo de aventura, por necesidad de ambientes nuevos, para huir de mí mismo, que me detestaba, y lanzarme a lo que fuera mientras equivaliera a parecerme que sacaba algún provecho de mi inutilidad». Encontrará el amor en la adolescente Eva y la perderá; ella es «una chica que no quiere nada, no quiere nada, solo quiere ser de ella y de ella». Con razones bastante parecidas tanto para ir a la guerra como para desertar de ella, Adrià es de la familia antiheroica de Natàlia-Colometa y Cecília Ce, de la misma singular apertura a lo real maravilloso y lo surreal por más oscuro que sea. En párrafos, frases y capítulos, de vez en cuando emana el aliento trágico del cine norteamericano clásico que más agrada a Rodoreda, el wéstern y el cine negro. En su vertiente agria.

A veces su lectura, desde el momento de su publicación, me remite, y lo mismo *La muerte y la primavera*, a mundos creados por la ciencia ficción a partir de la Segunda Guerra Mundial, una literatura que ella, buena aficionada a los géneros negros y de suspense, no parece haber leído —no consta en el listado de su biblioteca, aunque el recuento es parcial todavía hoy, a los cuarenta años de su muerte–, sino que estos mundos imaginativos parecen surgir de otros estímulos, de otros espacios, de voces y ámbitos otros y paralelos. De los museos de historia natural, de la guerra, de la antropología, de la imaginación sobre la prehistoria, de la historia como podría ser. Está emparentada así con la fantasía retrospectiva o futurista, nutrida en estas mismas fuentes, de autoras tan diversas como Virginia Woolf, Angela Carter y Ursula K. Le Guin. Un impulso narrativo que en Rodoreda resuena y proviene de las guerras vividas y del paisaje telúrico de Romanyà: los dólmenes prehistóricos milenarios, la cueva de Daina, tres siglos anterior a nuestra era, el alcornoque Xato (Chato) y los árboles centenarios Gegants del Bosc (Gigantes del Bosque), un escenario también adrede para *La muerte y la primavera*, iniciada y arduamente trabajada tanto tiempo antes, cuando ni por asomo podía imaginar un lugar y un paisaje como Romanyà.

El tríptico final rodorediano me lleva luego hasta la pintura durante y después de las guerras que marcaron el siglo pasado y el devenir de la cultura occidental y su mundo: *Muerte y fuego* (1940) de Paul Klee, último cuadro de quien fuera su maestro en pintura, y *Europa después de la lluvia* (1940-1942), de Max Ernst en el exilio americano, me transportan a *La muerte y la primavera*, de la misma manera que *Noctámbulos,* de Edward Hopper, pintado en 1942 en Nueva York durante la guerra mundial, me lleva a *La calle de las Camelias* y su café de los helechos.

Pero, para que ni lectores ni críticos relacionen demasiado su nueva arquitectura literaria con la muerte de Obiols, que indirectamente menciona en el sueño de Viena recogido en el prólogo de *Cuánta, cuánta guerra,* nos hace creer que la motivación se la inspiró (solo) una película, la adaptación de *El manuscrito encontrado en Zaragoza*, del conde y escritor polaco en lengua francesa del siglo XVIII Jan Potocki, cuya versión fílmica es del también polaco Wojciech Has. Seguramente había leído la novela, un relato en clave histórica europea. Empieza con la desaparición de un manuscrito en una casa abandonada; ella había terminado la novela precedente, *Espejo roto*, con una casa demolida, y Adrià Guinart recibirá un manuscrito de manos del señor de la casa junto al mar, a quien dará un sueño inspirado en su sueño vienés. Lunas, espejos.

Potocki evoca el mundo anterior a la Revolución francesa en la Zaragoza de las guerras napoleónicas. El hilo rojo de la narración es un complot para restaurar, cuando el personaje escogido haya sido iniciado, el antiguo reino de España, del mundo medieval, de la convivencia de las tres culturas. El plan se frustra. La novela termina en Barcelona, en el barrio del Born, en 1714, durante los hoy conocidos como «hechos del Once de Septiembre», la defensa y caída de la ciudad tras un duro asedio, con partidarios de la casa de Austria, los Habsburgo y su modelo político español descentralizado, derrotados por el ejército de la casa de los Borbones y el modelo centralista de Felipe V, con el que empieza la historia de la España moderna y hasta de la contemporánea y su régimen autonómico, tras la larga y frustrante dictadura franquista. Volvamos a la novela de Potocki. Fracasa el plan restaurador de las tres culturas, la monarquía austríaca es abatida y el Siglo de las Luces ilumina menos. Ella sigue de cerca, cuando escribe *Cuánta, cuánta guerra*, la restauración de la monarquía borbónica y de la democracia españolas. Volverían instituciones catalanas como las que conoció brevemente de joven, y algunos de sus conocidos, incluso amigos, del exilio tendrían de nuevo relevancia, como Josep Tarradellas, con el que había mantenido en sus tiempos versificadores una correspondencia cordial y hasta delicada en tantos aspectos. Pero las tensiones entre las culturas de los pueblos de España supuran, el escritor valenciano en catalán Joan Fuster es atacado en su casa con bombas que pretenden liquidarlo, la situación política no le merece ninguna confianza. Aunque la lengua y la cultura catalanas conocen desde los años sesenta una etapa bastante inédita en aquella larga posguerra de consideración y reconocimiento social por parte de los lectores, intelectuales y profesionales de la cultura en el conjunto del dominio lingüístico de Cataluña, País Valenciano e islas Baleares, la España de las Tres Culturas en versión contemporánea no parece capaz de rebrotar. Había desaparecido del todo. Demasiadas guerras.

Cuánta, cuánta guerra se publica en diciembre de 1980 y en marzo sale la segunda edición. Entre una y otra fecha, el 23-F, el asedio del Parlamento español del 23 de febrero por el Ejército y la Guardia Civil durante unas horas de pánico para muchos. Rodoreda añade entonces un epígrafe de Goya, uno de sus grandes referentes en pintura y, como ella, exiliado en Burdeos, donde murió: «El sueño de la razón engendra monstruos». Lo escribe a la directa y con rabia, sin verificar que Goya escribe «produce» y no «engendra». Es su manera de reaccionar al golpe de Estado militar en el Congreso de los Diputados. Apuntala así el sentido de su novela. Cuánta guerra.

El escenario es la guerra del 36. Por vez primera ha buscado documentación histórica, que pide a Sales, en este caso sobre la batalla del Ebro. Lo sobrenatural y simbólico, los estados alterados de consciencia de sus personajes y la leve y persistente carga erótica que impregna la prosa se corresponden con una estructura de cajas chinas, no sin paralelo con la novela de Potocki.

Escoge dos epígrafes de referencia de la novela, que serán tres en la segunda edición, en la que el primero es el de Goya citado, grandioso en su ambigüedad en lengua española, y solo en ella, de la palabra *sueño*: ¿cuando la razón está dormida o cuando la razón sueña? Los monstruos, ¿son el resultado de soñar o de adormecerse?

El segundo epígrafe a partir de la segunda edición y el primero en la primera es: «What made me take this trip to Africa? There is no explanation» (¿Qué me ha llevado a este viaje a África? No hay explicación), extraído de la hilarante novela del norteamericano Saul Bellow *Henderson, el rey de la lluvia*; cita un poco inexacta, seguramente escrita de memoria, como la de Goya, ya que la frase original dice «no quick explanation», «sin una pronta explicación». Bellow había publicado en 1959 esta novela sobre un millonario descerebrado, hijo de dos catedráticos universitarios, que solo «quiere, quiere, quiere», un afán que lo lleva a embarcarse sin más ni más en un vuelo a África, donde su arbitraria y descomunal pasión por la vida le convertirá en rey. Rodoreda se suma así a los impulsos renovadores de los escritores de posguerra por conectar con la etnografía y la antropología, con los orígenes de las civilizaciones, con el cierto distanciamiento y la ironía de Bellow respecto de las élites culturales, norteamericanas en este caso, representadas por los padres de Henderson y su alocado hijo.

El tercer epígrafe es del inglés D. H. Lawrence: «A great ravel of flights from nothing to nothing» (Una gran maraña de vuelos de la nada a la nada), imagen desolada.

Regresa al soliloquio interior de narrador y personaje fusionados; todo lo vemos a través de Adrià Guinart, nacido a medianoche con la marca de Caín en la frente. Lo dejará respirar en contadas ocasiones de su periplo, gracias al amor, la sensualidad, la lectura del viejo manuscrito que le guía. Asiste al desastre final, como Natàlia-Colometa ve alzarse los muertos de la guerra y en la aturdida libertad de seguir vivo vuelve a casa, siendo otro. «Me costó ponerme a caminar: dejaba atrás, con el bosque encendido, mucha vida quemada. Volvería a casa a trabajar [...]. Volvería diferente. Había visto la muerte de cerca. Y el mal. Una tristeza grande como una mano dura me apretaba el cuello. ¿Dónde era, en casa? ¿Todavía tenía casa? [...] ¿Se borraría el recuerdo del mal o lo llevaría siempre conmigo como una enfermedad del alma?», piensa, en un largo párrafo de preguntas encadenadas. Rodoreda ha vivido lo mismo. Las últimas líneas resuenan en tantos autores y obras posteriores, como en *La carretera*, del implacable narrador norteamericano Cormac McCarthy: «La carretera era ancha, el camino a casa tendría que buscarlo, no sabía dónde estaba. Viejo como el mundo. Pensaba en todo lo que acababa de ver y que no estaba en ninguna parte: ni ángeles ni muertos acercándose a buscar su paz en el final de aquella noche. Solo yo y la fiebre. Mientras el sol empezaba a subir cielo arriba como cada día, como siempre...».

La luz nueva del día. Hace pensar en la mujer que sale del triángulo Barcelona-Ginebra-París y se instala en una casa propia y, sea como sea la casa que Adrià encuentre, diferente, bien diferente de la casa que tuvo que abandonar cuarenta años antes.

El original, este también, conoció unas cuantas peripecias editoriales, en la estela de las sufridas durante los veinte años transcurridos después de volver a publicar en Barcelona. Sales continúa batallando por probar suerte en un premio tan bien dotado como merece su autora. Ahora quiere tantear el Planeta, para originales en castellano, y mantener él la opción de editar el original catalán. Autores como Rodoreda y Villalonga alcanzaban más y más público y ediciones de sus novelas, y merecían el reconocimiento social y económico de un premio importante, y su traducción inmediata al castellano. Le había salido mal el premio de Girona, de acuerdo, pero tal vez había sazón con el Planeta, premio mucho mejor remunerado y aún más publicitado. El perspicaz hombre de negocios editoriales que era Manuel Lara insistía en comprar su editorial, con Sales de director, pero él se negaba; por todo en conjunto, creía que Rodoreda tenía ahí una oportunidad.

El premio estaba cada vez mejor dotado; entonces eran ocho millones de pesetas, un montón de dinero en 1980. Sales insistió en que la terminara y la presentara, previa traducción al castellano, y que en todo caso pugnaran para que la edición catalana la pudiera publicar él. Pero si el editor Lara, que había lanzado una colección de novela en catalán, quería de todas todas la versión original para él, que aceptara. Merecía aquel dinero y la doble edición de la novela.

Rodoreda cumple, pero cuando se la da a leer la sorpresa de Sales es descomunal. El relato entero y el nuevo mundo rodoredianos tras *Espejo roto* le resultan difíciles de leer a la primera, y probablemente también a la segunda. Lo remiten a lo que conoce y no le convence de *La muerte y la primavera,* «novelas irrealistas que no hay quien aguante». *Cuánta, cuánta guerra* no le parece una novela para Lara, pero sobre todo no la comprende, la encuentra «arbitraria a más no poder», aunque, quizá para compensar, dice estar «fascinado por los hallazgos de estilo y el vuelo poemático de tantos y tantos párrafos». No es exactamente una novela, le repite, o puede que no sea el lector adecuado. Le parece más bien una retahíla de cuentos y él no es buen lector de cuentos. No va desencaminado. Naturalmente que la publicará, puede estar segura, pero quiere intentar saber discretamente cómo podría ser recibida por el jurado del Planeta. La lectura de Sales de la novela la hizo desistir, a pesar de los ocho millones en juego. No se encargó la obligada versión castellana. En suma, Rodoreda evita verse rechazada de nuevo. No creo, por lo demás, que se lo hubieran dado; el año anterior fue para Manuel Vázquez Montalbán y aquel año sería para Antonio Larreta, con sendas novelas en las antípodas de *Cuánta, cuánta guerra*; aunque nunca se sabe, y menos con el listo, imprevisible, desfachatado editor Lara.

«¿Dónde era, en casa? ¿Todavía tenía casa? [...] ¿Se borraría el recuerdo del mal o lo llevaría siempre conmigo como una enfermedad del alma?» La casa: el hogar, el idioma, la cultura, el país. Aquel febrero de 1981 del golpe de Estado en el Congreso de los Diputados, Rodoreda temió lo peor y lo pensó a fondo. Acudió a Goya y su aguda y vibrante ambigüedad, a menudo soslayada por quienes citan la frase grabada en el frontispicio de los *Caprichos* sobre el sueño y la realidad, que desde entonces abre *Cuánta, cuánta guerra*.

23. EL JARDÍN

¿Quién era la dama de cabellos blancos, de humor cambiante, plácida en apariencia, de sonrisa tímida que en privado se ensancha hasta llegar a ser estridente, aquella señora de piel fina, de ojos violeta levemente desparejos que a los setenta se ha hecho una casa en medio del bosque y ha roto del todo con su familia desde hace más de una década? Viviría sus últimos años sola en la montaña, comenzando de nuevo, como una proyección inversa de la Mila de *Soledad*, la criatura perdurable de Víctor Català que precede a la Natàlia-Colometa de *La plaza del Diamante* en tantos sentidos y sus contrarios.

Los testimonios de las personas que la tratan entonces divergen según el grado de vecindad y de intereses comunes, por supuesto. La figura humana resultante es de caras imprecisas y a la vez rotundas. Solo convive de veras con sus personajes, de paseo por el bosque de Romanyà; otros «me los encontraré en el cielo o en el infierno». García Márquez la visitó en su piso barcelonés y en su homenaje tras la muerte de ella la describe como «un creador literario que era una copia viva de sus personajes». De los caminos de la vida y de la guerra, las derrotas y la aceptación de lo que queda en los pozos del amor humano, político, histórico, ha escrito cuentos y novelas sin pizca de sensiblería en los que el amor a veces perdura. Ha evitado cualquier traza romántica clásica, fiel al catalanismo cultural de su juventud que ya las había sometido a la picota. Su apuesta es un romanticismo moderno, frío y ardiente, alucinado. La escritora había cogido con firmeza sus riendas y alzado el vuelo a gran altura, mientras la mujer íntima se recogía en su espacio de adentro. Hasta osar poder.

La voz rodorediana había ciertamente comenzado su canto mucho antes de llegar a Romanyà, dicho está, pero igual de cierto es que la dejó ir más allá en estos parajes y en estos momentos. La persona insegura y tímida que también es, y lo es bastante, había necesitado devenir una *patum*, una vaca sagrada –admiración incondicional de tantos lectores corrientes, adaptaciones a la televisión y al cine, estreno de su teatro inédito, premios y honores de todo tipo, traducciones continuas a las más diversas lenguas, reconocimiento poco a poco de las generaciones culturales jóvenes, halagos de las autoridades democráticas y la distinción máxima del Premi d'Honor de les Lletres Catalanes–, para hacer correr la máquina de escribir al ritmo excéntrico de su imaginación más singular, fuera de modas y de centros de decisión de «lo que hay que escribir» en aquellos años posfranquistas. Su imaginación más negra y visionaria, la que tardaría años en ser comprendida y leída de buena gana, como lo es en esta posteridad entre sus lectores creativos, de ojos nuevos más entrenados y menos misóginos, abiertos a las altas realizaciones artísticas de sus creadoras y a profundizar en ellas. Una imaginación desprendida de su relato personal, que está dando su «salto a la eternidad» y se despoja de sí, pudiendo ahondar en la ternura y la compasión. Imaginación de raíces abisales que debían ser traducidas en formas míticas casi abstractas, a la manera de la poesía, la pintura y la música. Todo puede ser cazado por el lenguaje en literatura, cualquier estado psicológico, pero hay que forjarlo, advierte la poeta Adrienne Rich, no viene dado a la primera frase que escribes; lo mismo sucede con la lectura, tampoco viene dada sin más, también hay que forjarla. Desde los primeros cuentos del exilio, en la poesía y en todas las novelas, hasta llegar al Romanyà de sus últimos libros, la obra de Mercè Rodoreda es resultado de su ardua forja de un lenguaje íntimo de los extremos. Frío y ardiente como el hielo, alucinado hasta rozar la alienación y mirarla cara a cara, arrebatado. La novela «de amor y de soledad infinita», idea motriz de *La muerte y la primavera*, es su máximo exponente.

Ha dejado mujeres espléndidas y admirables por su poder revulsivo –quieto, contenido, inexorable, como el vegetal y el de las piedras preciosas– y hombres en contrapunto del modelo tradicional de virtudes impuestas y sentimientos inexpresados –indecisos, inmaduros, indefensos y sinceros casi todos, algunos tan atentos y delicados como un jardinero. Sus muchachos protagonistas desplazan finalmente a los melancólicos falderos anteriores con una pureza que potencia la sabiduría subversiva femenina, perversa y liberadora, de las chicas y las niñas que les acompañan: Adrià y la radiante Eva en *Cuánta, cuánta guerra*; el chico, su madrastra de dieciséis años y la nena de los dos en *La muerte y la primavera*. Oscuro combate por un mundo: «Las personas están cerradas y se van abriendo cuando nos acercamos a ellas».

También era encantadora cuando quería y cuando era preciso, y una catalanista mordaz que canta bien a gusto las cuarenta a la política y al patio cultural y lingüístico, siempre inestables en Cataluña. Una compañera entusiasta de tertulias entre mujeres y de otras literarias y culturales, muy reducidas, eso sí. En el fondo del corazón, cazador solitario, la Rodoreda mayor es una mujer que pasa horas maravillada viviendo sola en una casa abierta a los cuatro vientos y cuidando su jardín: «en la montaña, en un clima extremamente seco, es una lucha». Las cartas de los últimos años manifiestan alegría a menudo. En 1980 escribe a Antònia Macià, esposa del presidente Tarradellas e interlocutora en el exilio:

> El otro día salí a pasear al caer la tarde y en la linde del camino vi un animal que me miraba. Me detuve a mirarlo y nos quedamos mirándonos un buen rato. Era un animal extraño, bastante grande, gordito, con el pelo de color tierra tirando a gris, el hocico larguirucho y con dos rayas de la cabeza a la espalda; una blanca y otra negra. Al volver a casa —cuando se cansó de verme la bestezuela se fue bosque adentro chano chano, fui a buscar en el diccionario qué clase de animal podía ser. Encontré que era un tejón o sea un *blaireau* en francés y de su pelo se hacen brochas de afeitar. ¡Pobre tejón! Yo sabía que no muy lejos de casa había jabalíes, pájaros bonitos y pájaros de presa, grandes cantidades de conejos que vienen a hacer sus mítines por el jardín, pero no sabía que hubieran tejones gandules que duermen de día y salen de excursión de noche.

«Muchas noches, si voy a dormir tarde, leyendo, antes de meterme en la cama salgo a la explanada y me paseo por ella. Si fuera joven, saltaría y correría a la luz de la luna», le había escrito a Sales. Se lo pasa bien, es lo que transmite a las amistades, algunas bastante extrañadas de este retiro en medio del bosque sin protección.

No siempre, no siempre está así de bien. Continúa siendo una mujer de belleza notable, pero mayor, vieja; su aspecto físico siempre ha contado mucho para ella, y ahora cuenta incluso más porque a menudo la requieren cámaras de fotos y de tele, y no está para esos tangos. Los años la hacen caer en estados melancólicos que la vuelven irritable, punzante. Cuando está saturada se va, mientras sigue disponiendo del piso de Ginebra y de la buhardilla de París. A veces el editor Sales le manda la misma carta a las tres direcciones por no saber dónde para. Decía que se iba a ver cine en versión original subtitulada, que la sordera le impedía en Barcelona disfrutar de no pocos filmes. La vejez no ha calmado algunas tensiones interiores y, si lo hace, la vida le planta cara con nuevas desventuras familiares. No tiene relación con su hijo cuando se instala en Romanyà, pero la esquizofrenia detectada en este adulto padre de familia es un acertado golpe de lanza en el equilibrio acorazado de Mercè. En privado, me musitó la editora Núria Folch de Sales, atribuye el infortunio a su matrimonio con el hermano de su madre. Sin freno: en el incesto, en la consanguineidad en la que había incurrido, veía la causa de sus males y de su linaje, incluso los problemas de nacimiento de uno de sus nietos después de un accidente de la madre durante el embarazo.

A su alrededor, y a excepción de un pequeño grupo de personas que trata casi siempre de una en una, casi nadie sabe nada de su persona íntima. Vagas nociones sobre su juventud y juegos de miradas cuando se habla de Obiols el desconocido. No se habían editado sus cartas a Anna Murià, que Anna no habría dejado publicar en vida de Mercè, quien logró con creces poner a resguardo su intimidad.

En muchos otros aspectos de la vida no era una persona de opiniones reservadas ni púdicas ni secretas. A Sales le dice por carta unas cuantas bien impetuosas y categóricas. La transición posfranquista y el porvenir del catalanismo la encienden y el Premi d'Honor de les Lletres Catalanes (que recibiría en 1980, la primera mujer así distinguida) la enardece. A mediados de 1976 le cuenta que trabaja «poco, por no decir que nada. Ahora ya estoy más calmada con la cuestión política, que no sabe hasta qué punto me trastorna y me condiciona», y añade en posdata: «Los del premio tendrían que suprimir "Premi d'Honor de les Lletres Catalanes" y poner simplemente "Premi de Maig". ¡Lo han dado a gente que no tiene nada que ver con la literatura e incluso a un escritor bilingüe...!». Aun con las diatribas enconadas contra el bilingüismo en literatura, en 1979 comenta, en clave de hipocresía política, el caso notable de un escritor bilingüe y capital de la literatura catalana, «el revuelo Pla», cuando el escritor es distinguido ese año con el Premi Ciutat de Barcelona y la Medalla d'Or de la Generalitat, pero le es negado el Premi d'Honor. «Le compadezco ya. Con tantos franquistas que no han recogido velas... pero él no es político y no tiene ningún partido detrás que lo defienda. En resumen, miseria».

La asustan y la sublevan el 23-F y seis meses después, el mismo año, la bomba contra Joan Fuster en su casa de Sueca en una fecha significativa, el 11 de septiembre: «Tiene usted razón cuando dice que quieren la cabeza de Joan Fuster por razones, también, misteriosas. La envidia puede impulsar todos los crímenes. Iban a hacerlo desaparecer. No se trataba de darle miedo sino de liquidarlo. Es espeluznante. El talento, a ciertos cretinos, les vuelve locos». Fue ciertamente espeluznante y, peor todavía, casi tapado por el catalanismo, así como el principio de la batalla de la derecha valenciana contra el idioma propio, que se negaba a considerarlo catalán, el blaverismo, así llamado por el color, azul, de la bandera que defendía este activo movimiento, que consiguió entonces sus propósitos desestabilizadores del pancatalanismo cultural.

Un año duro, sí, 1981. A partir del golpe militar, aunque se haya frustrado, las editoriales dejan de publicar los libros políticos informativos y analíticos de la arquitectura institucional democrática que no teníamos desde la guerra, cuatro décadas antes; el paisaje mediático activa la destructora reconversión de rotativos hasta lograr el cierre de los más destacados en la batalla informativa de los últimos años del franquismo; es una losa durante los decisivos años posteriores encima de tantos periodistas jóvenes y no tan jóvenes que habrán de continuar o que dejarán el oficio, por las buenas o por las malas. Lo recuerdo bien, estaba allí.

Pero la vida no hace brillar nunca una sola de las caras reflejadas en el espejo roto (ni en el entero). A ella, ese mismo año tenso en tantos aspectos de la vida colectiva, la fama la reclama aquí y allá –a inaugurar exposiciones de flores, participar en todo tipo de actos en el barrio de Gràcia, hacer de jurado, recibir a corales y grupos infantiles que van a cantarle y recitarle, con cartas de lectores y visitas espontáneas que se quita de encima. No es nada sorprendente su saturación. Como no es de extrañar que, como republicana catalanista largos años exiliada, ciertas cosas la repugnen:

Me he quedado bien tranquila al renunciar a la recepción del Parlamento del día de —no lo llamo *Diada* [término popular tomado por las instituciones para ciertos días significados] sino la Fiesta Nacional. A la *Diada* pronto nos harán llamarla la Fiesta de los Gigantes y Cabezudos. Pronto no podremos nombrar a Cataluña. Deberemos decir el país a tantos kilómetros de Madrid. Pronto deberemos ir con la cabeza a ras de suelo señalados con el dedo porque nacimos catalanes. Pronto deberemos llevar los libros a censura o dedicarlos a muertos egregios de España.

Es la misma carta al editor en que se muestra frenética por un comentario en una carta al director publicada en el *Avui* sobre *La plaza del Diamante*; incluso eso la altera: «Me vienen ganas de recomendarles que si quieren disfrutar de lo lindo que lean el Tintín», se desahoga, y pide: «Envíeme todos los disparates que salgan hablando de *La plaza...* O de mí. He empezado la colección». Renuncia a ser jurado del Premi Ciutat de Palma de Novela y al correspondiente viaje a Mallorca. «No es que piense enterrarme en Romanyà; de ninguna manera. Que no se lo imaginen. Lo que no quiero, yo, que he nacido para hacer de espectador, es acabar haciendo de vaca sagrada.» Una frase en la misma carta resume su carácter: «Tengo ganas de escribir una novela que no guste ni a Cristo pero que sea extraordinaria». Esa urgencia de preservar su poética, de provocar a sus lectores pusilánimes y los fastos institucionales en un momento histórico y político que le provoca desconfianza y que le repugna, sería la base firme para retomar su proyecto más antiguo y ambicioso, *La muerte y la primavera*.

Era, tanto si quería como si no, una *patum*, una vaca sagrada. *Espejo roto* es un éxito, *Aloma* ha sido adaptada en una miniserie televisiva (de Sergi Schaaff) en la televisión estatal, *La plaza del Diamante* y *La calle de las Camelias* siguen sumando ediciones, *Cuánta, cuánta guerra* agota la primera en tres semanas. «Si en vez de cuatro novelas tuviera doce, qué bella pensión», escribe a Sales. Edicions 62, que edita sus cuentos, había iniciado la publicación de la obra completa. Le va francamente bien como autora. Entre 1980, cuando publica dos libros y recibe (por fin) el Premi d'Honor de les Lletres Catalanes, y 1982, año de estreno de la película *La plaza del Diamante*, que en su versión de serie televisiva se estrenará en 1984 con gran audiencia, también en Latinoamérica, Rodoreda es una de las figuras y personalidades más conocidas dentro y fuera de Cataluña. Había dejado en 1978 la mansarda de París y el apartamento de Ginebra, es una vecina firme de Romanyà.

Los derechos de autor de originales y traducciones y de adaptaciones cinematográficas y televisivas le habían permitido hacerse su propia casa. También se había empezado a representar su teatro, una literatura a la que dedicó energías considerables a lo largo de los años, que Sales más o menos accedía, le dijo, a reunir en un volumen con el título *El torrent de les flors* (El torrente de las flores), nombre también de una calle del barcelonés barrio de Gràcia; pero no era editor de literatura dramática ni quizá sabía leerla, a pesar de la línea farsesca del absurdo del teatro rodorediano, que no debería serle extraña, pues como autor, agente cultural y escritor de cartas la cultiva a fondo, y la cosa no tiró. El volumen se publicó póstumamente y en años recientes se han representado algunas piezas, casi siempre con un desafortunado tono de falsete y una puesta en escena peor. Los grupos teatrales tienden a representar sus novelas, *La plaza del Diamante* casi siempre y de forma repetida, así como *Cuánta, cuánta guerra* y también cuentos, logrando así espectadores atentos y no solo cautivos del nombre de su autora.

No sería una *patum* complaciente en literatura, como en nada. En este clima de reconocimiento había publicado, consciente de su rareza e inquieta por cómo los recibiría el público, los que serían sus dos últimos libros editados en vida, los que más tiempo han necesitado, junto con *La muerte y la primavera*, para encontrar lectores y una amplia crítica. Su tríptico final no es de lectura ligera ni que puedas hacer de un tirón; aunque toda su obra es así, esta más; yo misma suelo releer a Rodoreda muy a menudo a trozos, como un libro de poemas o de cuentos. No, no se dejaría encasillar. Lo logra. No estaba previsto, claro, aunque puede que el azar echara sus cartas para hacer coincidir en este año tres, incluso cuatro, momentos rodoredianos relevantes, sucesivos: en mayo, el Premi d'Honor de les Lletres Catalanes y su dotación, entonces de medio millón de pesetas, sería el primero otorgado a una mujer, al cabo de once años de nominaciones desde 1969, cuando ella era ya un referente literario y una de los autores de un público más que notable; en junio, edición de *Viajes y flores*; en septiembre, pregón en el ayuntamiento de las fiestas de la ciudad, la Mercè; en diciembre, edición de *Cuánta, cuánta guerra*. El mismo año, el máximo galardón de las letras catalanas es digamos que celebrado por ella con dos libros bien lejanos de *Espejo roto*, su anterior novela, que tanto gustaba a los administradores de la literatura catalana. Irreductible Rodoreda.

Un rodeo por el cine, amor de la autora. Le proporciona tantas alegrías como las traducciones de sus libros; bueno, tal vez no tantas, pero no pocas. *La plaza del Dia-*

mante había sido requerida y era un proyecto fallido de uno de los renovadores del cine español de posguerra, Juan Antonio Bardem, del fotógrafo Leopoldo Pomés y del cineasta belga André Delvaux. Por fin el proyecto se hace realidad, en la gran y en la pequeña pantallas, y ella lo acompaña con ganas. La hace salir de promoción de la madriguera de Romanyà, bien dispuesta y contenta, en Barcelona y en Madrid para apoyar la versión española. No había querido participar en el guión, por respeto, le dijo a Betriu, pero se lo pasó de primera. «Soy una persona insoportable, pero parece que mis libros no», le dice a un joven periodista, siempre seductora. Se siente bien con el equipo del director Betriu, de quien le había divertido y gustado tanto su *Corazón solitario*. Deja de inquietarse por sus ahorros, hábito a veces exagerado y de ribetes conspiratorios, efecto secundario de las penalidades vividas en el exilio y de sus relaciones familiares enturbiadas por el dinero y las herencias. A lomos del mismo relámpago de gloria, una entidad financiera le pide, para regalar a sus tantísimos clientes, una edición ilustrada, en catalán y en castellano, de *La plaza del Diamante*, para la que escribe el superlativo prólogo que desde entonces acompaña la novela. Y así levanta su casa en Romanyà.

Los medios vuelven a hablar de Rodoreda. Y, a pesar de sus temores y de los de su editor por cómo podía ser recibida, la extraña en el panorama literario catalán *Cuánta, cuánta guerra* avanza en librerías. No tendrá quizá la crítica que merece, pero sí un público que la compra.

Cuando no está de promoción de la película, está en Romanyà. Sin hablarse con Carme Manrubia, a quien ha dejado de tratar, si no consideramos que una forma de trato era no dejarla pasar por su terreno cuando Carme y sus empleados han de cruzarlo para llegar al taller recién construido encima de la finca de Mercè, que ya eran ganas; Carme debía pedir una servitud de paso, cuenta Anna Maria Saludes, hija de Susina Amat, estudiosa rodorediana y buena conocedora de esta etapa romañanesa. Come sola en el restaurante del pueblo, hace algunas relaciones en la comarca. Recibe visitas esporádicas de los Sales, de Castellet, del crítico literario y catedrático Joaquim Molas y su equipo, de su editora en castellano Marta Pessarrodona, de algunos estudiosos, de bastantes entrevistadores. Con visitas cargantes de grupos escolares y de señoras que llaman a su puerta y le reclaman información porque no pueden encontrar por ninguna parte sus «flores de verdad». No consta que sus numerosos lectores le escribieran.

Decide, o no puede evitar, contar algo de *La muerte y la primavera*, instigada y a la vez aprovechando las preguntas de los periodistas, que a los escritores en boga, y ella lo estaba entonces, siempre les piden qué más están escribiendo. La fama obliga, claro. Advierte de que desconcertará: «Una novela que no gustará a nadie porque es la cosa más estrambótica de este mundo. Aun así a mí me gusta hacerla, y basta». «Será una novela muy extraña, porque me lo invento todo: un pueblo, sus personajes y hasta sus costumbres. Estoy convencida de que no gustará a nadie. Será muy shakespeariana.» Escrita «con mi estilo de ahora: primera persona y *procurando decir las cosas de la manera más impensada* [la cursiva es mía]». En sus últimas declaraciones, durante la primavera y el verano de 1982, asegura tenerla acabada pero que debe retocarla: «eliminar lo que sobra y añadir lo que le falta».

Cuánta, cuánta guerra, aseguraba, la había escrito tres veces de arriba abajo, sin contar las versiones y revisiones de cada capítulo. La que sería su última novela, aun siendo una de las primeras de las escritas en el exilio, le resultaba más reacia. Quizá porque Obiols se había volcado tanto en ella; nunca lo sabremos. Quizá por el mismo misterio de tantas obras mayores que han quedado inacabadas a lo largo de los años y en particular en el siglo XX; y así podemos contar que será siempre. Quizá sea así para que las terminemos nosotros, lectores, lectoras.

Hace veinte años que la lleva consigo, pero de esto no le habla a la prensa. No la da por terminada, no tiene nunca bastante, y la populosa fama tardía no era lo mejor para concluir una versión definitiva. Cuánto tiempo le dedica estos años es difícil de saber. Tras descansar el verano entero de la promoción de la película, en el otoño de 1982 prepara su piso de Barcelona de cara al invierno, duro en la montaña, para poder así cerrar esta novela que tan a menudo la ha superado. Aparentemente, por lo que dice aquí y allá, no necesita dar más vueltas ni a personajes ni a capítulos y estructura, lo tiene todo bien definido. Se había hecho un mapa de los lugares de la novela para no perderse, algo que inevitablemente me lleva a una de sus pinturas de linaje Klee, pintor a menudo de arquitecturas y luces de pueblos; cuando los veo juntos, y lo hago siempre que tengo ocasión, el uno junto a la otra, mapa y pintura insinúan conexiones.

Ella misma lo es, un mapa; para mí Rodoreda es un mapa.

Es una novela dura y feroz, insólita, aterradora, bellísima. Un tratado poético del dolor, escribió al instante Robert Saladrigas, uno de sus mejores lectores, críticos y entrevistadores literarios. Es su obra maestra, para ella, bien consciente del mundo que vierte en sus páginas y de cuánto le ha costado escribirla. ¿Tal vez por eso no la concluye?; puede. ¿Para evitar saber cómo será recibida?; no lo creo. ¿Porque es un sinfín de símbolos no solo míticos sino personales, un retrato expresionista de su aventura existencial, que bien podría acompañar a –y acompañarse de– las pinturas de Max Beckmann, pongamos por caso?; puede. ¿Porque no hace falta terminar sino continuar? Eso creo. Contradice a fuego y sangre la imagen de una Rodoreda floral y cursi, si es que no lo había dejado lo bastante claro. Hasta las glicinas amenazan. Todo, la naturaleza también, es símbolo de malformación, dolor, violencia, soledad y muerte; cada relectura lo ratifica. Todo en ella, prosa y ritmo, alerta hondo sobre los senderos violentos y dolorosos que debe salvar el deseo para sobrevivir. Es un combate poético, en cada frase, en cada párrafo, en cada capítulo, con nuestros temores, entrelazado de muerte. Y una insospechada celebración de la primavera que siempre llega. La Muerte y la Primavera.

Sin nombres propios las personas, solo topónimos (la tierra, la tierra sí que tiene) de un pueblo situado encima de un río criminal y encastrado en una montaña partida, sobre la que vive el señor. Sus protagonistas: el joven narrador, su amante y madrastra de dieciséis años, el herrero que hace cumplir la ley de cómo morir, el río, las abejas y el bosque, el hijo del herrero, la hija del narrador y su madrastra, y el preso del pueblo: un hombre en una jaula de hierro en medio de la plaza que los jóvenes quisieran liberar y los viejos no. No existe escritura ni alfabeto ni religión. Una alegoría antropológica universal.

El pueblo tiene tradiciones, matar el deseo es la primordial. Las embarazadas deben ir con los ojos vendados porque no pueden mirar a ningún hombre. Los chicos dejan de serlo para pasar a ser hombres si consiguen atravesar el río asesino, y entonces vivirán sin deseo. Las referencias son todas ancestrales, de los tiempos de los orígenes, pero el señor se traslada en coche. La gente se alimenta de grasa, toma pociones para estar fuerte y bebe sangre de caballo. Hay unos enemigos invisibles, para los cuales Rodoreda inventa una palabra: los *caramens*, una suerte de policía. Te entierran en un árbol, tapado con cemento para que tu alma no se escape. Nadie puede buscar una muerte diferente, el herrero no lo permitiría. El suicidio está prohibido aunque uno mismo entre en el árbol correspondiente y muera de asfixia.

Pero hay rebeldes: la madrastra y su deseo, el padre del narrador, suicida, y él mismo, que también conseguirá morir a su manera. La represión del deseo es a la vez el llamamiento a la transgresión.

Emancipa más su jaula de personajes femeninos y asume sus aspectos pugnaces y subversivos máximos. La madre del narrador «desgraciaba la noche de los novios. Cuando dos se ponían a vivir bajo el mismo techo se pasaba la noche gritando al pie de su ventana: como un perro», y había muerto «consumida por una especie de rabia de no se sabía qué». La madrastra es una adolescente lisiada, a quien todos desprecian, criada entre viejos, y contradice las normas del pueblo con sensualidad y provocación.

Ecos prehistóricos en cada página, del aliento del estilo creativo que a finales de los cincuenta, cuando ella está a punto de iniciar esta novela turbadora y excepcional, campa por la obra de artistas y escritores europeos y americanos después de la guerra y la destrucción. En Miró, «el poeta prehistórico», en palabras y título de Raymond Queneau en 1949. En la pintora expresionista abstracta norteamericana Helen Frankenthaler y sus pinturas de las cuevas. En las esculturas resplendentes de la inglesa Barbara Hepworth que un día vi en una exposición en el IVAM, el Instituto Valenciano de Arte Moderno: grupos de personas diminutas y blancas de luz que buscan amparo en el vacío y entre ellas, un espacio intocado por la historia. En el cine de Rossellini y su buceo por los orígenes de los tiempos y la cultura occidental.

La literatura fantástica, ahora de anticipación, ahora retrospectiva hasta los inicios del mundo, la confusión de tiempos, la historia como experiencia interior sofocada, es el marco poliédrico de su prosa, su ritmo y su lectura. Una confusión de tiempos en la línea de Virginia Woolf, ponía de relieve Juan Pedro Quiñonero cuando, a raíz del centenario de Rodoreda en 2008, nos invitaron a los dos y le propuse exponer los vínculos y conexiones que ya en 1976 había trazado con los estilos de Chacel y Yourcenar; «La tempestad del estilo», había titulado su artículo en el buen periódico, de suplemento cultural imprescindible, *Informaciones*, clausurado en 1983. El autor la enlaza con la primera como exiliadas que han conocido un país mejor al que continúan nutriendo con la máxima ambición de su obra, y con la segunda por la pasión que guía su escritura, unidas las tres por el cultivo de la prosa poética, primera huella de la modernidad literaria. Añadió otro paralelismo, que comparto incluso más, por el vínculo recurrente en mis lecturas de Rodoreda con ella:

> En *La mort i la primavera*, como en *The Waves* (*Las olas*) de Virginia Woolf, el pasado, el presente y el futuro se confunden en una realidad arquitectónica de nuevo cuño. La memoria y el recuerdo devuelven a la vida de cada uno de nosotros las ilusiones jamás perdidas y bien presentes, proclamando la eternidad del deseo incumplido, semilla de un futuro por venir: de ese modo, el relato recobra su condición original de profecía.

El mismo título de la novela lo confirma, pensé al oírle: la Muerte siempre viene seguida de otra Primavera. *La muerte y la primavera.*

Concluye así un mundo que Mercè Rodoreda había reflejado en sus obras y que ahora formula en clave antropológica y densamente poética y simbólica. Una lectura histórica sería relevante, sobre la Europa de antes, durante y después de la lluvia, por decirlo con el cuadro de Max Ernst, con el mismo *Guernica*, réquiem por la cultura europea de antaño, con las *Constelaciones* mironianas, aperturas sin fin ni marco desbordantes de estrellas. El tiempo pasa y *La muerte y la primavera* adquiere ángulos y luces. A veces refleja solo destrucción y dolor, una sombría poética; otras, apela a la recomposición de la mirada, a volver a mirar el mundo como si fuera el primer día de la creación.

Es con *Viajes y flores* su matriz y núcleo. La imaginación que la guía destila una aventura vital y de lecturas y una escritura en la que la autora se ha vaciado por completo. Empezó los dos libros prácticamente a la vez, no me cansaré de recordarlo y repetirlo, dispénsame, lectora, lector, hipócrita, mi igual, hermana, hermano. Las *Flores* y la *Muerte*.

La edición fue complicada, por el original incompleto, las diferentes versiones de algunas partes –no en cambio de su estructura– y por la muerte de Sales al poco de morir Mercè. Su viuda y también editora de la casa, Núria Folch, se decide a publicarla en 1986, en la primera versión acabada acompañada de las versiones paralelas parciales en las que había seguido trabajando la autora. Lleva dos epígrafes, uno del poeta renacentista Ronsard –«Ceste voix sans corps qui rien ne sçaurait taire» (Esta voz sin cuerpo que nada puede callar), en francés del siglo XVII– y otro con las iniciales «M. R. G.», las del nombre completo de Rodoreda, añadido por la editora: «El misterio de este peso que llevo dentro, que no me deja respirar», que le confesó la autora. Había muerto tres años antes, el 13 de abril de 1983. Muere en primavera. La muerte y la primavera. El fin y el renuevo.

Fue una muerte rápida. Un cáncer renal diagnosticado y extendido en pocas semanas. Su testamento aparta a su familia de la gestión de su obra y nombra heredero literario al Institut d'Estudis Catalans, la academia catalana, una decisión que, más allá de implicaciones de orden íntimo, no es extraña en una autora que vinculó con firmeza su obra al país natal. Sus otras propiedades van a la familia. Cerca ya de la hora final, en una clínica de Girona, Sales le pregunta si quiere avisar a sus familiares –ningún otro acompañante los conoce. Dice que sí. La van a ver y sabe así que acaba de ser bisabuela. Pagarán el entierro. Al funeral, retransmitido por radio y noticia televisiva, en la ciudad, acude numeroso público, lectores o curiosos, autoridades, pocos escritores. Será enterrada en el cementerio de Romanyà, cerca de los dólmenes prehistóricos. Su casa es vendida al cabo de poco –ya ha sido comprada dos veces–, la biblioteca se dispersa y algunas de sus pinturas se venden. Poco recuerda la de hoy a su casa, armada en su luminosa senectud: algo en el jardín proyectado por ella, unas baldosas con su nombre en el patio, la intocable terraza desde la que en días muy claros podía contemplar el golfo de Roses y una buena parte del Pirineo sobre del mar.

Intactos quedan los paisajes que la acogieron al «volver a casa» desde el exilio, para continuar su cosmogonía de los envites, a menudo crueles, violentos, deslumbrantes, del fantasma y la gloria del deseo y la pasión.

Y así, en sus últimos paisajes, tal como lo había imaginado, la aventura de Mercè Rodoreda, animal literario misterioso y refulgente, termina bien.

ÍNDICE